# Mort à Berlin

Romans de
M. M . KAYE
aux Éditions Albin Michel

*Pavillons lointains*

*Zanzibar*

*L'Ombre de la lune*

*Mort à Berlin*
*Mort au Cachemire*

En préparation :

*Mort à Zanzibar*

*Mort au Kenya*

*Mort à Chypre*

M. M. Kaye

# Mort à Berlin

ROMAN

*Traduit de l'anglais par*
CLAUDINE CHONEZ
ET HUGUES DE LA CHESNERAYE

Albin Michel

*Édition originale anglaise*

DEATH IN BERLIN

Staples Press/Penguin Books, Londres

*Traduction française :*

22, rue Huyghens, 75014 Paris



ISBN 2-226-02875-7

*A toutes ces femmes de militaires*
*qui, comme moi, ont suivi la fanfare.*

# Note de l'auteur

Cette histoire se passe dans le Berlin à moitié en ruine de 1953, huit ans après la fin de la Seconde Guerre mondiale et huit ans avant la construction de l'abominable Mur de Berlin, qui coupa toute communication libre entre l'est et l'ouest de la ville.

Le régiment britannique de mon mari était déjà en Allemagne quand il avait reçu l'ordre d'aller à Berlin ; mais moins de dix jours après notre arrivée, mon mari fut brusquement affecté à un nouveau poste en Angleterre, où il n'avait, pour l'instant, aucun moyen de loger sa famille. Il partit seul, nous laissant provisoirement, moi-même et nos deux petites filles. C'est au cours des quelques semaines d'attente qui suivirent que je conçus le plan de ce livre, en grande partie lors de longues promenades dans les faubourgs verdoyants entre la Herr Strasse et le Grünewald. Il y avait là de nombreuses maisons en ruine qui avaient naguère été celles de nazis ; je me demandais à quoi elles avaient bien pu ressembler et ce qu'étaient devenus leurs occupants.

Le Berlin que je décris ici est le Berlin que j'ai vu. J'avais beaucoup de loisirs et j'en consacrais une bonne part à explorer la ville et à prendre des notes avec l'objectif de m'en servir plus tard, en particulier des descriptions détaillées des quartiers en ruine. La partie la plus touchée était celle occupée par les Russes. Je fis de rapides croquis du Maifeld, ce vaste et prétentieux complexe sportif bâti par Hitler dans les années 30 pour les jeux Olympiques, qui ensuite avait été le cadre d'innombrables réunions nazies, puis enfin, après une brève période d'occupation par les Russes, le quartier général du secteur britannique.

Je notai aussi de menus incidents qui me paraissaient avoir leur intérêt. Par exemple, quelques heures seulement après notre arrivée dans l'hôtel délabré où nous devions passer une nuit ou deux avant d'occuper les logements fournis par l'armée, j'aperçus la femme qui nous serait assignée comme cuisinière-gouvernante, venue, semblait-il, voir un ami travaillant à l'hôtel.

Mon mari, Geoff Hamilton, dit que son souvenir le plus net de son premier bref séjour est de m'avoir une fois trouvée au crépuscule debout près de la grande piscine en plein air voisine du stade. Je regardais l'eau noire et stagnante quadrillée par de grosses bottes de paille, et quand il me demanda un peu sèchement si je n'étais pas en train d'y noyer quelqu'un, je répondis : « J'ai une idée à propos de cette paille... » Par quoi doit passer un homme dont la femme écrit des romans policiers !

Geoff, à cette époque, était major, mais six ans plus tard il revint pour commander la brigade du secteur britannique de Berlin. Nous fûmes alors logés dans une très belle maison avec piscine chauffée et vue superbe sur le Havelsee. Je reconnus à peine le Berlin que j'ai décrit dans ce livre car la plupart des ruines avaient disparu, tout au moins dans le secteur britannique. Les Russes avaient quitté le Rundfunk, la Maison de la Radio. Cependant, ils montaient encore la garde devant un monument construit par eux à l'ouest de la porte de Brandebourg ; et, quand c'était leur tour, ils envoyaient des soldats à la prison de Spandau, officiellement pour y surveiller les trois nazis qui y restaient encore, mais, en fait, parce que cela leur permettait de garder un pied dans le secteur ouest ! Sur le Kurfürstendamm, l'église Kaiser Wilhelm, naguère si étrangement belle, avait été réduite à un unique clocher délabré qui, incorporé à une église neuve très moderne, n'avait plus rien d'une ruine romantique d'Angkor Vat, mais ressemblait, hélas ! à un chicot pourri et noirci qu'on aurait dû arracher depuis longtemps.

Quelques mois avant notre départ on construisit le Mur, ce qui anéantit bien des espoirs pour l'avenir de l'humanité. Je l'ai vu bâtir, et c'est peut-être pour cela que, lorsque je reviens sur le passé, je préfère retrouver le Berlin de 1953, à moitié en ruine, mais chargé de plus d'espoir.

# Prologue (1940)

A la tombée de la nuit, au vent hésitant qui avait soupiré tout le jour à travers les herbes et les ajoncs du bord de la falaise, avait succédé un brouillard froid venu de la mer, qui empêchait de voir la côte et réduisait le bruit des vagues sur les galets à un murmure à peine plus fort que le grondement monotone et incessant du canon à l'ouest.

Les heures passèrent, lentes et silencieuses, jusqu'au lever de la lune. Argentant le brouillard, elle amena avec elle une brise nocturne qui souffla doucement vers la mer en tourbillonnant sans disperser pour autant les nappes de la brume.

Une silhouette qu'on aurait prise pour un ajonc penché remua et se redressa tandis qu'une voix parlait bas dans le patois de cette côte isolée : une voix d'homme, à peine plus qu'un murmure. « Ça va. Maintenant nous partons, mais sans bruit. Je passe le premier, et chacun tiendra celui qui le précède. Pour les enfants, il vaut mieux les porter. Allons-y ! » Il y eut un bruissement qui aurait pu être celui du vent dans les buissons et les roseaux, quand le petit groupe de réfugiés, aux contours indécis sous la lumière incertaine de la lune, commença à progresser le long de l'étroit sentier de chèvres qui conduisait au bas de la falaise.

Ils essayaient désespérément de ne faire aucun bruit, mais c'était impossible car le sol sablonneux et sec se craquelait sous leurs pieds et des fragments se détachaient, qui dégringolaient jusqu'à la plage. Un enfant geignit doucement ; il y eut un craquement : la jupe d'une femme s'était déchirée au fil barbelé d'une clôture. Quand ils arrivèrent au rivage, leur progression trébuchante sur les galets bruyants fut une torture pour leurs nerfs à vif, mais ils atteignirent enfin la mer...

Derrière eux, les meutes de la haine et de la destruction

hurlaient à travers l'Europe, tandis qu'au nord et au sud la fumée des brasiers de Rotterdam et de Dunkerque noircissait les doux cieux de mai. Devant eux, c'était l'espoir : au-delà d'une mer étroite et des bancs mouvants du brouillard, la côte d'Angleterre.

Du bord de l'eau, le brouillard ne dissimulait qu'imparfaitement la forme vague d'un bateau de pêche, et malgré l'obscurité on pouvait voir un homme debout jusqu'aux genoux dans l'eau agitée, qui maintenait la proue vers le rivage. A l'écoute et tendu, tête levée, il ignorait la file trébuchante des réfugiés, pour garder les yeux fixés vers la droite, là où la courbe de la baie rejoignait une masse de rochers couverts d'algues.

Il murmura d'une voix rauque et sans tourner la tête : « J'ai la frousse. Allez, vite ! » Puis, par-dessus son épaule, à une silhouette vague dans le bateau : « Hisse la voile, Pierre. »

Un enfant commença à sangloter à petits coups, sans oser hurler plus fort ; la peur ressentie par les adultes avait fait de lui un animal terrifié.

« *Silence, toi !* » Le murmure était plein d'une crainte sauvage. Le petit corps fut embarqué et trois autres enfants suivirent, dont le dernier, une fille, étreignait une grande poupée. L'homme qui l'avait portée monta dans le bateau après elle et se retourna pour aider une femme tremblante.

« Vite, vite ! » murmura l'homme debout dans l'eau.

A ce moment, avec une soudaineté bouleversante, l'obscurité fut traversée par une flamme ; le sifflement et l'impact de balles, des cris rauques et le bruit de bottes sur les rochers et les galets réveillèrent les échos du brouillard et des basses falaises tout autour de la baie.

Sans un mot, l'homme qui maintenait la proue et celui qui avait conduit les réfugiés le long du sentier s'adossèrent au bateau et le poussèrent en eau profonde. La voile, invisible dans la nuit et le brouillard, monta et prit le vent ; lentement d'abord, le bateau commença à s'éloigner de la plage. Les deux pêcheurs embarquèrent suivis des derniers réfugiés qui, la panique décuplant leurs forces, se jetèrent en criant dans l'eau, s'accrochant à la proue qui s'éloignait pour se hisser à bord.

Une silhouette isolée courait follement sur les galets. C'était la femme dont les vêtements s'étaient accrochés à des fils barbelés rouillés. Elle s'était arrêtée pour se libérer, effrayée par le bruit de la déchirure et n'osant se dégager en tirant. Elle était donc arrivée en retard sur la plage.

Elle se précipita dans l'eau, trébuchant sur les galets que les vagues roulaient sous ses pieds, mais le bateau était trop loin. Le brouillard s'était refermé sur lui et il semblait qu'il n'eût jamais été là. Elle essaya de hurler, suppliant qu'on revienne la chercher, qu'on ne la laisse pas seule sur cette plage obscure ; mais sa gorge était sèche et elle ne respirait plus qu'en hoquetant.

Le redoutable tac-tac-tac d'une mitrailleuse se joignit au bruit de bottes, des balles traçantes zébrèrent le brouillard de brillantes lignes orange. Tournant le dos à la mer qui l'avait trahie, elle courut comme un animal traqué vers les ajoncs obscurs, les basses falaises sablonneuses et la terre hostile...

# 1

Miranda Brand, agenouillée sur le plancher d'une chambre de l'hôtel des Familles, à Bad Oeynhausen, en Allemagne, dans la zone d'occupation britannique, cherchait une savonnette dans sa valise tout en regrettant d'avoir accepté l'invitation de son cousin Robert Melville à passer un mois à Berlin avec lui et sa famille.

Ce bâtiment lugubre, les voix gutturales vaguement familières, les kilomètres et les kilomètres gris et humides qu'elle avait vus défiler derrière les fenêtres du train cet après-midi, lui avaient porté sur les nerfs. Pourtant, sa nervosité ne pouvait être liée à l'Allemagne, bien qu'elle y revînt pour la première fois depuis son enfance, puisqu'elle l'avait déjà éprouvée avant d'avoir mis le pied dans le pays.

Tout avait commencé... Quand cela avait-il commencé ? Etait-ce à bord du bateau vers Hoek van Holland ?... ou même plus tôt encore, dans le train qui l'emmenait à Harwich ? Elle ne pouvait en être sûre. Elle savait seulement que, pour une raison inexplicable, elle se sentait tendue et mal à l'aise et... et elle avait peur !

Oui, c'était cela : *elle avait peur.* « Eh bien, de quoi donc as-tu peur ? se demandait Miranda. *De rien !* Tu ne peux pas avoir peur de *rien !* »

« Je deviens comme la tante Hetty », pensait-elle tristement — ce qui ne l'empêcha pas de sourire au souvenir de la vieille fille névrosée et hypertendue — quand la porte s'ouvrit tout à coup et Stella Melville se rua dans la pièce, claquant la porte derrière elle ; Miranda sursauta et le couvercle de sa valise lui retomba sur les doigts.

— Aïe ! Qu'y a-t-il donc, Stel ? Arrête de me faire des peurs pareilles !

Miranda souffla sur ses doigts meurtris et regarda la femme de son cousin d'un air faussement indigné.

Mme Melville, toute frémissante, reprit sa respiration et serra les poings :

— Je *hais* l'armée ! *Je la hais !* Oh, pourquoi faut-il que Robert soit officier ? N'aurait-il pas pu être fermier, ou éleveur de porcs, ou agent de change, ou... ou... oh, *n'importe quoi* mais pas officier !

Stella se jeta à plat ventre sur le lit et éclata en sanglots.

— Dieu du ciel ! s'écria Miranda d'une voix blanche.

Elle se leva en hâte et, se penchant sur le bord du lit, entoura d'un bras les épaules de Stella pour essayer de la réconforter :

— Qu'y a-t-il, ma chérie ? Cette poison de Leslie a encore fait ses griffes sur toi ? Oublie-la ! Je crois que toutes ces pilules contre le mal de mer lui ont donné mal au foie. Allons, ma douce, secoue-toi !

— Oh, va-t'en ! sanglota Stella furieuse, essayant en vain de s'enfoncer davantage dans l'oreiller. Tu ne comprends pas. Personne ne me comprend !

Miranda chercha à la raisonner :

— Eh bien, dis-moi ce qu'il en est. Voyons, Stel, ça ne peut pas être si grave que ça. Raconte tout à ta tante Randa !

Stella rit à travers ses larmes et s'assit, remettant en place, du dos de la main, une mèche humide de cheveux blonds.

— Ma tante Randa ! J'aime bien ça, moi qui ai l'âge d'être ta mère.

Miranda chercha dans les poches de sa veste et, trouvant un mouchoir à peu près propre, le passa à Stella.

— *Vingt et un ans,* dit Stella, désolée. Mon Dieu ! et moi, je vais en avoir quarante.

Elle se moucha, tout en regardant Miranda. Son joli visage à elle, rose et blanc, était couvert de larmes, et les dégâts subis par son maquillage révélaient tout à coup son âge réel.

Miranda parut surprise.

— Vraiment ? Eh bien, je pense que si tu t'étais mariée à dix-huit ans, je pourrais tout juste... au fait, comment en sommes-nous venues à parler de nos âges ? Quel rapport entre ton âge et ta haine de l'armée ?

— Peut-être plus que tu ne crois, dit Stella amèrement.

Elle vit que Miranda paraissait très étonnée et eut un petit rire.

— Non, ce n'est pas ça ! C'est... Eh bien, Robert vient de rencontrer quelqu'un qu'il connaissait et — oh, Randa, c'est terrible ! — cet homme a dit à Robert que le régiment allait être envoyé en Malaisie l'année prochaine !

Les yeux bleus de Stella se remplirent de nouveau de larmes qui glissèrent lentement le long de ses joues humides et de son menton, faisant de vilaines taches sur son élégante robe grise.

— La Malaisie ? Mais, au nom du Ciel, Stella, pourquoi cela te bouleverse-t-il ainsi ? A ta place, je serais folle de joie ! Le soleil, les palmiers, les cloches des temples, sans parler d'une nuée de domestiques en ravissant costume oriental pour faire à ta place tout le travail pénible ! Penses-y ! Plus de vaisselle à laver, plus de problèmes de chauffage : *le paradis !* Pourquoi te fais-tu du souci ? Tu n'as pas à t'en faire pour Robert, car il m'a dit un jour que la guerre en Malaisie était une « guerre de commandants de compagnie », je ne sais pas ce que ça veut dire exactement. De toute façon, les journaux semblent tous penser que Templer a eu raison des bandits.

— Tu ne comprends pas, répéta Stella avec impatience. Je sais que *tu* penses que ce serait très agréable d'aller là-bas, mais je ne suis pas toi. Des gens comme toi voient dans l'Orient un lieu exotique et passionnant, mais pour moi il est sauvage et effrayant. Je n'aime pas les endroits inconnus, peut-être parce que je ne suis pas une personne exotique ou passionnée. J'aime mon petit coin d'Angleterre et je ne veux vivre nulle part ailleurs.

Miranda insista.

— Mais tu peux avoir les deux, tu peux vivre en Angleterre et, de temps à autre, visiter des endroits romantiques à l'étranger.

— Ce n'est pas ça, dit Stella d'un ton morne. Quand j'ai épousé Johnnie — tu n'as pas connu Johnnie, n'est-ce pas ? —, je pensais que nous vivrions à Mallow, ou pas loin de là, dans le Sussex ou dans le Kent, et que ce serait magnifique. J'ai même pensé que je « serais heureuse à jamais », comme dans les contes de fées !

Elle eut un rire bref, amer et alla appuyer son front contre un carreau de la fenêtre pour contempler la rue étroite qui commençait à s'obscurcir. Elle dit très bas, presque comme si elle avait oublié la présence de Miranda et se parlait à elle-même :

— Ça ne s'est pas passé comme ça. Peut-être que ça ne se passe jamais comme ça. Nous avons dû aller aux Indes. Il... *Je détestais ça !* La saleté, la poussière, les mouches, les visages basanés et fermés, la terrible chaleur et cette épouvantable vie de club. Et j'étais malade, toujours malade.

Elle frissonna si violemment que ses dents claquèrent.

— Revenir en Angleterre, c'était le paradis. Voir des champs verts et des cieux gris et frais. Oh, l'horreur de ce soleil ardent ! Après, il y a eu la guerre et il a dû aller aux Indes sans moi. Je ne l'ai jamais revu. Quand il... quand le télégramme est arrivé, j'ai pensé que je ne serais plus jamais heureuse. Mais on ne peut pas être malheureuse indéfiniment, Dieu merci ! Après la guerre, j'ai rencontré Robert.

Elle se retourna vers Miranda, martelant ses paroles, tandis que ses doigts minces se crispaient sur les lignes harmonieuses de la robe grise.

— Et tout a recommencé. Ils l'ont envoyé en Egypte et ils n'ont pas voulu me permettre de l'accompagner parce que, disaient-ils, je n'avais pas assez de « points ». *Des points !* Comme si l'amour et le mariage avaient quelque chose à voir avec une carte de rationnement. Plus tard, les familles ont été évacuées, mais ça n'a pas amélioré ma situation. Quand enfin nous sommes rentrés, son régiment était en Allemagne, de sorte que nous avons été envoyés à Berlin. Et Berlin, que tu le croies ou non, n'est pas considéré comme une « garnison à l'étranger ». *Pas à l'étranger !* Alors, maintenant, on nous dit que l'année prochaine ce sera la Malaisie. Je ne peux pas le supporter !

Stella se retourna désespérément vers la fenêtre.

— Stella, ma chérie, dit Miranda avec douceur, comme si

elle s'adressait à une enfant difficile, tu es fatiguée et nerveuse et je te comprends. C'est ce fichu déménagement. Mais, sais-tu, cela ne va pas si mal. Il n'y aura ni mouches, ni chaleur, ni visages orientaux à Berlin, et Robert dit que votre maison est l'une des plus belles. En plus, tu es sûre qu'on te permettra d'aller en Malaisie avec lui.

— Tu ne comprends pas, répéta Stella d'une voix sans timbre. Personne ne me comprend réellement. Je ne veux pas vivre en Allemagne. J'ai toujours tremblé à cette idée. Quand j'avais six ans, j'ai eu une gouvernante allemande et je la haïssais. Ensuite, ma mère a voulu que j'aille suivre un cours complémentaire à Bruxelles et, cela aussi, je l'ai détesté de la première minute à la dernière. Je suis comme cette fille dans l'un des livres de Nancy Mitford qui détestait l' « étranger ». *Moi,* je déteste aussi l' « étranger ». Je veux vivre en Angleterre, dans ma maison, avec mes affaires autour de moi. Pas de ces terribles déménagements et séparations à n'en plus finir, pas de ces logements sans âme meublés par l'armée.

— Dans ce cas, dit Miranda vivement, je ne vois pas pourquoi tu ne restes pas en Angleterre.

— Et être séparée de Robert ? Je ne pourrais pas le supporter ! C'est ça qui est terrible : j'avais juré que je n'épouserais plus jamais un militaire, mais je n'ai pas pu m'en empêcher. On ne le fait pas exprès, de tomber amoureuse ! Ça arrive, tout simplement, et alors il est trop tard et tu te sens coupée en deux : tu aimes quelqu'un et tu détestes la vie nomade et désordonnée qu'on est bien obligés d'avoir si on ne veut pas être séparés. Bon, je crois que je continuerai à mener le genre de vie que je n'aime pas, dans des endroits que je déteste, jusqu'à ce que je sois vieille et que Robert prenne sa retraite avec un gros ventre ! N'épouse jamais un militaire, Miranda.

— Moralité, n'épouser jamais personne, dit Miranda en la serrant contre elle. Rester résolument célibataire, comme moi, c'est bien plus sûr et bien plus confortable.

Stella eut un petit rire triste et s'écarta de la fenêtre.

— De quoi je dois avoir l'air ! Excuse-moi, Randa, je me suis comportée comme une folle hystérique. Je suppose que c'est parce que je vois que ça va recommencer, maintenant que je suis plus âgée... Oh, n'y pense plus, chérie ! Je suis aussi fatiguée que si nous avions voyagé pendant des semaines et non deux jours à peine.

Elle ouvrit les deux robinets du lavabo et se regarda désespérément dans le petit carré de glace.

— Je ferais peut-être bien de me passer un peu d'eau froide sur la figure, je ne peux pas descendre dîner avec une tête pareille.

— Veux-tu faire monter ton dîner ici ? suggéra Miranda.

— Non, il faut que je descende. Robert a invité à dîner avec nous quelqu'un de la commission de contrôle. Tu sais, ce type d'un certain âge que nous avons rencontré dans le train, le général de brigade... Machin.

— Brindley, précisa Miranda.

— C'est ça. Je ne crois pas que ce pauvre homme ait compris qu'il serait obligé de dîner avec Lottie et Mademoiselle par-dessus le marché, sinon il aurait probablement refusé. D'habitude, ces vieux célibataires bavards n'aiment pas les enfants. A quelle heure est le train pour Berlin ?

— Eh bien, il y a au rez-de-chaussée une notice tout ce qu'il y a de plus militaire qui dit « Départ 22 h 55 », mais je n'ai pas pris le temps de la lire en entier. Est-ce que tu crois qu'il y a un train direct de Hoek van Holland à Berlin, qui nous éviterait de descendre et de passer des heures dans un hôtel ?

— Les Russes, dit Stella tout en se passant de l'eau froide sur le visage.

— Que veux-tu dire, les Russes ?

— Apparemment, ils ne laissent nos trains traverser leur zone que la nuit. Je suppose qu'ils ont peur que nous ne prenions des photos par les fenêtres des voitures. Est-ce que j'ai meilleure mine ?

— Tu es merveilleuse, dit Miranda d'un ton léger.

Elle se détourna brusquement avec la pensée soudaine que Stella n'avait pas l'air d'une femme de quarante ans : elle avait l'air vieille.

Stella Carrell, devenue Stella Radley puis Stella Melville, avait vingt-sept ans quand Miranda, fillette de six ans dégingandée et apeurée, l'avait vue pour la première fois. Aussi, pendant bien des années, elle lui était apparue comme vieille. C'était seulement depuis deux ou trois ans qu'elle s'était rendu compte que Stella était une femme attirante, dont elle admirait la beauté et copiait les goûts en matière de vêtements et de chapeaux. Stella semblait rajeunir à mesure que Miranda grandissait, car une curieuse absence de maturité perçait dans son caractère et son apparence, en sorte que Miranda se sentait protectrice comme si elle avait été l'aînée. Mais, aujourd'hui, malgré cette explosion qui révélait son côté enfant gâtée, elle lui avait brusquement paru vieillie de dix ans.

Miranda ne pouvait se souvenir d'avoir jamais vu Stella autrement qu'impeccable et magnifiquement habillée. Un adjectif que certaines revues féminines employaient à tort et à travers lui convenait particulièrement : elle était « sophistiquée ». Pourtant à cet instant, en considérant les cheveux blonds et humides qui pendaient de chaque côté de son visage, Miranda remarqua pour la première fois qu'ils commençaient à blanchir. Sans poudre ni rouge à lèvres, la peau de Stella paraissait flétrie et presque jaunâtre, un réseau de ridules et de pattes-d'oie sillonnait le tour des yeux et de la bouche.

Miranda se souvint brusquement des roses du jardin de Mallow : un jour si belles dans leur perfection veloutée, le lendemain trop ouvertes et déjà presque fanées. Stella était comme les roses et, comme elles, elle se fancrait vite. Son visage perdrait de son attirance une fois la jeunesse passée, et bientôt sa beauté éclatante disparaîtrait sans presque laisser de trace.

Saisie d'inquiétude, Miranda se détourna rapidement pour se regarder dans la glace. Elle fut rassurée : des yeux couleur d'un ciel d'hiver, des pommettes larges, un menton pointu, un visage entouré de boucles noires et une gorge couleur d'ivoire. Elle ressemblait étonnamment au portrait par

Thompson de Charlotte Brontë qui, à l'époque, avait été jugée à tort sans beauté. Son visage et sa silhouette très mince permettaient à Miranda Brand de gagner très confortablement sa vie depuis deux ans, comme mannequin.

« Je vieillirai bien, pensa Miranda avec calme. Quand j'aurai soixante-dix ans, les gens diront : " Qui est cette vieille dame à l'air distingué ? " »

Elle se mit à rire ; elle était assez jeune pour se représenter vieille sans le croire possible.

— Qu'est-ce qui te fait glousser ? demanda Stella, achevant d'une main experte de se maquiller devant la glace.

Elle avait retrouvé sa sérénité et son équilibre, aussi peu à sa place dans le cadre de cette triste chambre qu'une orchidée de prix sur le sein d'une vieille ménagère allemande.

— Rien du tout, se hâta de répondre Miranda. Si tu es prête, descendons voir si ce caravansérail peut nous offrir un sherry buvable.

# 2

La salle à manger de l'hôtel des Familles était longue, large et haute de plafond. Il y régnait une forte odeur de cuisine, d'encaustique et de radiateurs surchauffés. Miranda, assise à l'une des grandes tables entre son cousin Robert Melville et le général de brigade en retraite, membre de la commission de contrôle, regardait autour d'elle avec intérêt.

Les tables vides étaient nombreuses ; ou bien les voyageurs du train avaient tendance à rester ensemble, ou bien le personnel allemand, pour économiser du temps et des efforts, les avait groupés.

Les tables voisines de celle des Melville étaient occupées, l'une par le colonel et Mrs. Leslie, l'autre par deux collègues de Robert et leurs femmes : le major et Mrs. Marson, le lieutenant et Mrs. Page.

A côté des Leslie étaient placés Mrs. Wilkin et ses cinq enfants. C'était une femme de petite taille, qui faisait penser à un moineau. Elle allait rejoindre son mari, sergent en garnison à Berlin. Elle paraissait anxieuse et épuisée. Il y avait de quoi : ses rejetons, bruyants et très désobéissants depuis vingt-quatre heures, étaient devenus maintenant tout à fait insupportables. L'aîné, que sa mère appelait Wally, s'amusait à lancer des morceaux de pain. « Un démon, cet enfant ! » pensa Miranda en souriant. Wally, s'en apercevant, sourit lui aussi, de façon engageante. Son visage ingrat, tacheté de son et brèche-dents, perdit du coup sa ressemblance frappante avec le diablotin de Don Camillo. Sentant qu'il avait un public, Wally lança un morceau de pain encore plus gros ; Miranda détourna en hâte son regard.

Toutes les autres tables étaient vides ; Miranda en fut déçue, ce qui la mit déraisonnablement en colère contre elle-même. Elle avait espéré voir dans cette salle à manger quelqu'un d'autre, qu'elle ne connaissait que depuis la veille, mais qui n'était pas là.

Miranda reporta son attention sur le potage. A mesure que le repas avançait, elle se sentait reprise par une étrange, indéfinissable sensation d'angoisse. Peut-être souffrait-elle, comme Stella, d'une trop grande lassitude ? Peut-être tout le monde, dans cette salle laide et trop sonore, était-il tout aussi fatigué ? Ce serait alors cette fatigue, ajoutée à la tension nerveuse, qui créait cette inexplicable sensation de malaise. L'étrange comportement de Mrs. Leslie pourrait avoir la même cause.

Miranda émietta son pain et regarda d'un air pensif les occupants de la table voisine. Le colonel Leslie commandait l'un des régiments britanniques de Berlin ; il revenait, avec sa femme Norah, d'une permission de trois semaines en Angleterre. Norah Leslie était le type même de la femme d'officier ; elle aurait aussi bien pu accrocher à son cou une pancarte le proclamant. On savait d'instinct qu'elle devait appeler le régiment de son mari « mon régiment », les femmes des autres officiers « mes femmes » et qu'elle s'occupait du service social comme de tout ce qui pouvait être utile au bataillon. Elle jouait sûrement très bien au bridge, pas mal du tout au tennis et au golf, lisait tous les grands succès de librairie et était sincèrement convaincue qu'un seul régiment comptait dans l'armée britannique : le sien.

De Londres à Harwich, les Melville avaient voyagé dans la même voiture que les Leslie qui s'étaient aperçus que Norah Leslie avait été une proche voisine de Robert pendant leur enfance et leur adolescence. Le colonel avait soutenu poliment la conversation, mais sa femme avait été sèche jusqu'à la grossièreté. A Harwich, le navire pour Hoek van Holland était bondé. Stella, Miranda, la petite Charlotte (sept ans) et sa « Mademoiselle » s'étaient retrouvées dans une cabine à six couchettes, avec Mrs. Leslie et Elsa Marson, la femme du major Harry Marson qui appartenait au même régiment que Robert. Mrs. Leslie s'était plainte à l'hôtesse, soutenant qu'il y avait erreur, puisque son mari avait expressément demandé la réservation, pour sa femme et lui, d'une cabine à deux couchettes. L'hôtesse l'avait écoutée patiemment puis lui avait expliqué que le navire était bondé et qu'elle serait obligée de se contenter de ce qu'on lui offrait. Mrs. Leslie avait alors menacé de se plaindre aux autorités compétentes, avait pris plusieurs cachets contre le mal de mer et s'était allongée sur sa couchette.

Le lendemain matin, elle s'était montrée aimable avec Miranda pendant qu'elles attendaient au bureau des douanes à Hoek van Holland, lui demandant pourquoi elle allait en Allemagne.

— Oh, ce n'est que pour des vacances ? Un mois ? Mais quel étrange endroit pour passer des vacances ! Bien sûr, avant la guerre... Mais aujourd'hui il n'y a vraiment plus rien à voir. A moins que vous ne vous intéressiez aux ruines. Et même, une fois que vous avez visité ce qui reste du Reichstag et l'amas de débris qui a remplacé la Chancellerie et le bunker de Hitler, vous avez tout vu. Les Melville sont de votre famille, ou ce sont seulement des amis ?... Vous êtes la cousine de Robert ? Je l'ai très bien connu ; sa famille a habité presque à côté de chez nous, pendant des années. Je n'avais jamais vu sa femme. Je ne me rendais pas compte...

A ce moment, Robert et Stella s'étaient joints à elles, Mrs. Leslie avait fait un brusque demi-tour et s'était éloignée. Robert avait paru un peu surpris, et Stella blessée. Elle n'était pas habituée à la grossièreté ; pendant un instant ses yeux bleus s'étaient agrandis et les coins de sa bouche affaissés comme ceux d'un enfant qui a essuyé une rebuffade. Miranda s'était sentie à la fois irritée et curieuse : irritée de l'affront fait à son cousin, curieuse de ce que cachait l'étrange comportement de Mrs. Leslie. Quelle qu'en fût la raison, il était clair que Robert et Stella l'ignoraient.

A sa table de l'hôtel des Familles, Miranda observait vaguement Mrs. Leslie. Elle réfléchissait. « Oui, il y a quelque chose là-dessous ; je me demande quoi ? » Norah Leslie regardait son mari, mais Miranda était convaincue qu'elle ne l'écoutait pas et qu'elle prêtait au contraire beaucoup d'attention à ce qui se disait à la table des Melville. Pourquoi ?

Mrs. Leslie tourna la tête. Il fut impossible à Miranda de déterminer si elle regardait le dos de Robert ou le visage de Stella qui, assise en face de lui, écoutait le général Brindley parler de la culture des pois de senteur. Mais le regard lui-même ne laissait aucun doute : la haine à l'état pur y éclatait.

Miranda se détourna rapidement, surprise et mal à l'aise. Personne d'autre ne semblait avoir remarqué ce regard ardent. Le général Brindley avait abandonné les pois de senteur pour la saison des ballets ; Robert et Mademoiselle (la vieille gouvernante suisse, qui s'appelait Marie Beljame) s'occupaient de Charlotte : Robert pour répondre aux questions de sa fille, Mademoiselle pour surveiller de très près sa façon de se tenir à table.

Charlotte, que Miranda avait surnommée Lottie la chatte démoniaque, était d'une laideur remarquable. Elle n'avait hérité ni du charme de son père, ni de la beauté exceptionnelle de sa mère, la première femme de Robert, morte en la mettant au monde. Un an plus tard, Robert avait épousé Stella, son aînée de plusieurs années. Jusqu'alors, Miranda n'y avait jamais prêté attention, mais aujourd'hui, sous l'éclairage impitoyable de cette salle, leur différence d'âge lui était soudain apparue. La récente crise de larmes de Stella y était-elle pour quelque chose ? Peut-être était-ce le contraste entre le visage de Stella, savamment maquillé, et la fraîcheur, le brillant de la jolie jeune femme assise près d'elle à la table voisine, Sally Page. Celle-ci avait épousé, alors qu'elle avait à peine dix-huit ans, un officier subalterne du régiment de Robert Melville. Quatre ans plus tard, elle avait gardé l'aspect et le comportement d'une charmante adolescente un peu légère. Andy et elle avaient été en garnison à Fayid pendant les deux ans et demi que Robert avait passés dans la zone du canal de Suez ; maintenant, ils rejoignaient le régiment à Berlin.

Si Stella fait penser à une rose de fleuriste, pensa Miranda, Sally Page a l'air d'une églantine, douce et fraîche, terriblement jeune, et anglaise jusqu'au bout des ongles. Derrière le dos de Stella, elle souriait maintenant à Robert. Révélateur, ce sourire, aussi révélateur que l'avait été le regard de

Mrs. Leslie. Miranda ressentit une petite pointe d'angoisse. Non, ce n'était peut-être pas une bonne idée, après tout, de passer ses vacances à Berlin.

— Numéro 28, n'est-ce pas? dit le général Brindley. Bien sûr, je connais la maison, et je peux vous assurer que vous la trouverez très confortable, l'une des plus agréables de Charlottenburg. Vous avez de la chance.

— C'est l'avis de Robert, dit Stella, mais vous connaissez les officiers. Ils ont tendance à jouer le rôle d'agent immobilier pour vous remonter le moral.

— Eh bien, dans ce cas, il a eu tout à fait raison. Une maison charmante, absolument intacte. Intéressante d'ailleurs, mais seulement par son histoire.

— Que voulez-vous dire ?

Robert se pencha en avant et se joignit à la conversation.

— Appartenait-elle à un dirigeant nazi ?

— Non, mais c'était celle de la mère de Willi Ridder. Je suppose qu'on pourrait le qualifier de personnage spectaculaire, ou tout au moins mystérieux et intrigant.

— Oh, racontez-nous, supplia Stella. J'adore les intrigues.

Le général était un conteur réputé. Il ne détestait pas, bien au contraire, avoir un public. Il s'éclaircit la voix et but une petite gorgée de vin.

— Willi Ridder, commença-t-il, était un membre important des services secrets nazis. Il n'appartenait pas à ceux sur qui sont braqués les feux de la rampe, mais à ceux qui, en coulisse, tirent les ficelles. En apparence, ce n'était qu'un riche Berlinois très bien vu de la hiérarchie nazie.

— Et il habitait notre future maison? J'imagine alors qu'elle doit être tout à fait genre Park Lane[1], dit Stella.

— Non, c'était sa mère qui y vivait. Sa femme et lui habitaient une autre maison, pas très loin, qui est en ruine maintenant, à cause d'une bombe perdue peu après le début de la guerre, je crois. Malgré sa fortune, il menait une vie

1. Quartier de Londres, chic et quelque peu snob. (N.d.T.)

plutôt simple. Pour tout personnel, un ménage logé, elle cuisinière-gouvernante, lui une espèce de valet-majordome. Je pense qu'il devait avoir recours, le cas échéant, à des extras de confiance.

Le général s'arrêta et but une nouvelle gorgée de vin. Robert intervint :

— Je ne crois pas que les membres importants d'un service secret aiment avoir beaucoup de monde chez eux. Un couple de toute confiance vaut sans doute mieux qu'une bande de gens douteux, même si, quelquefois, la soupe est tiède et qu'il reste de la poussière sur la cheminée du salon.

— Très juste, confirma le général. Mais, au vu de la suite des événements, je penche vers une interprétation moins évidente et plus sinistre. A mon avis, tout cela faisait partie d'un plan.

— Un plan ? demanda Stella. Comme vous rendez cette histoire passionnante ! Connaissiez-vous ce Ridder ?

— Je le connaissais, affirma le général. Je l'ai rencontré en 1937 en Angleterre, alors qu'il venait rendre visite aux Gore-Houston. Lady Gore-Houston était ma cousine et malheureusement, à cette époque, elle avait tendance — comme d'autres que je pourrais citer — à être quelque peu pro-fasciste. L'année suivante, je me suis trouvé quelques jours à Berlin, et Ridder m'a invité à loger chez lui. Je n'y ai passé qu'une nuit, mais je me souviens très bien de cette visite, sans doute parce que j'y ai si souvent pensé depuis... Avec le temps, j'en aurais sans aucun doute oublié les détails mais, à cause de ce qui s'est passé, j'ai souvent réfléchi à cette brève visite avec beaucoup d'intérêt.

— Que s'est-il passé ? supplia Miranda, impatiente d'en arriver au dénouement de l'histoire.

— Chaque chose en son temps, ma chère, répondit le général, qui n'aimait pas qu'on le presse mais préférait ménager ses effets.

Il reprit un peu de vin avant de continuer.

— Peut-être vous souvenez-vous, ceux qui ne sont pas trop jeunes (petite inclinaison de tête courtoise vers Miranda), qu'en mai 1940 l'Allemagne a attaqué sauvagement et sans provocation les Pays-Bas. Il y avait alors à Rotterdam une fortune en diamants taillés prêts à partir pour la Grande-Bretagne et les Etats-Unis. Les nazis ne l'ignoraient pas et le vol de ces diamants était l'un des objectifs de cette attaque surprise. Ils savaient exactement où les trouver, et des parachutistes ont sauté autour de la cachette. Un seul cependant de ceux qui participaient à l'opération en connaissait le but : c'était Willi Ridder, chargé de s'emparer des fameux diamants et de les ramener à Berlin. Le plan a parfaitement fonctionné et Ridder s'est trouvé en possession de pierres valant plusieurs millions de livres sterling.

Le général, conscient que la conversation avait cessé aux deux tables voisines et que leurs occupants l'écoutaient ouvertement, suspendit son récit pour se servir, sans hâte, de compote de fruits à la crème.

— Oh, continuez, je vous en prie, insista Stella. Qu'est-il arrivé ensuite ? Ce n'est pas tout, n'est-ce pas ?

— Loin de là, dit le général, acceptant le sucrier que lui tendait un serveur intéressé par l'histoire. Non, ce n'est pas tout. *Danke.*

Un morceau de pain atterrit sur la table, manquant de peu le verre du général. Il ferma un instant les yeux et frissonna.

— Est-ce que je peux manger mon pudding à la table de Wally ? demanda Charlotte.

— Mais non ! dit Mademoiselle d'un ton ferme.

— Alors, j' mangerai pas mon pudding, répliqua Charlotte d'un ton tout aussi ferme. Pourquoi pas ? La mère de Wally le permettrait. Papa, est-ce que je peux manger mon pudding à la table de Wally ?

— Tu as entendu ce qu'a dit Mademoiselle, Lottie.

— Mais elle n'aime pas Wally. Elle dit qu'il est méchant, brutal, grossier. Moi, je l'aime bien. Pourquoi j' peux pas y aller ? Moi, je l'empêcherai de lancer du pain.

— Oh, laissez-la y aller, dit Stella, impatientée. Peut-être qu'alors ce gosse cessera de lancer des croûtes. N'en faisons pas un drame. D'accord, chérie, tu peux aller demander à Mrs. Wilkin si elle te permet de t'asseoir à leur table, mais sois sage. Non, Mademoiselle, ce n'est pas nécessaire de l'accompagner. (Elle se retourna vers le général.) Continuez. Vous étiez en train de nous expliquer comment Willi Ridder s'était emparé des diamants.

— Ah, oui, les diamants. Naturellement, nous savions — c'est-à-dire notre Intelligence Service savait — que les diamants étaient entre les mains des Allemands. De notre point de vue, c'était tout. Nous n'avons appris la fin de l'histoire — si l'on peut dire qu'elle a eu une fin, ce dont je doute — qu'après la guerre, grâce à des documents que nous avons saisis et à certains témoignages intéressés...

Le général s'arrêta et promena un regard impressionnant sur son public, qui comprenait alors tous les occupants des deux tables voisines.

— Willi Ridder, censé transporter les diamants, est rentré à Berlin par avion de nuit. Sa voiture personnelle l'attendait à l'aéroport de Tempelhof pour le ramener chez lui. On ne l'a jamais revu, non plus que sa femme.

— Vous voulez dire qu'ils ont été liquidés, ou victimes d'une purge, comme on dit ? demanda Miranda. Parce qu'ils étaient au courant de l'affaire des diamants ?

— Non, ils ont tout simplement disparu.

— Et les diamants ?

— Aussi.

— Vous voulez dire qu'ils se sont enfuis avec leur butin ? demanda Robert.

Le général lui jeta un regard réprobateur, s'éclaircit la gorge et dit :

— Personne ne saura peut-être jamais si Ridder et sa femme avaient tout prévu avec soin, ou si le fait de se trouver brusquement possesseurs de cette fantastique fortune leur a tourné la tête. Après avoir lu une partie du dossier, j'incline à croire que tout était prévu. Ridder savait que les Pays-Bas allaient être attaqués et que c'était lui qui serait chargé d'aller chercher les diamants. De plus, il y avait ce garage en construction au fond de son jardin de Berlin...

Le général fit une pause, prévoyant la réaction de Miranda, qui ne manqua pas.

— Quel rapport peut-il bien y avoir avec ce garage ?

— Quel rapport ? Il devait être construit en pierre et en brique, assez grand pour deux voitures. Pour la pierre, il faut du mortier, et pour le mortier il faut de la chaux vive. Or il y avait une fosse à chaux derrière le garage, pour qu'on puisse gâcher le mortier sur place. La construction était presque achevée ; il ne manquait plus que le toit. Quand, le lendemain de son retour, on a constaté l'absence de Ridder, on a fouillé la maison. Il n'y avait personne, et pas de diamants non plus. On a retrouvé plus tard l'épave de la voiture et le cadavre du chauffeur près de la frontière néerlandaise. Et plus tard encore, les corps des deux domestiques de Ridder dans la fosse à chaux vive derrière le garage inachevé.

Il y eut un moment de silence. Stella frissonna.

— Est-ce qu'on n'a jamais su ce qu'étaient devenus les Ridder ? demanda Robert.

— Non. On n'a pu que le deviner. On pense, et je le pense aussi, que Ridder et sa femme ont assassiné leurs deux domestiques pour se dissimuler sous leur identité. Les noms de Herr et Frau Schumacher ne signifiaient grand-chose pour personne, tandis que Herr et Frau Ridder étaient trop connus parmi les SS. Le chauffeur de leur voiture était un SS sélectionné, qui a dû trouver normal de conduire son employeur et sa femme hors de Berlin : il ne savait rien des diamants — très peu de gens étaient au courant —, il obéissait aux ordres de Ridder, tout en envoyant un rapport détaillé sur ses faits et gestes à son chef hiérarchique. On peut supposer que les Ridder l'ont tué sur une route déserte, puis ont roulé aussi loin qu'ils l'ont osé vers la frontière néerlandaise, abandonnant la voiture et le cadavre dans une ville qui venait d'être bombardée. Ensuite, ils n'ont plus été Herr et Frau Ridder, mais Karl et Greta Schumacher, réfugiés.

— Mais qu'est-ce que vous croyez qu'ils aient voulu faire ? s'enquit Robert. Où peuvent-ils être allés ? Ils n'avaient aucun espoir de s'enfuir. A cette époque, la région devait être entièrement couverte de divisions blindées...

— On suppose qu'en fait les diamants n'ont jamais quitté les Pays-Bas, que Ridder a réussi à leur trouver une cachette sûre puis est revenu à Berlin avec un sac vide, avec la pensée d'aller les chercher plus tard. Ensuite, sa femme et lui, déguisés en réfugiés, sont peut-être passés en Angleterre ou en Espagne, et de là aux Etats-Unis, qui n'étaient pas encore en guerre. Posséder une telle fortune valait bien de prendre des risques. Dans le chaos qui régnait à cette époque, beaucoup de gens ont réussi à quitter l'Europe. Cependant, il aurait dû être assez facile de retrouver leur trace et, sans aucun doute, les SS ont cru pouvoir le faire.

— Et pourtant ils ont réussi à s'enfuir.

— Le fait est que, jusqu'à ce jour, on n'a plus jamais entendu parler d'eux, bien que, depuis la fin de la guerre, ils aient été recherchés non seulement par la police allemande mais par les polices et services secrets de quatre continents. Ils avaient un jeune enfant — une petite fille, je crois — qui a disparu elle aussi. On raconte que les Ridder, quelques mois plus tôt, l'avaient envoyée à Cologne chez sa tante et que toutes deux ont été tuées, avec beaucoup d'autres, dans un abri sous un bombardement. C'est peut-être vrai. La mère de Willi Ridder, elle, est morte dans un camp de concentration, mais Willi, sa femme et les diamants se sont évanouis.

— Personne n'a jamais trouvé un indice, ou entendu une rumeur ? demanda Stella.

— Si, il y a un indice. Il n'a jamais conduit à rien, mais, pour moi, c'est la partie la plus captivante de l'histoire. Le côté inattendu et fantastique.

La voix du général perdit tout à coup de sa prétention et devint presque passionnée ; il était évident que cette histoire exerçait sur lui une singulière fascination.

— En mai 1940, un petit bateau de pêche a amené en Angleterre quelques réfugiés, dont une petite fille.

— La fille des Ridder ?

— Oh non, c'était une Anglaise. Ses parents qui se trouvaient en Belgique au moment de l'attaque allemande avaient tous deux été tués. Aucun des autres réfugiés ne semblait savoir quoi que ce soit de plus à son sujet. Ils l'avaient d'abord tous prise pour une Française, car elle avait toujours parlé français, jusqu'au moment où, au centre, quelqu'un lui a adressé la parole en anglais, et elle a répondu dans la même langue. On l'a envoyée avec un groupe de réfugiés malades — l'Angleterre était alors pleine de réfugiés — dans une espèce d'hôpital ou de home dans le Sussex, en attendant de pouvoir l'identifier. Elle avait une grande poupée, dont elle refusait de se séparer.

Le silence autour de la table s'intensifia curieusement, chargé d'un intérêt particulier pour cette histoire sortant de l'ordinaire. Si le général s'en aperçut, il l'attribua évidemment à son talent de conteur.

— Quelque temps plus tard, la petite fille ayant cassé sa poupée, un médecin obligeant s'offrit à la réparer. On s'aperçut alors que la poupée contenait des bijoux et pour plus de cinq mille livres sterling en grosses coupures britanniques et américaines. L'enfant n'avait aucune idée de leur origine et ne put expliquer leur présence. Elle affirma que la poupée lui avait été donnée pour Noël et que personne d'autre qu'elle ne l'avait touchée. Plus tard, on réussit à déterminer l'origine des jouets : ils avaient appartenu à Frau Ilse Ridder.

Il y eut de nouveau un long silence.

Le général sourit à son public d'un air suffisant, satisfait de la sensation créée par ce dénouement. Robert paraissait abasourdi. Miranda était pâle. Stella béait littéralement devant le général.

— Nom de Dieu ! explosa Robert.

Le visage de Stella devint rose vif. Elle articula en bégayant un peu :

— Non, mais... ce n'est pas possible ! Je n'ai jamais entendu une histoire aussi incroyable !

— Chère madame, dit le général un peu sèchement, je vous assure que...

— Oh, bien sûr, il ne l'a pas inventée, interrompit Miranda, blanche, les yeux exorbités, ce n'est qu'une coïncidence extraordinaire. C'est fantastique !

— Je crains de ne pas comprendre... commença le général, visiblement désorienté.

— Non, bien sûr, dit Stella, vous ne pouvez pas comprendre. Votre histoire nous a coupé le souffle. C'est vraiment une coïncidence extraordinaire. L'hôpital du Sussex dont vous venez de parler n'était pas vraiment un hôpital. C'était ma maison, Mallow, qui avait été transformée pendant la guerre en centre de repos. J'y travaillais comme infirmière. Et la petite fille à la poupée, c'était Miranda !

— Nom de Dieu ! jura le général, répétant les mots de Robert avec autant d'énergie.

Il sortit son mouchoir et, tout en s'épongeant le front, regarda fiévreusement autour de la table.

— Vous ne seriez pas en train de me mettre en boîte, par hasard ? s'enquit-il d'un ton soupçonneux.

— Non, je vous promets que non ! C'est tout à fait vrai, n'est-ce pas, Robert ? Demandez à Miranda, elle doit s'en souvenir.

— Bien sûr que je m'en souviens, dit Miranda d'une voix mal assurée. J'ai laissé tomber Wilhelmine — c'était le nom de ma poupée — sur les pavés de la terrasse et sa tête s'est détachée. Elle n'avait jamais été très bien fixée, je crois. J'étais désespérée, en larmes, et un jeune médecin très gentil m'a dit qu'il la réparerait. Il a commencé par en examiner le fonctionnement et, avant que nous ayons rien compris, il en est sorti un tas de diamants, d'émeraudes et de billets de banque. Pas étonnant qu'elle ait été si lourde !

Miranda frissonna et fit une petite grimace, comme si ce souvenir lui était désagréable.

— Stupéfiant !

La voix du général était presque fervente, il se rendait compte qu'il tenait là une histoire qui lui permettrait, pendant des années, de retenir l'attention de ses commensaux.

— Stupéfiant, en effet, reprit Miranda. Je n'avais pas la moindre idée de la façon dont les bijoux et les billets de banque étaient arrivés là et je n'en sais pas davantage aujourd'hui. A dire vrai, je ne me souviens pas de grand-chose entre le début du bombardement et mon arrivée à Mallow. Je crois que je ne veux pas m'en souvenir. Mais je me rappelle très bien que tout le contenu de Wilhelmine m'a été confisqué et que j'ai hurlé à ébranler la maison. Les billets de banque ne m'intéressaient pas, mais les bijoux étincelaient et je pensais naturellement que, puisqu'ils sortaient de ma poupée, ils étaient à moi. En fin de compte, pour me faire tenir tranquille, ils m'ont laissé une méchante petite gourmette sans valeur, dans une espèce de métal blanc, avec un petit porte-bonheur égyptien, une croix ansée, qui y était accroché. J'ai perdu la gourmette, mais j'ai encore le talisman, je le porte même en ce moment.

Miranda leva la main gauche, avec un grand geste. Elle portait au poignet un bracelet d'or tintinnabulant à cause de nombreuses petites breloques absurdes : pièces de monnaie, signes du zodiaque, miniatures de moulin à vent, de voiliers, de lanternes de navires ; et, parmi elles, une breloque un peu plus grande que les autres, une petite croix ansée, l'antique signe de vie égyptien que l'on trouve si souvent sur les murs des temples et des tombes au pays des pharaons, sorte d'ovale surmontant un T majuscule. La croix était rattachée au bracelet par un petit anneau fixé à l'ovale. Elle était faite d'un métal gris acier, gravé sur la partie plane d'hiéroglyphes, sur les bords de raies parallèles.

— J'ai porté ce bracelet pendant des années, dit Miranda. Stella me l'a donné pour mon dixième anniversaire et j'y ai ajouté presque chaque année quelque chose. En commençant par la croix ansée parce qu'à l'époque c'était le seul porte-bonheur que je possédais.

— Vraiment ? C'est très intéressant, remarqua le général. Incroyable. Puis-je y jeter un coup d'œil ?

— Bien sûr. Attendez une minute, la fermeture est un peu dure. J'ai souvent voulu jeter ce porte-bonheur, parce qu'il n'allait pas avec les autres, mais à partir d'aujourd'hui je le garderai précieusement.

Elle parvint à ouvrir le bracelet et le tendit au général qui l'examina avec grand intérêt et parut désappointé.

— Je crains qu'il ne soit pas vraiment passionnant, s'excusa Miranda. Cette croix ne porte même pas une date, un nom, des initiales ni quoi que ce soit. Un jour des hommes sont venus l'examiner. L'un d'eux a dit qu'elle était moderne car les hiéroglyphes qu'elle portait n'avaient aucun sens. En revanche, l'alliage dont elle était faite paraissait l'intéresser. Je me souviens qu'il a essayé, sans succès, de la plier. Comme je craignais qu'il ne la casse, je me suis mise à pousser des hurlements et l'un des autres a dit : « Oh, rendez-le à la gosse », ce qu'il a fait.

Le bracelet fit le tour de la table.

— Très intéressant, n'est-ce pas ? dit Mademoiselle, d'un air indécis, avant de le rendre à sa propriétaire.

— C'est comme un conte de fées, remarqua Miranda empochant le bracelet plutôt que de se battre à nouveau avec la fermeture. Un conte de fées des frères Grimm, assez terrifiant. Je n'ai jamais aimé leurs contes, de toute façon.

— C'est sans aucun doute une très remarquable coïncidence, dit le général. Une histoire très romanesque.

— Plus remarquable encore que vous ne croyez ! dit Miranda en riant. En fait, sans moi, nous ne serions pas réunis autour de cette table. Voyez-vous je suis restée chez Stella pendant que les autorités cherchaient à identifier ma famille. Mon plus proche parent vivant s'est trouvé être le frère de ma mère, le général David Melville. Il s'est précipité chez Stella pour me voir, mais, comme sa femme était morte, qu'il revenait tout juste du front et que son fils Robert — ici présent — se battait quelque part au Moyen-Orient, il ne savait trop que faire de moi. Il a sauté sur l'offre généreuse de Stella de me garder pendant la durée de la guerre. Je ne l'ai jamais revu, il a été tué un an plus tard environ. Après la guerre, Robert est venu chercher le fardeau de la famille — moi. Mais au lieu de m'emmener, il est resté et a épousé Stella. Cette année, Robert et elle m'ont demandé si je voulais passer un mois avec eux à Berlin, et voilà comment nous sommes tous réunis ici.

— Et voilà aussi la fin de l'histoire, conclut Stella.

Le général se tourna vers elle en souriant :

— La fin de *votre* histoire, ma chère Mrs. Melville, mais pas la fin de toute l'histoire, ce n'est qu'un petit élément supplémentaire.

— Je sais ce que vous voulez dire, mon général, intervint Robert. L'histoire ne sera pas conclue tant qu'on n'aura pas retrouvé les Ridder.

— On ne les retrouvera peut-être jamais, dit le général, et

alors personne n'en saura davantage. Ils sont peut-être restés sous les ruines d'une ville bombarbée. Je crois que c'est très vraisemblable.

— Pourquoi, mon général ?

— Parce que, s'ils n'étaient pas morts, il aurait été possible de repérer au moins la femme. Elle était en effet affligée d'une difformité peu courante : l'index et le majeur de sa main gauche étaient soudés. Elle n'avait jamais cherché à se faire opérer et même, chose curieuse, elle en était plutôt fière. Elle portait une bague faite spécialement pour ce double doigt. C'est notamment grâce à cette bague qu'on a pu déterminer que les bijoux trouvés dans... euh... Wilhelmine étaient à elle.

— Mais elle aurait pu se faire opérer depuis, fit remarquer Robert. Cette difformité n'est pas si rare, après tout. J'ai connu moi-même un enfant qui...

— Oui, un enfant, interrompit le général avec un sourire indulgent. Quand l'opération est faite très tôt, la cicatrice est moins visible. Sur une femme adulte l'intervention est plus difficile et la cicatrice impossible à dissimuler. C'est pour cela que je suis persuadé de la mort d'Ilse Ridder. Un défaut ou une particularité physique attire l'attention comme une enseigne lumineuse et, quand on l'a vu, on ne l'oublie pas. Il reste dans la mémoire de l'observateur quand tout le reste s'est estompé. Il est rare qu'on ne remarque pas une anomalie de la nature et qu'on ne s'en souvienne pas.

Miranda vit le dos de Mademoiselle se raidir et son teint jaunâtre se couvrir d'une pénible rougeur. La gouvernante était une de ces désagréables personnes qui se sentent en permanence offensées. Il était clair qu'elle avait pris les paroles du général pour un affront personnel car elle-même présentait une particularité physique : des yeux vairons, le gauche bleu, le droit d'un gris presque noisette. Cela amusait beaucoup Lottie et ses jeunes camarades qui la faisaient enrager par leurs questions sans retenue. Miranda adressa à travers la table un sourire à la gouvernante, mais Mademoiselle refusa cette avance. Ses lèvres se pincèrent et elle répondit au sourire par un regard glacial. Puis elle se tourna vers Stella :

— Si vous voulez bien m'excuser, madame, je vais chercher du lait chaud pour la Thermos. La petite Charlotte dormira mieux dans le train si elle en boit une tasse juste avant de se coucher.

Elle se leva de table en froufroutant, la blessure de son amour-propre visible sur ses épaules.

Miranda cessa de sourire et se tourna à nouveau vers le général.

— Comment était-elle ?

— Ilse Ridder ? Pas très remarquable en dehors de cette légère difformité. Assez jeune, yeux et cheveux foncés. Taille et corpulence moyennes, plutôt jolie, mais habillée avec un mauvais goût atroce. Je me rappelle même avoir pensé qu'elle était daltonienne. Elle aimait les couleurs très vives, en particulier ce bleu électrique qui fait grincer les dents.

— Et lui, Willi ?

— Même chose. Type teuton moyen. Blond et ordinaire, sauf les yeux, d'un bleu très pâle, qui donnaient l'impression de pouvoir percer la cuirasse d'un dreadnought. Un de ces hommes qui trompent leur monde, qui préfèrent rester l'éminence grise plutôt que d'occuper le trône.

Stella intervint :

— Je n'ai jamais eu autant d'émotions de ma vie ! Assez pour le restant de mes jours. Robert, mon chéri, veux-tu dire au garçon que nous prendrons le café dans le hall ? Tu viens, Miranda ?

# 3

Le train secouait ses voyageurs au rythme de ses roues, mais Stella n'entendait rien car elle s'était endormie d'un profond sommeil sans rêve, une minute à peine après s'être couchée, grâce à deux cachets de somnifère fournis par le général Brindley (qui semblait en avoir toujours sur lui en voyage) et à la fatigue, aux émotions de la soirée. Elle avait choisi la couchette supérieure, et la faible lueur de la petite lampe de lecture de Robert au-dessous éclairait vaguement son visage et les blondes ondulations de sa chevelure, aussi soigneusement épinglées pour la nuit que dans sa chambre à Mallow.

Robert, debout, balancé par le train, la regarda un instant. Dans cette faible lumière, elle apparaissait étrangement jeune et épuisée. « Pauvre Stel, pensa Robert, comme elle déteste tout cela ! » Il n'y pouvait rien. Stella aurait aimé le voir quitter l'armée mais c'était impossible. Il ne connaissait pas d'autre métier, et ne se faisait guère d'illusions sur ses aptitudes. « Si j'ai de la chance, pensa-t-il calmement, je pourrai prendre ma retraite comme lieutenant-colonel, mais seulement si j'ai de la chance. Je ne peux guère espérer mieux. Si jamais je quittais l'armée maintenant et cherchais du travail dans le civil, je finirais probablement comme garçon de bureau ou vendeur d'aspirateurs au porte à porte. Stella ne comprend pas ça. Si nous avions assez d'argent, je quitterais l'armée demain et j'essaierais d'exploiter moi-même notre ferme, mais nous n'avons pas d'argent, c'est tout. C'est vraiment dommage qu'elle déteste ce genre de vie qui n'est pas si désagréable en réalité. Mais je suppose que pour pouvoir marcher au clairon avec plaisir, il faut avoir une espèce de vocation ou être né dans le milieu militaire. »

Fatigué, il bâilla et s'assit sur le bord de la couchette tout en enlevant ses pantoufles. Il pensa soudain que les Page étaient dans le même train : un peu gênant qu'ils soient à Berlin. Il devrait faire attention. Sally était une charmante créature, mais... Il se glissa dans les draps et éteignit la lumière...

Dire qu'il allait retrouver le vieux Brindley ! Il ne l'avait pas vu depuis huit ans... ou peut-être neuf ? Depuis que son père avait été tué sur une plage d'Anzio. Etrange, l'histoire qu'avait racontée le général, et qui avait dû secouer Miranda. Une fortune en diamants perdue et peut-être encore non réclamée. Une poignée de diamants l'arrangerait bien, lui... Et qui ne serait pas de cet avis ?

Dans le compartiment voisin, Mlle Beljame sortit d'un vieux sac une robe de chambre en laine qui avait été à la mode du temps du roi Edouard. Elle prenait des précautions pour ne pas éveiller Lottie qui occupait la couchette supérieure. Suivirent une chemise de nuit en flanelle et une paire de pantoufles tricotées à la main. Mademoiselle les posa sur la couchette et remplit à moitié d'eau chaude le petit lavabo. L'eau, balancée par le mouvement du train, faisait un doux clapotis en contrepoint au bruit des roues. Mademoiselle regarda sa montre, la porta à son oreille pour s'assurer qu'elle marchait encore : il était donc très tard. Elle posa la montre avec soin sur la petite tablette au-dessus du lavabo et se regarda avec attention dans le miroir. Il était temps de se teindre les cheveux. Elle toucha d'un doigt osseux la raie médiane de sa coiffure sévère : il faudrait s'en occuper demain ou après-demain.

« Avant la guerre, pensa Mademoiselle, j'étais une jeune femme, mais aujourd'hui je suis vieille. Vieille et laide. »

Elle respira à fond, en tremblant un peu, et commença à se déshabiller. Heureusement qu'elle avait pu se procurer du lait chaud pour la petite fille, et quelle chance que ce vieil Anglais lui ait proposé un somnifère, car il n'est pas toujours facile de bien dormir dans les trains. Cette nuit, grâce au général, un bonne nuit de sommeil lui était garantie.

— Eh bien, nous y voilà, nous sommes presque arrivés à Berlin ! (Harry Marson bâilla et remonta les couvertures autour de son cou.) Je serai bien content d'avoir de nouveau le chauffage central. Dans cette maison de l'oncle Ted, les courants d'air sont infernaux, mais je dois reconnaître que la qualité de son porto est plus qu'une compensation !

Le major Marson réfléchit un moment, sa femme ne disait rien. Il reprit :

— Qu'as-tu pensé de l'histoire de ce vieux bonhomme au dîner ? Bizarre, n'est-ce pas ? Je me rappelle avoir entendu parler de ce Ridder quand j'étais chez l'oncle Bill à Berlin avant la guerre. Je l'ai peut-être même rencontré. Cette petite cousine des Melville, quelle drôle de coïncidence n'est-ce pas ? Si tu lisais ça dans un roman, tu dirais que l'auteur a exagéré. Il est vrai que, à la réflexion, le général a dû raconter cette histoire à tant de gens que l'avoir répétée devant un collègue comme Robert est moins invraisemblable qu'on ne pourrait le croire.

Toujours pas de réponse de la couchette inférieure.

— Une fortune en diamants, réfléchit Harry Marson, pas étonnant que le type ait décidé de les garder. N'importe quel homme de bon sens aurait probablement eu envie de faire la même chose. Je voudrais pouvoir mettre la main sur une telle fortune ! Pour l'instant, je me contenterais de mille livres sterling en espèces. Comment diable allons-nous... Est-ce que tu dors, Elsa ?

Elsa Marson ne dormait pas. Elle restait immobile, le regard fixé dans l'obscurité, souhaitant de tout son cœur que le train les conduise n'importe où, sauf à Berlin. Si seulement elle n'avait pas été obligée de venir ! Si seulement Harry lui avait permis de rester en Angleterre ! Malheureusement, il ne voulait pas en entendre parler. « Ne pas rentrer à Berlin ? Ne sois pas bête, chérie ! Pas de ménage à faire, pas de problèmes avec les domestiques, pas de rationnement, un amour de maison et un mari amoureux. Qu'est-ce que tu pourrais désirer de plus ? D'ailleurs, je ne peux pas me passer de toi et, de toute façon, je n'ai pas assez d'argent pour entretenir deux ménages. »

Elle était donc là, dans ce train courant impitoyablement à travers la nuit et chaque kilomètre la rapprochait d'un Berlin en ruine, hanté par la peur et déchiré par les dissensions.

Elsa Marson, dont la douce voix teintée d'un léger accent proclamait clairement son origine étrangère, se retourna dans son lit. Elle pleurait la tranquillité des villes anglaises banales, de façon tout aussi passionnée que Stella avait pleuré Mallow, mais pour des raisons quelque peu différentes.

« C'est drôle de revoir George Brindley après tant d'années, pensa le colonel Leslie. Je me demande s'il me reconnaîtra ? Probablement pas, après tant de temps. C'est sans doute le même imbécile bavard. Somnifères ! Avant, c'était la quinine. Je n'ai jamais connu un homme qui se drogue comme lui. Je me demande... »

Il grimpa avec précaution dans la couchette supérieure.

Norah Leslie enleva son chapeau et, ôtant ses gants, fronça le sourcil en considérant leur saleté. Les trains continentaux sont si dégoûtants, et les trains britanniques presque pires ! Peut-être que si elle lavait vite ses gants ils seraient secs demain matin ? La voiture était bien chauffée et elle pourrait les pendre près des tuyaux. Elle enleva veste et jupe, et ouvrit les robinets du petit lavabo, se demandant si ses fils, restés en Angleterre, dormaient déjà. Oui, bien sûr, depuis des heures. Il devait être très tard...

Sa pensée dévia. Robert, Robert et cette femme ! Qu'est-ce qui lui avait pris ? Comment est-ce que les hommes pouvaient rester aveugles en présence de filles comme ça ? Egoïstes, gâtées, toujours prêtes à mettre la main sur le premier venu. Une femme de ce genre essaie sans arrêt d'avoir à la fois le beurre et l'argent du beurre, et bien souvent elle y arrive.

Mrs. Leslie prit le savon et commença à laver ses gants, frottant sauvagement le tissu inoffensif.

Sally et Andy Page se disputaient. Ils se disputaient trop souvent ces jours-ci et à propos de choses vraiment insignifiantes. Ils étaient jeunes et ne savaient pas encore que la meilleure façon d'éprouver la force du lien matrimonial n'est pas de tirer dessus sans arrêt.

— Très bien alors ! Tu te fiches complètement de lui et ce n'est qu'un type charmant, qui danse comme un rêve ! Est-ce une raison pour que tu le regardes comme une adolescente, les yeux ronds devant le dernier chanteur de charme américain ?

— Je n'ai rien fait de tel !

— Oh si ! Et tout le monde a dû le remarquer tellement c'était évident. Tu recommences comme à Fayid. Dès que tu aperçois un profil fascinant, tes genoux tremblent...

— L'ennui avec toi, répliqua Sally, furieuse, c'est que tu as l'esprit étroit et que tu es bourré de complexes de jalousie et d'infériorité ! Si quelqu'un est plus beau, mieux élevé ou mieux placé que toi dans la hiérarchie, il faut tout de suite que tu sois jaloux de lui et je n'ai même pas le droit d'être seulement polie avec lui. S'il était laid et moins gradé, tu t'en ficherais ! Je n'aurais jamais dû t'épouser. Qu'est-ce que j'en ai tiré ? J'économise, je gratte dans tous les coins, je porte de vieux vêtements et je n'ai jamais aucun plaisir. Que n'importe quel individu de moins de soixante ans me parle, tu me fais une vulgaire scène de jalousie !

— Sally, tu *sais* que ce n'est pas vrai !

— C'est vrai ! C'est vrai ! Tu es jaloux, et en plus tu es égoïste. Tu ne penses qu'à toi. Tu refuses que je m'achète un manteau de fourrure, mais toi, tu t'es offert un appareil photo. Tu restes assis, triste, la mine renfrognée et il suffit que je parle à Bob Melville, qui est amusant et intéressant, ça te déplaît et tu m'accuses de me comporter comme une gosse qui bave d'admiration.

— Sally, tu n'es pas honnête, et tu le sais. Avant notre mariage, tu savais que nous aurions fort peu d'argent ; c'est toi qui voulais qu'on se marie tout de suite...

— Très bien. C'est moi la coupable et je suppose que tu ne voulais pas m'épouser du tout !

— Chérie, *ne dis pas ça !* Tu sais que je voulais t'épouser, que j'en avais terriblement envie. Seulement, je savais ce que cela signifierait pour toi. Je ne peux pas t'acheter de manteau de fourrure et, pour l'appareil photo, tu sais fort bien que je l'ai échangé avec John Ellery pour deux livres sterling et cette série de gravures de chasse que tu aimais. Nous ne serons pas toujours aussi fauchés, chérie, et tu t'amuses, quoi que tu en dises. Nous n'arrêtons pas d'aller à des réceptions ou d'en donner ; de fait, c'est pour cela que nous sommes en permanence dans la dèche ! Ça et la petite fortune que tu dépenses pour du parfum Chanel et des produits de beauté Lizzie Arden, et ton habitude d'aller toujours chez le coiffeur le plus cher que tu peux trouver. Pourtant, tu sais fort bien que c'est apporter de l'eau à la rivière, et que tu serais tout aussi belle si tu ne te maquillais pas du tout et ne touchais ni à ta figure ni à tes cheveux. Rien d'étonnant que nous soyons...

— Ah, n'en parlons plus ! dit Sally d'un ton morne. Nous allons recommencer à discuter de factures et je ne peux plus le supporter. Je voudrais avoir ces diamants dont le général parlait : des millions ! Rien que d'y penser ! Ce n'est pas juste ! Je me demande qui les a maintenant...

Andy ne répondit pas.

« Renversant, pensa le général Brindley tout ensommeillé. Vraiment extraordinaire ! Une chance sur mille. » Il s'endormit.

# 4

*Clic-clac, clic-clac, clic-clac.* Le train courait dans la nuit vers Berlin. Il était bien plus de minuit, mais Miranda n'arrivait pas à s'endormir. Elle se mit à ajuster des mots sur le chant monotone des roues, au lieu de compter des moutons.

*Je veux rentrer chez moi... Je veux rentrer chez moi... Je veux rentrer chez moi...* Ça, c'était Stella. Pauvre Stella ! Etre obligée de mener une vie que l'on hait pour être avec l'homme qu'on aime, ce devait être cruel. « On ne peut pas gagner sur les deux tableaux », pensa Miranda. Mais pourquoi pas ? Des millions de gens y arrivaient. Stella n'avait pas de chance, tout simplement.

*Irai pas au lit ! Irai pas au lit ! Irai pas au lit !* Ça, c'était Lottie la chatte démoniaque.

*Cela suffit ! Cela suffit ! Cela suffit*[1] *!* Ça, c'était Mademoiselle. « Une femme très antipathique », se dit Miranda : osseuse, grisonnante, portant lunettes, toujours enrhumée, et sans cesse à grignoter des graines de cumin comme une vieille fille victorienne desséchée. On avait du mal à penser que Mademoiselle avait été jeune, mais il restait certainement des traces de vanité féminine dans son cœur de pierre ; bien que sa chevelure clairsemée fût évidemment grise, elle persistait à se teindre. Pourtant ses cheveux d'un noir de jais, surtout quand ils venaient d'être teints, ne la rajeunissaient pas, bien au contraire. Elle était à Lille au moment de l'invasion allemande et n'avait pu regagner sa Suisse natale. Soupçonnée plus tard d'appartenir à la Résistance, elle s'était retrouvée dans un camp de concentration où elle avait passé la plus grande partie de la guerre. Elle aimait s'étendre sur ses

1. En français dans le texte. (N.d.T.)

souffrances pendant cette période. On pouvait éprouver de la compassion pour elle, mais pas de l'amitié.

Miranda bâilla, se tortilla, tira nerveusement sur ses couvertures. Elle regretta d'avoir refusé le somnifère proposé par le général Brindley. Elle l'avait regardé avec dédain en avaler deux avec son café, pensant qu'il était bien le genre d'homme à emporter toujours des médicaments dans ses bagages. « Je ne voyage jamais sans somnifère, avait-il dit. Je ne peux pas dormir dans un train, je l'ai constaté depuis des années. Donc, quand je ne peux éviter de voyager de nuit, je prends deux de ces cachets. C'est un produit magique. Voulez-vous en essayer un ? Aucun effet secondaire, je vous assure. »

Mademoiselle, qui avait une passion incurable pour les pilules de toute sorte, en avait accepté une et Stella, deux, affirmant qu'elle essaierait n'importe quoi pour passer une bonne nuit après la torture du bateau. Elle les avait coupées en deux et laissées tomber dans son café qu'elle avait bu sur-le-champ. Miranda envia maintenant leur prévoyance.

Il y avait peu de voyageurs pour Berlin ce soir-là et, le train étant à moitié vide, Miranda et le général avaient le privilège d'occuper chacun un compartiment à deux couchettes, voisin l'un de l'autre. Miranda pensa avec humeur que le général devait sans aucun doute dormir comme une souche. Plus loin, Lottie la chatte démoniaque, calmée par le lait chaud, en faisait probablement autant ; sans doute même ronflait-elle (elle avait des végétations), tandis que, grâce aux somnifères du général, Stella et Mademoiselle, elles aussi, devaient être profondément endormies. Miranda, seule, restait éveillée.

Elle étouffait dans ce compartiment étroit et mal aéré. Elle se demanda si elle ne serait pas mieux sur la couchette supérieure, mais la vague réminiscence que l'air chaud monte l'arrêta. Elle préféra rejeter ses couvertures, puis, constatant qu'il faisait plus frais qu'elle ne le pensait, les remonta. Elle ferma les yeux, cherchant en vain le sommeil, et les rouvrit, le regard fixe dans l'obscurité.

Le bruit d'un loquet se fit entendre, tout près, et un rai de lumière filtra sous la porte verrouillée qui séparait les deux compartiments. « Jolie preuve de l'efficacité du somnifère », pensa Miranda.

La lumière s'éteignit. Miranda bâilla et se dit qu'elle avait soif : elle décida de boire un verre d'eau et de lire un peu. Mais presque tout de suite, elle se souvint : elle avait prêté à Stella le seul livre qu'elle possédait, Sally Page lui avait emprunté dans l'après-midi son magazine et ne le lui avait pas rendu. Chose plus grave, elle n'avait pas d'eau potable, ayant renversé la carafe en se brossant les dents.

— Zut ! dit Miranda tout haut dans le noir.

Elle crut entendre quelqu'un passer dans le couloir. Une impulsion subite lui fit chercher à tâtons la poignée de la porte. Si le vieux contrôleur à l'air bienveillant parcourait le couloir pour vérifier que tout allait bien, il pourrait sans doute lui donner un verre d'eau ou, mieux encore, une boisson chaude.

Miranda enfila ses pantoufles et sa robe de chambre, noua la ceinture autour de sa taille fine et sortit dans le couloir en fermant la porte derrière elle. Le contrôleur, si ç'avait été lui, avait disparu. D'un côté, une longue série de portes fermées ; de l'autre, une non moins longue série de rideaux noirs.

Il faisait plus froid hors du compartiment. La voiture suivait le rythme du cliquetis des roues, mais le couloir semblait étrangement silencieux. Un court instant, Miranda eut l'impression inquiétante que derrière chaque porte fermée il y avait quelqu'un d'immobile, retenant sa respiration pour mieux écouter.

Elle frissonna soudain et, resserrant le col de sa robe de chambre autour de sa gorge, elle se mit à la recherche du contrôleur.

Le *Dienstraum,* la petite cabine occupée par le contrôleur, était vide et il n'y avait pas d'eau potable dans le cabinet de toilette voisin. Miranda décida de retourner à son compartiment : elle y trouverait sûrement un bouton de sonnette. Comme elle était stupide de n'y avoir pas pensé plus tôt ! Néanmoins, elle resta un instant près de la cabine brillamment éclairée, espérant à demi que le contrôleur allait revenir, et saisie d'une inexplicable répugnance à parcourir de nouveau ce long couloir froid et vide.

« Qu'est-ce que j'ai aujourd'hui, pensa-t-elle avec impatience, à imaginer tout le temps des choses ? » Elle ne s'était jamais considérée comme très nerveuse, ni sujette aux illusions ou particulièrement sensible aux ambiances. Pourtant, ce soir, malgré la douzaine de personnes dormant paisiblement tout près d'elle, malgré les vingt à trente militaires britanniques occupant deux autres voitures, elle avait conscience d'un étrange malaise, elle ressentait un picotement du cuir chevelu comme si des yeux invisibles la surveillaient et l'inexplicable envie de regarder derrière elle. Obéissant à cette dernière impulsion, elle jeta un coup d'œil par-dessus son épaule. Elle sursauta violemment, mais ce qu'elle avait vu n'était que le reflet de son propre visage dans le miroir du *Dienstraum*. Miranda se trouva excessivement sotte et cela la rendit furieuse contre elle-même. Son cœur battait encore désagréablement vite. Elle fit demi-tour et se hâta vers son compartiment.

La porte était entrouverte ; elle la poussa rapidement et entra. Au sortir du couloir bien éclairé, elle se retrouva dans le noir et chercha en vain l'interrupteur à tâtons. Cela n'avait pas d'importance, elle n'avait plus soif et pouvait sans peine se recoucher dans l'obscurité.

Le train venait d'arriver à un virage. Le pied de Miranda glissa brusquement ; elle trébucha et étendit la main pour saisir le bord de sa couchette.

Celle-ci devait être plus éloignée de la porte que Miranda ne l'avait cru ; en avançant, elle heurta avec force quelque chose de dur à quoi elle s'agrippa, découvrant avec surprise que c'était le lavabo du compartiment. Mais il aurait dû être de l'autre côté ! Miranda, avançant encore avec précaution, toucha une surface de bois lisse. Sa couchette semblait avoir disparu. D'un seul coup, elle comprit ce qui s'était passé : elle s'était trompée de compartiment !

Dans ce train, tous les compartiments à couchettes étaient accolés deux à deux avec une porte de communication entre eux qu'on pouvait éventuellement ouvrir, quand par exemple des parents voyageaient avec leurs enfants. La position des couchettes, des lavabos et des interrupteurs était inversée de l'un à l'autre. Miranda, réprimant une forte envie de rire, se rendit compte qu'elle venait d'envahir le compartiment privé d'un célibataire, le général Brindley.

« Ces somnifères sont une bénédiction ! » pensa-t-elle avec ferveur. Au moins ne l'avait-elle pas réveillé.

La porte du couloir était restée entrouverte ; Miranda, ses yeux s'accoutumant à l'obscurité, put discerner la silhouette imposante du général, étendu sur le dos, un bras pendant hors de la couchette, et profondément endormi. Elle se dirigea sur la pointe des pieds vers la porte qu'une fois sortie elle referma avec soin. Un instant plus tard, elle était revenue dans son compartiment. En proie à une crise de fou rire, elle s'assit sur le bord de la couchette.

Elle s'était comportée comme une idiote ! Comment pouvait-elle avoir été aussi stupide ! Comme Stella rirait !

Tout d'un coup, pour la première fois de la soirée, Miranda se sentit détendue et eut sommeil. Elle bâilla et dénoua la ceinture de sa robe de chambre. Il y avait une tache humide sur le velours. Elle avait dû la mouiller au lavabo du compartiment voisin. « Quel ennui ! » pensa Miranda en fronçant les sourcils. Cette coûteuse robe de chambre était neuve et l'acheter avait été une folie. Elle passa sa main sur la tache. Ce n'était pas de l'eau.

Miranda s'immobilisa comme une statue, regardant fixement la tache sur la paume de sa main. La voiture se balançait au rythme du cliquetis des roues et la lumière crue des lampes du plafond laissait la couchette inférieure dans une ombre épaisse.

« C'est la teinture, dit une voix dans la tête de Miranda, ce n'est que la teinture du velours. » Mais il n'existait pas de teinture aussi poisseuse, ni d'un rouge aussi chaud.

Il y avait du sang sur les plis rouge rubis de la robe de chambre, une tache rouge humide juste au-dessus du genou. Son regard stupéfait glissa vers le sol et ses yeux s'ouvrirent tout grands, pleins d'incrédulité, car il y avait une tache sur le plancher : l'empreinte nette, rouge foncé, humide, d'une semelle.

Miranda se baissa et, enlevant ses pantoufles d'une main tremblante, les considéra avec horreur et incrédulité. Les deux petites semelles de cuir étaient aussi rouges et aussi humides que si leur propriétaire avait traversé une mare de sang...

Miranda laissa tomber les pantoufles et se leva. Il n'y avait qu'une explication possible. Le sang devait provenir du compartiment voisin et cela signifiait que le général avait eu une hémorragie ; un vaisseau sanguin s'était rompu. Il pouvait être en train de saigner à mort ! Elle devait aller l'aider tout de suite, il y avait sûrement un médecin dans le train.

Miranda ouvrit d'un seul coup la porte de son compartiment et se trouva de nouveau dans le couloir vide et froid. Il y avait encore des taches sur le plancher : les traces de ses pantoufles sortant du compartiment du général.

Cette fois, elle savait où se trouvait l'interrupteur et alluma en hâte. La lumière sembla étrangement brillante et le bruit du train ne fut plus qu'un faible murmure, comme celui qu'on entend en approchant un coquillage de son oreille. Toute la scène semblait avoir pris l'aspect détaillé et fou d'un tableau de Dali.

Miranda, secouée par le roulis, se rattrapa au bord de la couchette regardant non le corps du général, mais la mare de sang qui brillait sur le sol et, juste à côté, le couteau souillé qui ressortait plus ou moins de l'ombre de la capote, en suivant le rythme du train.

Il fallait aller chercher quelqu'un... Robert... Où était le compartiment de Robert ? Elle ne s'en souvenait plus. Le contrôleur ? Il devrait sûrement être de retour maintenant.

Miranda fit demi-tour et s'enfuit dans le couloir désert.

Un homme apparut. Un jeune homme mince, portant une large capote, qui marchait vers elle d'un pas rapide. Avant de pouvoir s'arrêter, elle s'était jetée dans ses bras. C'était l'homme qui, à Harwich, lui avait rendu son sac, oublié au bureau des douanes dans l'amas des bagages à main.

— Oh, c'est vous ! *Faites* quelque chose, vite ! Il est mort !

Miranda crut avoir hurlé ces mots dans le silence du couloir, mais, pour l'homme qui la soutenait d'une main ferme contre le roulis du train, sa voix n'était qu'un murmure haletant.

Il la prit par les épaules, ses doigts s'enfoncèrent dans le velours au point de lui faire mal, et il regarda intensément le visage de Miranda, blanc de terreur.

— Qu'y a-t-il ? Qui est mort ?

— Le général... Oh, je vous en prie, venez ! Quelqu'un l'a tué.

L'homme ne dit rien, mais ses doigts s'enfoncèrent davantage encore dans les épaules de Miranda. Puis il relâcha son étreinte, prit la jeune fille par le bras, lui fit faire demi-tour et tous deux coururent dans le couloir. Il s'arrêta net devant les marques de pas sortant du compartiment du général, écarta Miranda, ses yeux allant rapidement des pieds nus aux traces de pas, mais ne dit rien et ouvrit la porte.

Le général était couché dans la position où Miranda l'avait vu, sur le dos et un peu incliné vers la droite, au bord de la couchette. Son bras touchait le plancher. Les couvertures avaient été ramenées avec soin jusqu'à la ceinture.

Le général avait, semble-t-il, porté un dentier. Sans lui son visage paraissait amaigri et vieilli. Sur le devant de son pyjama de soie lilas, une tache s'étalait. Le sang de la blessure à la poitrine avait coulé par la manche droite, en flaque sur le plancher.

L'étranger s'était arrêté à l'entrée du compartiment. Il semblait avoir oublié Miranda. Il ne toucha pas le corps du général, ne chercha pas à ramasser le couteau de forme bizarre qui était tombé sur le plancher. Ses yeux, d'un étrange gris pâle, qui semblaient réfléchir la lumière comme ceux des chats, étaient largement ouverts, brillant d'une émotion incompréhensible pour Miranda. Ils parcouraient avec lenteur le petit compartiment, notant et évaluant un à un tous les détails. Il n'eut aucun mouvement, sauf pour toucher la joue du général.

Miranda frissonna et claqua des dents. Ce ne fut qu'un très faible bruit dans le vacarme du train, mais l'homme avait dû l'entendre car il se retourna, prit Miranda par le bras et la ramena dans le couloir, fermant la porte doucement derrière lui.

Miranda, dans un murmure saccadé, demanda :

— N'allez-vous pas faire quelque chose? Trouver un médecin ou... ou je ne sais pas... Il n'est peut-être pas mort.

— Il est mort et bien mort. Personne ne peut plus rien pour lui. Quel est votre compartiment?

— Celui-ci.

Miranda mit la main sur la porte voisine et vit une lueur d'étonnement passer dans le regard appuyé de l'homme.

— Qui occupe l'autre couchette?

Les mots étaient toujours prononcés à voix basse, mais cette fois ils étaient durs et coupants.

— Personne.

Miranda frissonna à nouveau, elle parlait avec difficulté. Elle vit les yeux de son compagnon aller une fois de plus de ses pieds aux traces du couloir, et comprit soudain ce qu'il devait penser :

— Ce sont mes traces, dit-elle d'une voix mal assurée, mais ce n'est pas moi qui l'ai tué, je l'ai trouvé comme il est maintenant.

L'homme la regarda d'une façon singulière, en silence. Ouvrant la porte du compartiment de Miranda, il l'y poussa doucement.

— Restez là et n'en bougez pas avant mon retour.

Il s'arrêta un instant à l'entrée, jetant un coup d'œil dans le compartiment comme pour s'assurer qu'aucune autre personne ne s'y cachait. Puis, sans regarder Miranda, il ferma doucement la porte et disparut.

Miranda s'assit sur le bord de la couchette, les mains étroitement serrées sur ses genoux, les pieds pendant presque jusqu'à terre, oscillant au rythme du train. Tout à l'heure, elle avait trouvé le compartiment surchauffé. Maintenant, elle avait froid ; elle se souvint qu'on était le 1er mars. Derrière les fenêtres obscurcies, il gelait ; l'air glacé de la nuit la pénétrait. Cet air qui s'infiltrait par d'innombrables fissures dans la chaude atmosphère du train, apportant une odeur de fumée et de terre mouillée.

Il était très tard. Bientôt le train arriverait à Helmstedt, et dans la zone d'occupation russe. Il serait alors interdit de soulever les rideaux, et des gardes patrouilleraient dans les couloirs. Soudain, Miranda fut saisie du désir passionné de rentrer en Angleterre, cette chère Angleterre où l'on est tranquille, où l'on se sent en sécurité. Où il n'y a pas de zone russe, où on n'est pas obligé de maintenir fermés les rideaux des trains de nuit, où les voyageurs ne risquent pas d'être assassinés pendant leur sommeil.

*... Je veux rentrer chez moi... Je veux rentrer chez moi... Je veux rentrer chez moi...*, chantaient les roues, mais cette fois c'était pour elle, non pour Stella.

Allait-on croire qu'elle avait tué le général parce qu'elle était entrée dans son compartiment? Quelle sottise elle avait faite! Est-ce que cela semblerait une histoire qu'elle avait fabriquée... une histoire fort peu plausible? *Je regrette beaucoup, mais je suis entrée par erreur...*

Elle se demandait qui était l'homme qu'elle venait de rencontrer. Pourquoi allait-il à Berlin? Il semblait savoir ce qu'il faisait, et le faire sans complication. Il paraissait extraordinairement calme. Elle l'avait vu à bord du bateau, puis dans le train; dans la voiture-restaurant, il était assis en face d'elle, deux tables plus loin. Son visage lui rappelait vaguement quelque chose de familier. Une fois, il avait levé la tête et, rencontrant son regard chargé d'interrogation, il avait souri. Miranda avait répondu par un sourire chaleureux; un peu fâchée, elle avait constaté qu'il rougissait.

Il y eut des pas dans le couloir et des bruits étouffés dans le compartiment voisin. Des gens allaient et venaient, mais doucement. Les minutes s'allongeaient, semblaient devenir des heures. Enfin, la poignée de la porte tourna et l'homme du corridor réapparut.

Il entra, ferma la porte derrière lui et resta debout à la regarder.

— Maintenant, miss Brand — c'est bien votre nom,

n'est-ce pas? —, cela vous dérangerait-il de répondre à quelques questions?

Sa voix était calme et impersonnelle et son visage, pensa Miranda, ressemblait aux fenêtres du train : on avait l'impression qu'il était derrière un volet.

— Que faisiez-vous dans le compartiment d'à côté?

Miranda frissonna.

— Vous êtes gelée!

La voix soudain n'était plus impersonnelle, mais pleine de sollicitude. Il prit les couvertures pliées sur la couchette du dessus, en plaça une sur les épaules de Miranda, allongea la jeune fille sur sa couchette et lui enveloppa les pieds avec l'autre.

— Ils vont salir les couvertures, dit Miranda comme une enfant.

— Qui, ils?

— Mes pieds. Ils doivent être très sales, parce que j'ai enlevé mes pantoufles. Elles étaient pleines de sang et je...

Sa voix incertaine s'éteignit peu à peu.

L'homme se baissa, ramassa les pantoufles, les examina, puis les laissa tomber.

— Vous me permettez de m'asseoir?

Sans attendre la réponse, il déplaça les pieds de Miranda et s'assit à l'extrémité de la couchette, la tête à moins de trois centimètres de la couchette supérieure.

— Vous voulez me raconter tout? Que faisiez-vous là?

Il indiqua d'un signe de tête la porte verrouillée reliant les deux compartiments.

— Etes-vous passée par là?

— Non, je suis entrée par la porte du couloir. Je ne parvenais pas à dormir, j'avais soif et j'avais renversé ma carafe d'eau...

Miranda, se rendant compte que sa voix était presque celle d'une hystérique, se mordit les lèvres.

— Continuez.

— Excusez-moi. Il semble que je me conduise bizarrement. C'est... c'est le choc, sans doute.

— Ça n'a pas d'importance.

Chose inattendue, il sourit comme il l'avait déjà fait une fois. Un sourire extraordinairement aimable, qui changeait du tout au tout l'expression de son visage.

— Alec Guinness ! s'exclama Miranda. Je savais que vous me rappeliez quelqu'un !

— Mon Dieu ! dit l'homme d'un air absent.

Miranda devint écarlate, se rendant compte qu'elle s'était comportée comme une lycéenne.

— En réalité, je m'appelle Lang, Simon Lang, dit-il avec douceur. Vous étiez en train de dire que vous ne parveniez pas à dormir...

Miranda reprit son souffle et, s'efforçant de parler d'une voix calme, raconta exactement tout ce qu'elle avait fait à partir du moment où elle était sortie à la recherche du contrôleur.

Quand elle eut fini, Simon Lang dit :

— Etes-vous bien sûre que c'est tout ? Vous ne vous souvenez de rien d'autre, par exemple de bruits dans le compartiment d'à côté, ou de quelqu'un marchant dans le couloir ?

Les yeux de Miranda s'agrandirent soudain et elle eut un sursaut.

— Oui, il y a eu quelque chose d'autre. J'ai entendu une porte s'ouvrir et quelqu'un marcher. J'ai trouvé cela curieux.

— Pourquoi ?

— Parce que le général avait pris un somnifère.

— Quoi ? (La voix tranquille de Simon Lang était brusquement devenue tranchante.) Comment le saviez-vous ?

— Parce que je l'ai vu le prendre ; nous l'avons tous vu. Il a dîné avec nous à l'hôtel des Familles, dans cette ville dont je ne me rappelle plus le nom, et il l'a pris avec son café. Il a dit que cela lui était indispensable pour pouvoir dormir en chemin de fer. Mademoiselle et Stella en ont pris aussi.

— Vous dites que vous l'avez tous vu prendre le somnifère. Tous, cela veut dire qui ?

— Nous tous, Robert et Stella — je veux dire le major et Mrs. Melville —, Lottie — la petite Charlotte qui n'a que sept ans — et sa gouvernante, Mlle Beljame. Nous avons tous pris le café dans le hall ; des gens entraient et sortaient, payaient leur note et... je penserais volontiers que presque tout le monde a vu le général prendre un somnifère. Il nous a fait un long exposé à ce sujet. Il paraissait avoir essayé toutes les marques existantes.

— Quelques noms, s'il vous plaît. D'après vous, qui se trouvait dans le hall à ce moment ?

— Pourquoi ? Quelle importance cela a-t-il ?

Miranda se sentit brusquement furieuse. Elle était à bout de forces, elle avait peu dormi au cours de la traversée et pas du tout pendant la journée qui s'achevait. Minuit était passé depuis longtemps, elle avait subi un choc horrible et ne désirait plus qu'une seule chose : dormir... dormir...

— Cela peut être très important. L'assassin devait savoir que le général avait pris un somnifère et ne se réveillerait pas. On ne peut pas donner un coup de couteau dans l'obscurité : on n'a qu'une chance sur cent d'atteindre un organe vital. Or, le coup a été porté droit au cœur : l'assassin a dû allumer l'électricité ou se servir d'une lampe de poche, sachant qu'il pouvait le faire sans danger.

— L'électricité a été allumée, dit Miranda d'une voix lasse. J'avais éteint et j'ai pu voir un rai de lumière passant sous la porte. Ça n'a pas duré plus d'une demi-minute.

— Quelle heure était-il ?

— Je n'en sais rien, mais je me souviens d'avoir pensé : pas très efficace, le somnifère du général. Ensuite, j'ai entendu quelqu'un dans le couloir, j'ai cru que c'était le contrôleur et je suis sortie. Mais il n'y avait personne.

— Dans quel sens allaient les pas que vous avez entendus ?

Miranda fronça les sourcils, puis hocha la tête.

— Je ne peux pas me le rappeler. Je crois que je ne l'ai pas remarqué sur le moment. C'était un bruit si léger, plutôt une simple impression. Y avait-il quelqu'un, après tout ?

— Hélas, il y avait quelqu'un, nous ne le savons que trop bien, dit Simon Lang d'un ton lugubre. Maintenant, parlez-moi s'il vous plaît des gens qui étaient dans le hall de l'hôtel. Après, vous pourrez dormir. Qui d'autre était là quand le général a pris son somnifère ?

Miranda réfléchit. Elle comptait sur ses doigts tout en répondant et les visages semblaient flotter devant ses yeux. Sally Page qui faisait penser à une églantine, avec son joli rire léger, son sourire révélateur adressé à Robert. Andy Page, ses cheveux roux, ses yeux bleus irrités. Elsa Marson, ses cheveux et ses yeux noirs, son accent étranger évident. Harry Marson, au teint coloré, jovial, querelleur et anglo-irlandais. Le colonel Leslie, grand, mince, cheveux gris, moustache coupée à la militaire, expression d'ennui rêveur. Mrs. Leslie, chevelure noire striée de gris, tweed de couleurs vives, action sociale, « mes femmes... », qui l'avait regardée elle, Miranda, avec tant de haine... Non, ce n'était pas à elle que ce regard s'adressait, mais à quelqu'un d'autre sûrement ? A qui ? Elle ne parvenait pas à se le rappeler...

Qui encore ? Mrs. Wilkin, dépenaillée, l'air d'un moineau devant affronter une couvée d'oisillons indisciplinés. Wally, visage ingrat, nez retroussé, mais sourire charmeur. Un serveur allemand... plusieurs serveurs allemands. Et le général Brindley. Bien sûr, il était là, lui aussi. Mais pourquoi avait-il enlevé son dentier ? Cela lui donnait un aspect si bizarre, si vieux, si pathétique...

Un autre visage flotta devant elle, effaçant tous les autres. Un visage inconnu et pourtant familier. Quelqu'un qu'elle ne reconnaissait pas, tout en ayant l'impression de l'avoir connu toute sa vie.

— Il est temps que vous dormiez un peu, dit le visage inconnu.

— Très bonne idée, murmura Miranda. Bonsoir, Guinness.

Elle lui sourit et s'endormit à l'instant.

# 5

Quand Miranda se réveilla, le train était arrêté. Un jour gris et froid filtrait sur les bords du volet.

Encore à moitié endormie, elle se crut un moment dans sa chambre et se demanda pourquoi le lit était si étroit. Puis, presque au même instant, elle se souvint. Elle était en Allemagne — sans doute déjà à Berlin — et, derrière la porte de son compartiment, il y avait le cadavre d'un homme assassiné.

L'esprit de Miranda tenta désespérément de fuir l'image du général Brindley tel qu'elle l'avait vu pour la dernière fois. Elle refusait d'y penser. Ce sang et ce visage à la bouche molle lui rappelaient trop de choses : les visages flous et à demi oubliés d'autres cadavres, l'odeur de la mort, l'horreur et l'angoisse d'une petite fille perdue, seule dans le terrible ouragan de la guerre.

Repoussant résolument ces souvenirs dans le coin verrouillé de son cerveau dont ils menaçaient de s'échapper, elle s'assit, cognant sa tête contre la veilleuse au-dessus d'elle. Rejetant les couvertures, elle constata avec surprise qu'elle portait toujours sa robe de chambre et qu'elle était enveloppée dans un cocon de couvertures.

Cet homme — comment s'appelait-il déjà ? —, Simon Lang, l'avait sans doute recouverte et bordée. Qui était-il ? Que faisait-il dans le couloir si tard hier soir et de quel droit l'avait-il interrogée ? Pourquoi avait-elle accepté de répondre à ses questions et ne l'avait-elle pas expulsé de son compartiment ? Elle aurait dû appeler le contrôleur pour aller chercher Robert. Au lieu de cela, elle était restée bien sagement assise sur sa couchette pendant des heures, attendant qu'un parfait inconnu veuille bien revenir l'interroger. Pour tout arranger, elle avait fait une stupide remarque personnelle sur certaine ressemblance avec Guinness.

Miranda devint écarlate à ce souvenir et s'extirpa du cocon de couvertures. Il avait dû la prendre pour une passionnée de cinéma essayant de le complimenter en le comparant à un acteur très connu. En réalité, la réflexion de Miranda n'était pas due à une ressemblance physique ; ce qu'elle avait voulu dire — et que Simon Lang n'avait pas compris —, c'était que l'homme avait un visage d'acteur : rien de vraiment remarquable, mais une physionomie qui pouvait changer du tout au tout suivant l'état d'esprit de son propriétaire : du masque impénétrable à une douzaine d'expressions différentes, à volonté.

Miranda repoussa les couvertures au pied de la couchette et écarta le bord du rideau. Dehors, il faisait jour et le train s'était arrêté dans une gare. Sur le quai, se trouvaient plusieurs hommes qui paraissaient être des policiers ; l'un d'eux était posté juste devant la fenêtre, tournant le dos au train.

Quelqu'un frappa à la porte ; c'était Stella. Quand elle ouvrit, Miranda put voir que les rideaux des fenêtres n'étaient plus fermés et qu'une pluie fine tombait du ciel gris sur les voies et des bâtiments lugubres.

— Tu es réveillée ? dit Stella. On nous a dit de te laisser dormir un peu. C'est effrayant ce qui est arrivé ! Dépêche-toi de t'habiller, ils veulent nous voir. Non, ne relève pas le rideau de la fenêtre. Le quai grouille de policiers et l'accès en est interdit. Je vais allumer. Tiens, voici une tasse de thé, mais je crains qu'il ne soit plus très chaud.

Stella s'assit sur le bord de la couchette tout en continuant à parler pendant que Miranda buvait son thé tiède, se lavait — à l'eau froide — et s'habillait en hâte.

Stella semblait à la fois excitée et mécontente. Elle expliqua, d'un ton vexé, qu'à l'arrivée à la gare de Charlottenburg leur voiture avait été expédiée sur une voie latérale, et que personne n'avait encore été autorisé à la quitter, alors que tous les autres voyageurs étaient déjà partis. Ils étaient gardés par la police. Un membre des W.V.S.[1], en uniforme, leur avait apporté du thé chaud et des sandwiches. Ils étaient bloqués là depuis plus de deux heures et, d'après Stella, policiers et agents secrets grouillaient dans tout le train, prenant des photos, cherchant des indices et des empreintes digitales.

— Et ils ont pris tous mes bagages, se plaignit Stella avec indignation ; ils ne nous ont pas permis de garder quoi que ce soit. Ils ont tout emporté en nous disant que nous retrouverions tout au départ. Un nommé Lang paraît avoir tout organisé. Il était déjà là à Hoek van Holland et semble en rapport avec la police, l'Intelligence Service ou le M.I.S. Il a raconté à Robert ce qui était arrivé et lui a expliqué que, puisque cela t'avait obligée à veiller tard, on ferait bien de te laisser dormir. Il nous a aussi prévenus que nous devrons tous répondre à quelques questions ; qu'après, on nous laisserait partir. Ce n'est qu'une question de routine... Il a laissé Robert et le colonel Leslie parler à des gens qui étaient venus nous attendre. Oh, il m'a dit aussi que tu devais laisser toutes tes affaires dans la voiture ; il te les fera rendre.

— Je l'espère bien, dit Miranda d'un ton acerbe. Eteins la lumière s'il te plaît, Stella.

Elle remonta le store pour laisser entrer le jour.

— Dois-je aussi laisser mon sac ? Mon passeport, mes papiers et toutes mes affaires personnelles sont dedans.

— Non, nous pouvons garder nos sacs, mais je pense qu'ils voudront y jeter un coup d'œil avant de nous laisser partir.

— A mon avis, tout ça ne rime à rien, dit Miranda sans raison. Je suppose que c'est à cause de ce mêle-tout de Guinness !

— Qui ? demanda Stella, perplexe.

Miranda rougit et se mordit les lèvres.

— Ce Lang. Pourquoi diable ne peut-il pas nous laisser rentrer chez nous et nous interroger plus tard ?

— Mais tu ne comprends donc pas ? dit Stella, impatientée. Ils pensent que le coupable est l'un de *nous* !

1. Corps d'auxiliaires féminines de l'armée britannique. (N.d.T.)

— Ne sois pas sotte, supplia Miranda en frissonnant. Ils ne peuvent évidemment pas croire une chose pareille. Il est clair que c'est un voleur qui s'est introduit dans la voiture à l'une des gares où le train s'est arrêté. Ce ne *peut* être qu'un voleur.

— D'après eux, ce n'est pas possible. Je ne sais pas pourquoi, mais ils semblent en être tout à fait sûrs. Ils affirment que le coupable ne peut être que l'un des voyageurs de la voiture.

Stella frissonna, moitié de dégoût, moitié d'excitation involontaire. Miranda, en la regardant, comprit que, pour elle, rien de tout cela n'était réel ; c'était une espèce d'histoire fantastique, à laquelle elle ne croyait pas, où elle ne jouait aucun rôle. Elle pourrait être gênée par les inconvénients temporaires qui en résultaient, mais ceci était dans une certaine mesure compensé par l'intérêt pour une situation à tout le moins insolite.

« Oui, mais Stella, pensa Miranda, n'a pas vu le visage du général mort, ni cette hideuse tache qui s'étalait sur sa poitrine et sur le plancher. »

Miranda frissonna de nouveau et se détourna pour mettre son rouge à lèvres. Elle constata, avec agacement, que sa main n'était pas tout à fait sûre et que le visage que lui renvoyait le miroir était d'une pâleur anormale. Ses yeux gris, aux longs cils magnifiques, étaient agrandis par la peur. Elle resserra autour de sa gorge le col de son manteau de petit-gris et dit :

— Je suis prête. Que devons-nous faire maintenant ? Attendre que quelqu'un vienne nous mettre les menottes ?

— Chérie, tu es bouleversée. Je te demande pardon. Que je suis égoïste ! J'ai oublié quel enfer cela a dû être pour toi. J'aurais dû essayer de te distraire au lieu de te parler de ce sordide gâchis. Laisse tout ce désordre et viens avec nous. Je suis sûre que les policiers refont très bien les valises.

— Et les enfants ? demanda Miranda, fermant la porte derrière elle, Lottie et la bande des Wilkin ? C'est un peu dur pour eux de les laisser ainsi attendre sans même un petit déjeuner.

— Oh, tout va bien pour eux. Une charmante fille des

W.V.S. les a emmenés au buffet. Je ne l'envie pas : avec les Wilkin, on en a vite assez. Mademoiselle est dans une colère folle parce qu'on ne lui a pas permis d'accompagner Lottie. Elle s'imprègne de sels parfumés et ne cesse de marmonner en français. Ces étrangers sont exaspérants ! Robert chéri, Miranda et moi mourons de faim. Quand crois-tu qu'ils nous permettront de quitter ce sacré train ?

Robert qui, debout les mains dans les poches, regardait par la fenêtre, se retourna et sourit à Miranda. Elle pensa un instant, peut-être pour la centième fois, qu'il était étonnamment beau. C'était la réflexion que se faisaient la plupart de ceux qui regardaient Robert, et certains ajoutaient « trop beau ».

— Salut, Randa ! J'ai entendu dire que tu avais passé une nuit plutôt agitée.

Il entoura de son bras les minces épaules dans une étreinte amicale.

— Que s'est-il passé au juste ? Pourquoi ne m'as-tu pas appelé ?

— C'est ce que je voulais faire, reconnut Miranda qui, fatiguée, s'assit sur le bord de la couchette, mais je ne me rappelais pas quel était ton compartiment. Combien de temps allons-nous encore rester ici, Robert ?

Elle ne voulait pas parler de ce qui s'était passé la nuit précédente et espérait détourner la conversation.

— Plus très longtemps, je pense, dit Robert, se tournant à nouveau vers la fenêtre. Ils ont l'air d'emmener le corps du général. Je me demande pourquoi ils ne l'ont pas fait plus tôt.

Stella vint se placer à côté de lui, afin de cacher à la vue de Miranda les brancardiers qui passaient sous la fenêtre avec leur fardeau.

Quelques minutes plus tard, un policier parcourait le couloir, priant les voyageurs de quitter le train. Stella enfila son manteau de loutre gris argent et ramassa son sac à main :

— Prête, Miranda ?

On les conduisit, avec les autres voyageurs de la voiture, sous le regard curieux des policiers et de quelques spectateurs, le long d'un quai interminable. Ensuite, ils descendirent un escalier, suivirent un passage voûté glacial et parvinrent enfin à une salle d'attente débarrassée en hâte, où plusieurs fonctionnaires et trois officiers britanniques en uniforme étaient groupés autour d'une table. Les bagages à main des voyageurs — valises, cartons à chapeaux, etc. — étaient rangés avec soin le long du mur.

— N'est-ce pas impressionnant ? murmura Sally Page, s'accrochant au bras de Miranda.

Ses yeux bleus étaient agrandis par l'excitation et elle paraissait d'une incroyable fraîcheur alors que la plupart des autres semblaient fatigués par le voyage, les hommes pas rasés, les femmes lasses.

Mrs. Leslie, pelotonnée dans un informe manteau de tweed rouge, avec un cache-nez et des gants de fourrure, paraissait frigorifiée et de mauvaise humeur. Elle parvenait à faire comprendre, sans prononcer un mot, qu'à son avis la femme d'un officier commandant un régiment devait avoir droit à plus d'égards. Elle déclara d'un ton acide, à l'intention de tous ceux qui pouvaient l'entendre :

— Je ne vois pas de raison pour qu'on nous garde ici. Je n'avais jamais vu cet homme auparavant.

Le colonel Leslie paraissait ennuyé et résigné, le major Marson amusé, et Andy Page boudeuse, tandis que, de façon inattendue, Elsa Marson et Mrs. Wilkin s'étaient lancées dans une discussion très sérieuse sur les mérites respectifs des gazinières et des cuisinières électriques. Mademoiselle, comme emplie de graves soupçons, s'était ostensiblement isolée, près des bagages de Charlotte et des siens, semblant craindre que, d'un moment à l'autre, on ne les lui arrache à nouveau. Il n'y avait pas trace de Lottie ni des jeunes Wilkin. Simon Lang était là, adossé à la fenêtre, mince silhouette se découpant sur le jour grisâtre. Son visage d'acteur était totalement dénué d'expression. Il laissait errer son regard, l'air détaché de ce qui l'entourait, détendu et presque léthargique. Il ne regarda pas plus Miranda, mais elle eut l'impression désagréable qu'il surveillait toutes les personnes présentes, que pas un mot, pas un geste, pas une expression fugitive ne lui échappait, qu'en fait il était tendu comme un ressort.

Les formalités furent heureusement brèves. Tour à tour chacun exhiba un passeport ou une carte d'identité, donna l'adresse où il se rendait. Les sacs à main des femmes furent examinés rapidement. Ceux de Sally Page, de Mrs. Leslie et de Stella contenaient chacun un briquet, qui fut ôté et mis dans une enveloppe au nom de sa propriétaire. Les briquets de Robert, d'Andy Page et du colonel Leslie furent traités de même et s'ajoutèrent à six lampes de poche alignées sur la table provenant évidemment des bagages des voyageurs.

Une petite photo était tombée du sac de Sally Page. Miranda, seule à l'avoir remarquée, la ramassa et la tendit à Sally.

— Vous avez laissé tomber ça...

Sally la lui arracha et l'écrasa dans son poing.

— Oh... merci.

Sally était devenue écarlate; Miranda fut soudain saisie d'un désagréable soupçon, se demandant qui était sur la photo. Elle regarda pensivement Robert qui, à l'autre bout de la pièce, parlait à voix basse à l'un des officiers britanniques. Comme s'il avait deviné son regard, Robert leva la tête au même moment et lui sourit. Miranda rougit, honteuse de ses soupçons. Simon Lang vit cette rougeur et l'interpréta à faux.

Le dernier sac à main rendu à sa propriétaire, on informa les voyageurs qu'ils pouvaient maintenant récupérer leurs bagages, sauf les lampes de poche et les briquets, qui leur seraient rendus aussitôt que possible. Des voitures les attendaient dehors pour les conduire à leurs destinations respectives.

Un homme d'âge mûr, en uniforme bleu foncé portant les insignes de lieutenant-colonel, s'excusa de façon charmante pour les désagréments qui avaient pu leur être causés, et les remercia de leur patience et de leur collaboration. On conduisit Mrs. Wilkin vers ses rejetons. Mademoiselle se mit en hâte à la recherche de Lottie, serrant une valise dans chacune de ses mains gantées de noir et refusant toute aide. Seule Miranda n'avait pas encore récupéré ses bagages.

— Quand est-ce que j'aurai mes affaires ? demanda-t-elle à l'homme affable en uniforme bleu foncé. On m'a dit de tout laisser — deux valises et un carton à chapeaux — dans mon compartiment.

— Eh bien... euh... Miss Brand, n'est-ce pas ? Je suis sûr que vos bagages ne tarderont pas.

L'homme parut tout à coup moins affable. Simon Lang cessa de contempler ses chaussures et parla pour la première fois.

— Je vous les enverrai à l'hôtel, inutile de les attendre. Je crois que vous apprécierez tous de prendre un petit déjeuner.

Il regardait Miranda en face, mais son expression et sa voix étaient aussi impersonnelles que s'il parlait à une inconnue.

— Je vais attendre ici, affirma Miranda d'un ton catégorique.

Elle était à la fois ennuyée et effrayée. Pourquoi avait-on conservé tous ses bagages à main ? Pourquoi Simon Lang se comportait-il comme s'il ne l'avait jamais vue ?

— Je ne vous le conseille pas, dit Lang d'une voix douce. Nous sommes assez occupés en ce moment et vous pourriez être obligée d'attendre environ une heure. Vous aurez vos bagages dès que possible.

Miranda avait envie de lui hurler à la face : « Vous voulez dire que vous aurez recherché les taches de sang. Mais vous savez qu'il y en a, je vous les ai montrées moi-même. Pourquoi devez-vous les examiner encore ? » Elle se contint si fortement que ses mains tremblèrent, se détourna et sortit rapidement, cramponnée au bras de Robert.

Stella, qui la suivait, tenta de la rassurer :

— Chérie, ne sois pas si troublée ! Je suis sûre que tu auras tes affaires bientôt. S'il te manque quelque chose entretemps, je pourrai sans doute te le prêter.

— C'est un petit homme soupçonneux, à la voix doucereuse, un touche-à-tout, dit Miranda, furieuse, inexplicablement proche des larmes.

Robert intervint :

— Qui ? Lang ? Je pense que c'est un type bien. Il a tout fait pour nous aider ce matin. Qu'as-tu contre lui, Miranda ?

— Rien... C'est la voiture ?

— Oui, monte. C'est une Volkswagen. L'hôtel des Familles, s'il vous plaît, caporal.

— Et Lottie et Mademoiselle ? Nous ne pouvons pas tenir tous là-dedans ! remarqua Stella.

— Je les ai fait partir devant avec les Leslie. Le colonel a gentiment offert de les déposer à l'hôtel. Les Page y vont aussi, donc Andy les surveillera.

Robert les entassa dans une petite voiture vert kaki qui ressemblait à un scarabée, conduite par un caporal en tenue de combat. Ils quittèrent la gare de Charlottenburg sous le crachin.

En y repensant plus tard, Miranda ne se rappela jamais grand-chose de son premier contact avec Berlin. Elle avait regardé sans les voir, sous une pluie grise, des bâtiments gris, maisons et boutiques, séparés par des espaces où seuls des débris, pierres, briques, poutrelles noircies et tordues, montraient qu'il y avait eu là d'autres maisons. Elle avait lu des enseignes étranges à ses yeux : *Fleischerei, Friseur, Bäckerei, Eisengeschaft*[1].

Robert, qui avait déjà passé plusieurs mois à Berlin avant de retourner en Angleterre chercher Stella et Charlotte, leur montrait au passage les endroits intéressants.

— Ça, c'est le Rundfunk, Stella, l'émetteur de radio, le seul que les Russes possèdent encore dans notre zone, et qui est un peu mystérieux. Il a l'air tout à fait abandonné, n'est-ce pas ? On ne voit jamais personne y entrer ou en sortir et, à ma connaissance, on n'y a jamais vu un visage apparaître à une fenêtre. Pourtant, il doit y avoir pas mal de « camarades » qui circulent à l'intérieur. Et ça, c'est un cirque qui fait une saison ici. J'y suis allé un soir avec tout un groupe, le spectacle est très bon. Il faudra y emmener Lottie, elle adorera. Ça, c'est le

1. Boucherie, coiffeur, boulangerie, quincaillerie. (N.d.T.)

Funkturm, une espèce de tour Eiffel. On peut atteindre le sommet par l'ascenseur et découvrir toute la ville. Il y a un restaurant à mi-hauteur. C'est peut-être le bâtiment le plus élevé de Berlin mais les prix y sont aussi élevés, un de ces endroits où l'on vous fait payer dix shillings pour une tasse de thé et quinze shillings six pence pour le gâteau qui l'accompagne. Là, c'est le bâtiment de la Naafi, où vous ferez une bonne partie de vos achats. Et voici l'ex-place Adolf-Hitler, aujourd'hui place du Reichskanzler. Nous sommes arrivés. Descendez, suivez le chemin, la porte est juste en face de vous. Dépêchez-vous, sinon vous serez trempées.

Robert avait décidé qu'il valait mieux passer la première nuit à l'hôtel des Familles, pour que Stella n'ait pas à s'occuper des repas et du ménage dès le premier jour ; ils n'emménageraient que le lendemain.

L'hôtel était un grand bâtiment très haut. Ils prirent l'ascenseur jusqu'au troisième, puis suivirent un long couloir qui les mena à deux chambres. De la salle de bains voisine parvenaient des bruits d'eau et les voix de Lottie et de Mademoiselle chantant *Malbrough s'en va-t'en guerre.*

On apporta les bagages des Melville dans la plus grande des deux chambres. L'autre était déjà jonchée de jouets et sentait le cumin. Stella partit retrouver Lottie et Robert se tourna vers l'Allemand qui avait apporté les valises :

— Il nous faut en plus une chambre simple pour la *fräulein.*

L'homme acquiesça gaiement d'un signe de tête.

— *Ya, ya.* Que la *fräulein* vienne avec moi, s'il vous plaît.

Il emmena Miranda dans le couloir et, après avoir tourné plusieurs fois, la fit entrer dans une petite chambre qui donnait sur un espace bétonné et un bâtiment soufflé par une bombe.

Miranda ouvrit la fenêtre et regarda le ciel gris, la pluie et le bâtiment en ruine.

C'était donc cela, Berlin, qui lui avait paru si passionnant. « Où allez-vous en vacances cette année, Miranda ? — Je vais à Berlin. — A Berlin ? Oh, ma chère, comme c'est amusant ! Ramenez-nous de la jolie verrerie et ne vous faites pas arrêter par les Russes. »

Eh bien, elle y était, et elle aurait passionnément voulu être encore dans son tout petit appartement près de Sloane Street. Oh, comme Stella avait raison ! Voyager à l'étranger, c'est très bien quand tout baigne dans l'huile ; mais quand tout se met à aller de travers, comme la nuit dernière, se trouver dans un pays inconnu, entourée de choses et de gens inconnus, c'est horrible. Elle n'avait plus connu cette sensation de peur, d'égarement, d'insécurité depuis l'époque où elle était une petite fille errant parmi les ruines, pleurant ses parents qu'elle ne devait jamais revoir.

Ce n'était pas seulement la vue d'un homme assassiné qui avait ramené à sa conscience ces souvenirs, les extirpant du recoin obscur de son cerveau où elle les avait refoulés. Elle n'aurait jamais dû venir dans cette ville en ruine où le seul aspect des rues lui rappelait ces vagues souvenirs qu'il valait mieux oublier.

# 6

Robert s'était rendu à sa caserne ; Stella, Mademoiselle et Lottie étaient parties visiter leur nouvelle maison. Il n'y avait pas assez de place pour Miranda dans la Volkswagen.

Stella lui avait demandé anxieusement :

— Es-tu sûre que cela ne t'ennuie pas d'être abandonnée ainsi ? Je pourrais laisser ici Mademoiselle et Lottie pour t'emmener, mais je suis sûre que Lottie passerait son temps à courir dans les couloirs avec cet affreux Wally et Mademoiselle peut commencer à se rendre utile dans la nouvelle maison.

— Mais non, ça ne m'ennuie pas, avait menti Miranda. En fait, j'aime bien mieux rester tranquillement ici et prendre un bain chaud.

En réalité, elle était très ennuyée. Elle n'aimait pas rester seule dans ce grand bâtiment étrange et impersonnel, avec son dédale de couloirs et d'escaliers sentant vaguement le désinfectant, les tuyaux de chauffage ou le graillon, et ses fenêtres donnant sur des bâtiments gris, sous la pluie.

Ses bagages n'étaient pas encore arrivés, mais les Melville avaient laissé une savonnette et une grande serviette dans la salle de bains située à côté de leur chambre. Miranda resta dans la baignoire jusqu'à ce que l'eau soit refroidie, puis s'habilla avec lenteur. Il lui restait encore une heure et demie à tuer avant que les autres rentrent déjeuner.

Elle peigna ses cheveux noirs et brillants, les épinglant de façon qu'ils forment des boucles au-dessus des oreilles. Elle se demanda si les Page étaient encore à l'hôtel, puis se rappela qu'Andy lui aussi était à la caserne et que Sally avait annoncé vouloir prendre possession de son nouvel appartement, qui se trouvait à moins de cinq minutes de marche.

Quant aux Leslie et aux Marson, ils étaient allés directement chez eux.

Miranda décida de descendre au salon, à la recherche de journaux ou de magazines.

Elle descendit par l'escalier, tourna à gauche au premier palier et constata qu'elle s'était perdue : il n'y avait ni salon, ni salle à manger, mais un couloir entre deux rangées de chambres. Elle s'arrêta, perplexe. S'était-elle trompée d'étage, ou aurait-elle dû tourner à droite au lieu de tourner à gauche ? A ce moment, elle entendit l'ascenseur s'arrêter sur le palier qu'elle venait de quitter. Les portes s'ouvrirent avec un léger bruit de métal et quelqu'un parla en allemand, d'une voix rapide et pressante.

Dans son enfance, Miranda avait parlé l'allemand couramment mais elle l'avait oublié, avec bien d'autre choses, et ne put rien comprendre. La voix d'ailleurs murmurait à peine mais Miranda y percevait, sans le moindre doute, un ton étrangement troublant de volonté féroce.

C'était une femme qui parlait, une femme au bord des larmes. Une autre voix féminine, plus claire et plus sèche, lui répondit. « Pas si fort ! » supplia la première voix, passant de façon inattendue à l'anglais. Il y eut un bruit de pas plus haut. Miranda, entendant sursauter d'effroi l'une des femmes, et se rendant compte qu'elle pouvait sembler indiscrète, revint sur le palier.

Une femme brune, sans chapeau et portant un imperméable luisant de pluie, était debout, tournant le dos à Miranda. Une autre femme entrait dans l'ascenseur ; les grilles se fermèrent et il descendit vers le rez-de-chaussée. La femme en imperméable fit demi-tour et, croisant Miranda, disparut dans le couloir.

Miranda, debout sur le palier étroit, plongea son regard dans la cage obscure de l'ascenseur. Elle avait seulement aperçu le dos de la femme qui y était entrée, mais la couleur et la coupe du manteau lui étaient familières, car Mrs. Marson en portait un semblable pendant le voyage. Mais Mrs. Marson ne parlait pas allemand ; elle l'avait dit à Bad Oeynhausen, lors d'une discussion sur le quai à propos d'un porteur. Stella, dont l'allemand, rouillé par le manque d'usage, était médiocre, avait dû faire l'interprète.

La femme du palier avait parlé allemand couramment, donc il ne pouvait s'agir de Mrs. Marson. Il devait y avoir à Berlin beaucoup de femmes portant un manteau rouge foncé, avec des broderies noires au col et aux poignets, et un petit chapeau noir. Tout de même, c'était bizarre et troublant, bien dans la note de l'étrange atmosphère de malaise qui régnait ici depuis quarante-huit heures.

Ce ne devait pas être là le seul incident imprévu de la matinee.

Au moment où Miranda arrivait à l'escalier descendant vers l'étage inférieur, un homme venant du salon traversa rapidement le palier au-dessous d'elle, et disparut dans l'escalier conduisant au rez-de-chaussée. C'était Robert. Il devait donc être plus tard qu'elle ne le pensait, et Stella était sans doute rentrée !

Miranda, ayant descendu les marches, tourna à gauche. Cette fois, elle ne s'était pas trompée d'étage. Mais l'horloge marquait à peine midi moins le quart. Sally Page était debout au milieu du salon, seule face à la porte.

— Oh ! fit Sally Page, sursautant à demi... Salut, Miranda.

Son visage de fleur avait rosi.

— Salut ! dit Miranda, surprise. Je croyais que vous étiez en train de prendre possession de votre appartement ?

— C'est ce que je fais... que je faisais, je veux dire, mais il y a un tel fouillis que j'ai préféré attendre Andy pour qu'il puisse m'aider. Un caporal est là-bas, il vérifie les listes. Les tapis sont vieux, sales et hideux. Tous lcs rideaux semblent désassortis...

Sally, un peu essoufflée, paraissait pressée de parler pour éviter un silence gênant.

— Donc j'ai renoncé, j'ai préféré revenir ici voir si je pourrais trouver une tasse de thé ou de n'importe quoi. Comme il semble n'y avoir personne, je crois que je ferais mieux de retourner chez moi. J'ai peut-être eu tort de partir.

Comme Miranda n'essayait pas de la dissuader, Sally, avec

un hochement de tête enfantin, quitta la pièce rapidement, les joues un peu plus rouges.

Miranda, pensive, la suivit des yeux. Robert ne pouvait certes pas être assez bête pour... ? Elle s'accusa à nouveau d'imaginer des choses. Faire de taupinières des montagnes, comme une vieille fille prompte aux commérages. Sally éprouvait peut-être une flamme de lycéenne pour Robert. Et après ? Bien des femmes beaucoup plus âgées en avaient ressenti autant en le regardant, ou bien admiraient quelque héros de l'écran, éblouissant et inaccessible, et cela ne nuisait en rien à leur affection conjugale, bien moins spectaculaire.

Quant à Robert, il avait sans doute un motif tout à fait valable de revenir à l'hôtel, mais il n'y avait aucune raison de supposer que ce fût pour un rendez-vous sentimental avec Sally.

Miranda ramassa un magazine féminin tout écorné et entama avec décision la lecture d'une nouvelle. Elle se rendit compte avec exaspération que ce n'était que le premier épisode d'un roman.

Mademoiselle et Lottie revinrent à midi avec un message de Stella : elle déjeunait avec les Marson qui habitaient près de chez elle, et reviendrait probablement pour le thé. Quelques minutes plus tard, un coup de téléphone de Robert annonça qu'il restait au mess et que sa femme et lui emménageraient le lendemain matin.

Les bagages de Miranda arrivèrent à l'hôtel après le déjeuner ; elle les transporta dans sa chambre avec l'aide de Lottie et de Mademoiselle. Celle-ci offrit son aide pour les déballer ; sur le refus de Miranda, elle emmena Lottie faire la sieste, et Miranda resta seule.

Celui qui avait examiné les objets contenus dans ses valises les avait remis en place avec un soin incroyable, mais sans tenir aucun compte de la coupe des vêtements féminins. Ses sous-vêtements roulés avaient été pliés en petits carrés comme des mouchoirs. Miranda prit seulement ce dont elle avait besoin pour la nuit et laissa les valises sur le plancher.

Le crachin du matin s'était transformé en une vraie pluie qui tambourinait sur l'appui de la fenêtre et éclaboussait les vitres. A part ce bruit, la chambre, le bâtiment en ruine et tout l'hôtel semblaient fort calmes.

Un gond grinça doucement dans le silence. Miranda vit, dans le miroir de la coiffeuse, sa porte s'ouvrir, pouce à pouce comme sous l'effet d'un léger courant d'air.

Quelque chose bougea dans l'entrebâillement, un visage idiot, hideux, taché de blanc et de rouge, la bouche largement ouverte. Un instant, le cœur de Miranda bondit dans sa poitrine, et elle suspendit sa respiration. L'instant d'après, elle s'était retournée et bondissait vers la porte.

La tête disparut et son propriétaire s'enfuit.

Une petite silhouette prenait le tournant du couloir. Miranda se mit à sa poursuite, et une fraction de seconde plus tard se jeta contre quelqu'un qui venait en sens opposé. Pour la seconde fois en moins de douze heures, elle se retrouvait dans les bras de Simon Lang.

— Oh ! haleta Miranda furieuse, des larmes de rage dans la voix. Sans vous j'aurais rattrapé cette petite horreur !

— Quelle petite horreur ? Le jeune garçon qui vient de passer comme une flèche à côté de moi ?

— Wally Wilkin ! Je voudrais le tuer !

Sa voix se brisa en un sanglot, puis elle prit soudain conscience de ce qu'elle avait dit et à qui ; cela lui fit l'effet d'une gifle. Elle s'arracha aux bras secourables de Simon Lang, son visage pâle devenant écarlate :

— Cela ne signifie pas que j'ai assassiné le général la nuit dernière ; vous n'avez pas à me regarder comme ça, dit-elle d'une voix anormalement aiguë et mal assurée.

— Ne vous énervez pas, lui conseilla Simon Lang avec douceur. Qu'y a-t-il ? Vous paraissez troublée.

— Vous le seriez aussi si un tel visage venait vous espionner !

Elle indiquait du geste, sur le plancher, un masque en carton aux couleurs vives, découpé dans l'emballage d'une marque bien connue de céréales.

Simon Lang fit une petite grimace, et Miranda ajouta en tremblant :

— Il n'y a pas de quoi rire ! Cela m'a fait peur.

— Je le vois bien. Et je ne ris pas. Vous êtes très nerveuse, n'est-ce pas ? Est-ce l'affaire d'hier soir, ou y a-t-il autre chose ?

— Je ne sais pas.

La colère de Miranda avait brusquement disparu et elle se sentait fatiguée, déconcertée.

— C'est en partie ce qui s'est passé hier soir, je suppose, mais pas seulement. Je voudrais n'être jamais venue à Berlin. Je croyais que ce serait amusant, mais jusqu'à présent c'est détestable. Détestable et effrayant. Que faites-vous ici ? acheva-t-elle sèchement.

— Je voulais vous parler. Vos bagages sont-ils bien arrivés ?

— Oui, merci. Vouliez-vous savoir autre chose ?

— Oui. Ça ne vous dérangerait pas d'aller dans le salon ? Il n'y a personne en ce moment. Je pense que ce serait plus commode que de rester debout dans le couloir — et plus conforme aux convenances que d'aller dans votre chambre.

Le salon paraissait lugubre et inhospitalier dans la lumière grise de cet après-midi pluvieux. Il était vide et tout l'hôtel semblait désert.

Simon Lang choisit les deux fauteuils les plus éloignés de la porte, offrit une cigarette à Miranda et la lui alluma. Elle leva les yeux et rencontra son regard. La flamme se réfléchissait dans les yeux de Lang, leur donnant une étrange couleur d'ambre ; ils avaient une curieuse expression, qui ressemblait beaucoup à de la surprise.

Miranda s'enfonça dans son fauteuil et l'interrogea en hésitant :

— Pourquoi voulez-vous me voir ? Qui êtes-vous ?

— L'officier commandant la section 89 de Berlin, si cela vous dit quelque chose, et je suis chargé de ce meurtre parce que tout le personnel de la Security and Intelligence Branch de la D.A.P.M. est malheureusement en quarantaine à cause d'une épidémie d'oreillons.

Miranda fit « oh », resta un moment silencieuse puis reprit :

— De quoi voulez-vous que je vous parle ?

— De vous, dit Simon Lang, aimable. Je voudrais que vous me répétiez exactement ce qui s'est passé la nuit dernière. Essayez de vous souvenir de chaque détail, si infime qu'il puisse sembler.

Miranda réfléchit un instant.

— Je ne pouvais pas dormir, commença-t-elle.

Elle raconta ce qui s'était passé aussi exactement que possible, essayant de revivre les événements tels qu'ils s'étaient produits. Simon Lang écoutait sans l'interrompre. Il attendit qu'elle eût fini pour reprendre la parole.

— Vous dites que vous étiez tendue et que vous aviez les nerfs à vif la première fois que vous êtes sortie dans le couloir, que vous ressentiez l'envie de regarder par-dessus votre épaule. Y avait-il une raison particulière pour ce faire ? Etes-vous sûre que vous n'aviez pas vu ou entendu quelque chose qui vous aurait effrayée ?

— Tout à fait sûre. Il n'y avait rien à craindre, tout au moins à ce moment-là. C'est pour cela que c'est si stupide. D'ailleurs, pendant toute la journée je m'étais sentie un peu comme tante Hetty.

— Un peu comme qui ?

Miranda rougit.

— Pardon ! C'est une expression courante dans la famille des Carrell, c'est-à-dire de Stella... de Mrs. Melville. Ils ont une tante qui déteste les chats et dit toujours : « Je sens dans mes os qu'il y a un chat par ici ! »

— Je vois. Et vous sentiez dans vos os qu'il y avait quelque part quelque chose qui n'allait pas. C'est cela ?

— Eh bien... pas tout à fait, dit Miranda, s'agitant nerveusement dans son fautcuil. C'est un peu difficile à expliquer. Je me sentais seulement un peu effrayée, les nerfs à vif et... oh, je ne peux rien dire d'autre. Ce n'est pas quelque chose que l'on peut décrire.

— Très bien, dit Simon d'un ton tranquille, laissons cela pour l'instant. Est-ce que vous pourriez me préciser à quel moment vous avez commencé à vous sentir... euh... comme tante Hetty ?

Miranda réfléchit :

— Je ne pense pas, répondit-elle enfin. Je me sentais magnifiquement en forme quand j'ai retrouvé Stella et Robert à la gare de Liverpool Street. Nous avons pris le thé au buffet de la gare et c'était très sympathique. C'est seulement après que les choses m'ont semblé bizarres.

— Quand vous êtes arrivée à Hoek van Holland? Ou quand vous étiez encore en Angleterre?

Miranda fronça les sourcils :

— En Angleterre, je crois, je ne suis pas tout à faire sûre. Pourquoi? Est-ce important?

— Ça peut l'être. Ce qui m'intéresse, c'est que, d'après votre propre récit, vous vous sentiez effrayée et mal à l'aise *avant* qu'il y eût aucune raison pour cela. Il est possible que vous ayez vu ou remarqué quelque chose — peut-être sans vous en rendre compte — qui expliquerait cette sensation. Quelque chose, à un moment quelconque, vous a-t-il paru insolite?

— Non, dit Miranda, catégorique.

Elle n'avait pas l'intention de lui parler de ces deux regards, si différents, de Sally Page et de Mrs. Leslie, qu'elle avait surpris la veille au soir.

— Je crois que c'est seulement lié au retour en Allemagne. Voyez-vous, c'est là que j'ai passé mon enfance. Mon père y travaillait. Quand la guerre a éclaté, nous sommes allés vivre en Belgique. Mes parents y ont été tués et je suis arrivée en Angleterre avec un groupe de réfugiés. Je croyais avoir tout oublié ou presque, mais revenir ici semble avoir réveillé mes souvenirs. Bien sûr, il y a aussi eu cette incroyable coïncidence avec l'histoire du général...

— Quelle histoire?

La voix de Simon Lang était d'une indifférence trompeuse, mais ses yeux, qui paraissaient pouvoir changer de teinte — peut-être réfléchissaient-ils les couleurs? —, devinrent tout à coup brillants et attentifs.

Miranda répéta, en l'abrégeant, l'histoire racontée la veille au soir par le général et le rôle qu'elle y avait joué. Simon Lang ne parut pas exagérément intéressé. Il voulut d'abord savoir quand Miranda avait rencontré le général et si elle l'avait jamais vu à un moment quelconque, auparavant. De sa voix tranquille, indifférente, il posa de très nombreuses questions, certaines paraissant de fort peu d'intérêt. Comment étaient-ils placés à table pour le dîner ? Qui occupait les tables voisines de celle du général ? Etaient-ils assez près pour entendre ce qui s'y disait ? A quelle heure était-on passé dans le hall ? Qui s'y trouvait déjà ? Quand était-on revenu à la gare et dans quel ordre ? Qu'est-ce qui s'était passé exactement quand on était monté dans le train ? Beaucoup de personnes étaient-elles sorties de leur compartiment pour aller en voir d'autres, avant et après le départ ? Miranda répondait de son mieux. Quand il parut avoir fini, elle interrogea à son tour :

— Pourquoi voulez-vous savoir tout cela ? Est-ce... était-ce l'un de nous ?

Simon Lang ne chercha pas à feindre l'incompréhension.

— Oui.

Le monosyllabe était sec et ne souffrait pas la discussion.

— Comment diable pouvez-vous le savoir ? Il y avait tant de monde dans le train. Des douzaines de personnes !

Une fois de plus il y avait une trace de panique dans la voix de Miranda.

— C'est très simple, dit Simon Lang avec douceur. Il a été tué avec un couteau qui avait été pris sur le bureau de la réception à l'hôtel de Bad Oeynhausen. Il appartenait au directeur qui s'en servait comme coupe-papier et taille-crayon. Ce couteau était sur le bureau au début de la soirée : un membre du personnel se souvient de l'avoir utilisé pour couper de la ficelle. Quelqu'un doit donc l'avoir ramassé entre ce moment et celui de l'embarquement des voyageurs, et ce ne peut bien sûr être que l'une des personnes qui sont passées par l'hôtel, ce qui exclut tout le monde, sauf les personnes que vous avez citées.

— Mais... mais un des Allemands, quelqu'un travaillant l'hôtel, pourrait l'avoir pris ?

— Aucun d'eux n'était dans le train.

— Mais il aurait pu le passer à quelqu'un ! Le contrôleur...

— Le contrôleur s'occupait d'un malade dans la voiture

voisine au moment du meurtre ; cinq personnes peuvent en témoigner.

— Comment savez-vous quand le meurtre a été commis ?

La voix de Miranda tremblait un peu, car elle ne pouvait, ne voulait croire que l'un de ceux qui avaient dîné près d'elle la veille au soir ait pu être capable d'une telle sauvagerie.

— Le sang, dit Simon Lang.

Ce seul mot, prononcé presque à voix basse, résonnait horriblement fort dans le calme de la pièce.

Il se coagule et sèche très vite. Vous l'avez effleuré ; il a fait une tache humide sur votre robe de chambre et vos pantoufles en ont été imprégnées. Quand je suis arrivé, le sang commençait à se coaguler et le cadavre était encore chaud. Le général ne peut avoir été tué que dix à quinze minutes avant votre entrée dans son compartiment, peut-être même moins. Si le coupable avait eu le bon sens de laisser l'arme dans la plaie, nous n'aurions sans doute découvert le crime qu'au matin, quand le contrôleur aurait fait le tour des voitures pour annoncer aux voyageurs qu'ils étaient arrivés. Il aurait alors été plus difficile de déterminer le moment de la mort. En fait, l'arme a été enlevée, ce qui a provoqué le flot de sang, et vous a permis de découvrir le crime. J'imagine que la première idée du coupable a été de se débarrasser d'une arme dont on pouvait retrouver l'origine, mais, comme il était difficile de l'emporter sans se tacher de sang, il a préféré la laisser sur le plancher.

— Ce n'est pas possible, dit Miranda. Il doit y avoir une autre explication. J'ai parlé avec ces trois personnes. Ce sont tous des gens fort agréables et parfaitement ordinaires.

— Trois ?

Les sourcils expressifs de Simon Lang se soulevèrent un peu.

Miranda continua rapidement :

— Si vous croyez que Robert puisse jamais assassiner qui que ce soit, cela prouve que vous ne savez rien de lui. Moi, je le connais depuis des années et je sais qu'il *ne peut pas* être le coupable.

— Calmez-vous, mon enfant, dit Simon d'une voix tranquille. Personne ne soupçonne votre cousin. Pourtant, pour une raison suffisamment puissante, plus de gens qu'on ne croit son capables de tuer. En fait, quelques-uns des tueurs les plus célèbres du monde ont été de braves gens très doux, dont la famille et les amis étaient convaincus qu'ils ne feraient pas de mal à une mouche.

— Vous avez oublié Stella, interrompit Miranda avec mépris. Si Robert avait quitté le compartiment pendant la nuit, Stella l'aurait entendu.

— Mais Mrs. Melville avait pris un somnifère, remarqua Simon Lang avec douceur. Pas mal de gens, dont vous, l'ont vue le prendre. Cela aurait pu lui faciliter la besogne.

— Vous ne pouvez pas croire cela ! dit Miranda. *Vous ne le pouvez pas !*

— Oh, ne vous inquiétez pas ! Je ne l'accuse pas. Pour le moment, je me contente de garder l'esprit ouvert. Non, je m'intéressais seulement à votre chiffre. Pourquoi trois ? Moi, je dis onze, et même douze si nous comptons le jeune garçon que vous poursuiviez tout à l'heure dans le couloir.

— Vous voulez dire que peut-être une femme... ? *Ce n'est pas possible !*

— Pourquoi pas ? (Il y eut un net éclair de moquerie dans les yeux de Simon.) Ne me dites pas que les femmes sont des êtres frêles, incapables de violence. D'après notre expérience, *la femelle de l'espèce est plus redoutable que le mâle.* Ma chère, n'importe qui pourrait avoir tué, dans de telles circonstances.

— Que voulez-vous dire ? Quelles circonstances ?

— Le général avait pris deux cachets d'un somnifère particulièrement puissant et nous pouvons être sûrs que l'assassin le savait. Le couteau, à double tranchant, était extrêmement bien aiguisé et pointu comme une aiguille. Le meurtrier est entré tranquillement, a allumé soit la lampe de chevet de la couchette supérieure, soit une lampe de poche ou encore un briquet, a rabattu les couvertures pour plus de commodité et a enfoncé le couteau jusqu'à la poignée. Dans ces conditions — un homme sous somnifère et une arme de ce genre —, ce meurtre était à la portée d'un enfant, même du jeune Wally, si on lui suppose l'énergie voulue et une connaissance élémentaire de l'anatomie. Cependant, je crois que nous ne risquons rien à l'éliminer. Il reste donc onze suspects : les Marson, les Melville, les Page, les Leslie, Mlle Beljame, Mrs. Wilkin et Miss Miranda Brand.

— Et les derniers seront les premiers, cita Miranda avec désinvolture, un éclair de colère dans les yeux. Est-ce cela que vous voulez dire ?

— Pas nécessairement, répondit Simon Lang d'une voix sans chaleur. Je vous ai dit que je gardais l'esprit ouvert. Je reconnais que, pour le moment, vous êtes notre suspect numéro un. La personne qui a tué le général portait des gants ou avait enveloppé le manche du couteau d'un mouchoir, et nous n'avons rien trouvé dans les bagages qui soit taché de sang. Mais il est probable que l'assassin avait du sang sur lui, au moins sur les mains.

— Mais... mais moi, j'avais du sang sur les mains, murmura Miranda. J'avais frotté de la main la tache de ma robe de chambre... C'est comme cela que j'ai... que j'ai vu ce que c'était.

— Je sais, dit Simon Lang tranquillement.

Il prit les mains froides de Miranda dans les siennes et les y garda un instant. Son étreinte chaleureuse était curieusement réconfortante.

— Ne vous inquiétez pas, vous ne risquez rien tant que vous ne vous écartez pas de la vérité.

— Je vous ai dit la vérité, répéta Miranda en tremblant.

— Je vous crois, avec certaines réserves... (Il lui lâcha les mains, avec un sourire un peu contraint.) De toute façon, il semble que vous n'ayez aucun mobile. Il est vrai que cela ne signifie pas grand-chose dans le cas présent, puisqu'il paraît en être de même pour tous les autres suspects. Ce qu'il nous faudrait, ce serait quelques alibis solides.

— Je suis la seule à avoir besoin d'un alibi, dit Miranda avec un petit rire chargé d'incertitude. Tous les autres en ont un, puisqu'ils étaient deux par compartiment, c'est suffisant.

— Pas toujours. Les maris et leurs femmes se servent mutuellement d'alibi pour toutes sortes de raisons, allant de l'affection au désir de n'être impliqué en aucune façon dans une histoire aussi préjudiciable socialement.

Miranda intervint :

— Eh bien, vous pouvez barrer Stella dans votre liste de suspects.

— Pourquoi ?

— Vous m'avez dit, il y a une minute, que Robert n'avait pas d'alibi parce qu'il savait que Stella avait pris la même dose de somnifère que le général et dormait donc comme une souche. Vous ne pouvez pas gagner sur les deux tableaux.

— Mais si, assura Simon Lang. Il me suffit de regarder les choses sous un autre angle. Supposons que Mrs. Melville ait fait semblant d'avaler les cachets. C'est tout à fait possible.

— Pourquoi aurait-elle fait quelque chose d'aussi stupide ?

— Pour se fabriquer un alibi, peut-être. Ce serait un fort bon alibi, très difficile à réfuter.

— Et je suppose que Mademoiselle se fabriquait aussi un alibi, dit Miranda froidement.

— Un moins bon, rétorqua Simon sans se troubler. Elle n'avait pris qu'un seul cachet.

— ... Ou avait fait semblant d'en prendre un !

— Ou avait fait semblant d'en prendre un, admit Simon. Vous voyez donc que nous avons onze suspects et que pas un seul d'entre eux n'a un alibi en béton.

— Là, vous vous trompez, déclara Miranda, Stella en a un, et je vais vous dire pourquoi. Elle *a pris* ce somnifère, et je peux le prouver. Elle déteste avaler des cachets. Elle les a donc ouverts et en a absorbé le contenu mélangé avec son café. Nous l'avons tous vue le faire. A moins que vous ne pensiez que le général lui ait volontairement donné deux cachets truqués et qu'elle le savait, vous avez perdu un suspect.

— Est-ce que vous dites la vérité, toute la vérité et rien que la vérité ? demanda Simon Lang d'un ton sérieux.

— Je n'ai pas à répondre à cette question tant que vous ne m'avez pas amenée à la barre des témoins, rétorqua Miranda amèrement, et je n'y suis pas encore. *Bien sûr,* je vous dis la vérité. Demandez à Mademoiselle, si vous ne me croyez pas, à Robert, à Lottie ; téléphonez à Bad Oeynhausen et demandez au garçon qui a servi le café !

— Très bien, très bien, admit Simon Lang, pacifique. La question est réglée. Et débarrassez-vous de l'idée que j'essaie de charger un innocent du crime rien que pour trouver un meurtrier.

Miranda se détendit, se rejeta en arrière dans son fauteuil et eut un rire tremblant.

— Ça, c'est mieux, approuva Simon.

On entendit des voix dans le hall, en dehors du salon. Simon Lang jeta un regard à sa montre et se leva.

— Eh bien, c'est à peu près tout pour l'instant. Je crois qu'on vous interrogera à nouveau dans les jours à venir, donc je vous reverrai. Merci de m'avoir si bien supporté.

Il eut un sourire lent qui modifia les traits de son visage le rendant très différent et très sympathique.

L'instant d'après, le salon était plein de monde et Simon Lang avait disparu.

Miranda se dirigea vers le palier où elle trouva, jouant dans l'ascenseur, Lottie et Wally Wilkin.

Ce dernier, à la vue de Miranda, voulut s'enfuir mais, cette fois, elle fut plus rapide que lui.

« Ecoute-moi, jeune danger public, dit-elle, retenant avec force l'enfant qui se débattait. Si jamais je t'attrape encore à te glisser dans la chambre de quelqu'un avec un masque en papier sur la figure, tu auras droit à la *bastinado* !

Wally cessa de se tortiller comme une anguille et une expression inattendue d'intérêt apparut sur son visage tavelé :

— C'ment pouvez-vous dire ça ! M'man a son certificat de mariage. J' l'ai vu.

— Que diable... ? commença Miranda, perplexe ; puis elle éclata de rire, comprenant que Wally avait confondu bastinado avec un autre mot qui lui était plus familier[1]. Tu ne devrais pas connaître le sens de mots de ce genre, dit-elle,

1. Wally avait compris « bastardy », bâtardise. (N.d.T.)

cherchant à paraître sévère. La bastinado, jeune diablotin trop précoce, est une torture chinoise.

Miranda étira ses jolis yeux à l'orientale, en posant un index sur chaque tempe et grimaça d'une façon digne d'illustrer n'importe quel emballage d'épicerie.

— Ça alors ! dit Wally d'un ton chargé d'admiration. C'naissez-vous d'autres tortures chinoises ?

— Des tas ! mentit Miranda. Donc, Wally, regarde où tu mets les pieds, sinon, un de ces jours, tu pourrais en faire l'expérience personnelle !

Wally la gratifia d'un large sourire quelque peu édenté.

— Des nèfles, dit-il, v's avez trop bon cœur !

Miranda lui tordit le nez et le lâcha.

— Maintenant, sortez de l'ascenseur tous les deux, sinon le directeur s'occupera de vous. Que fais-tu ici, Lottie ? Tu attends ta mère ?

— Elle est rentrée depuis des heures, dit Charlotte.

— Oh ! Alors nous ferions mieux d'aller à sa recherche.

Stella était dans sa chambre. Remarquablement jolie, pensa Miranda, pour une femme qui avait voyagé sans arrêt pendant plus de quarante-huit heures, avait été interrogée par la police à propos d'un meurtre, et avait travaillé dur à emménager dans une ville étrangère avec un personnel étranger. Elle ne montrait plus aucune trace de fatigue, et elle était d'une gaieté presque fébrile. Ses yeux étaient brillants, plus encore que ses joues.

— Bonjour, Miranda chérie. Quelle journée ! J'ai appris que tu avais été cuisinée par la police tout l'après-midi. Ils ont aussi passé la moitié de la matinée à poser des questions sans fin. Ils ont interrogé Mademoiselle et Lottie. Demandons à Robert de nous sortir ce soir. Nous pouvons encore manger, boire et nous amuser aujourd'hui ; demain ils nous mettront peut-être tous en prison... Mademoiselle a fait une crise de nerfs. Elle disait que tout le monde était contre elle parce qu'elle était une pauvre étrangère sans défense et qu'on allait l'envoyer à la guillotine, tout innocente qu'elle soit, uniquement pour sauver la tête d'un Anglais coupable. Lottie a fait remarquer qu'en Angleterre on ne coupait pas la tête aux gens, on les pendait (comment les enfants peuvent-ils savoir ces choses-là ?). Mademoiselle a bondi hors de la pièce dans un nuage parfumé de sels. La cuisinière ne parle pas anglais, et l'ordonnance de Robert, qui a la jaunisse, ne sortira pas de l'hôpital avant huit jours. A propos, où est Robert ? Je ne l'ai pas vu de la journée, c'est Harry Marson qui m'a ramenée. Faisons monter une bouteille de champagne, Randa. Il faut que nous fassions quelque chose pour célébrer notre première, gaie, glorieuse journée à Berlin.

Son rire était quelque peu hystérique et Miranda jugea bon d'intervenir :

— Ce qu'il te faut, c'est une tasse de thé et de l'aspirine. Nous essaierons le champagne plus tard. Sonnons et voyons ce qui se passera. A moins qu'ils ne servent le thé qu'au salon.

Miranda ne rentra pas dans sa chambre avant six heures. Sally Page avait suggéré qu'ils aillent tous dîner au mess des officiers, proposition approuvée avec enthousiasme par Stella, qui était montée dans sa chambre se changer et dire bonsoir à Lottie.

Miranda alluma l'électricité et tira les rideaux sur les fenêtres battues par la pluie.

La chambre avait le même aspect que lorsqu'elle en était sortie à la poursuite de Wally Wilkin, à une différence près : quelqu'un l'avait visitée en son absence, avait fouillé ses valises et, faute de temps, avait tout remis en place n'importe comment. Les chaussures, les bas, les sous-vêtements, les articles de toilette étaient dans un fouillis inextricable. Les tiroirs de la coiffeuse avaient également été ouverts et, dans le placard, le manteau de fourrure pendait de travers sur son cintre. La literie elle-même avait été dérangée, comme si quelqu'un avait fouillé sous le matelas et sous les oreillers, puis tiré en hâte le couvre-lit pour camoufler le désordre.

« C'est donc pour cela qu'il voulait me faire descendre au salon, pensa Miranda, pour que ses sbires aux pattes maladroites puissent à nouveau fouiller mes affaires. Pourquoi, puisqu'ils l'ont déjà fait ? Craignaient-ils d'avoir oublié quelque chose ? Quelque chose que j'aurais eu sur moi ? Des gants ou un mouchoir tachés de sang ? »

Une pensée glaciale s'insinua dans son esprit. La fouille de sa chambre signifiait autre chose. Simon Lang ne l'avait pas crue. Il avait été gentil et amical avec elle, lui avait donné l'impression qu'il était de son côté, mais il n'était du côté de personne, ou seulement de celui de l'homme assassiné.

Elle crut l'entendre à nouveau : « L'assassin devait avoir du sang sur lui, tout au moins sur les mains. » Or, la seule personne qui avait eu du sang sur les mains était Miranda Brand.

*Présomption.* Pourquoi ce mot lui venait-il tout à coup à l'esprit ? Que signifiait-il exactement ?

Miranda se détourna lentement des valises en désordre et commença à enlever sa veste et sa jupe. Ses doigts étaient raides et tremblants. Pendant qu'elle s'habillait pour sortir, puis pendant toute la soirée, un petit rythme sarcastique lui trotta dans la tête, sur la même cadence monotone que les roues du train la veille au soir : *Miranda Brand avait du sang sur les mains... Miranda Brand avait du sang sur les mains... Miranda Brand...*

# 7

Le ciel bleu printanier était clair, parsemé de petits nuages blancs. Robert suivait en voiture la Bundesallee puis il tourna à gauche dans la longue Herrstrasse.

De chaque côté, les maisons, très espacées, étaient construites en retrait. Certaines étaient entourées de pins aux jeunes aiguilles vert pâle. Mais beaucoup d'autres bâtiments n'étaient plus que des coques vides au milieu de buissons rabougris, d'herbes folles et de bruyère.

— Pas les bombes, les Russes, répondit Robert à une question de Miranda. Ils les ont brûlées. « Maisons d'ennemis capitalistes », et tout ça. Du moins, c'est ce qu'on m'a dit.

Il quitta la Herrstrasse et, après avoir traversé une ou deux rues parallèles plus petites, s'arrêta dans une avenue tranquille, bordée d'arbres, devant une maison au toit de tuiles rouges environnée de lilas en bourgeons. Un court chemin dallé y conduisait.

— Nous sommes arrivés. Descendez vite, je suis en retard. Je vous reverrai au déjeuner.

Il embrassa Stella et partit pour la caserne, distante d'une dizaine de kilomètres.

La maison, quoique pauvrement meublée, était confortable et ne manquait pas de charme. Un escalier peint en blanc allait d'une grande entrée à un étroit palier en balcon qui donnait accès aux quatre chambres à coucher. Les fenêtres d'un vaste salon et d'une salle à manger plus petite s'ouvraient sur un jardin de deux mille mètres carrés, derrière la maison : une pelouse, des lilas, et au fond une haute barrière de roseaux. Deux pins aussi, quelques cerisiers et de tristes plates-bandes sablonneuses. Un amandier donnait une touche de couleur gaie. Les cerisiers étaient déjà en fleur.

Un téléphone se trouvait dans un petit renfoncement de l'entrée. A droite, un court passage voûté menait aux cuisines et à l'escalier de service. Enfin, il y avait encore un petit bureau pour Robert et un vestiaire.

— Les caves occupent à peu près la moitié de la maison, c'est une affreuse perte de place : elles ne contiennent que la chaudière et des tas de coke et de charbon. En revanche, nous avons, Dieu merci, deux salles de bains. Voilà ta chambre, Robert et moi sommes ici et Lottie à côté de toi. Ça, c'est la chambre de Mademoiselle. Dans les mansardes, il y a la seconde salle de bains et deux chambres de domestiques, mais seule la femme de chambre est logée. Elle semble sympathique et, heureusement, parle un anglais très convenable ; mon allemand est un peu rouillé. Quand tu seras partie, je ferai de ta chambre une salle de classe-salle de jeux pour Lottie. En attendant, elle devra se contenter de la petite pièce du rez-de-chaussée, qu'en fait Robert n'utilisera jamais.

Une femme en tablier blanc amidonné, portant une pile de linge, traversa le palier. Miranda prit le bras de Stella :

— Qui est-ce ?

— C'est Friedel.

— Madame ?

La femme se retourna, croyant qu'on s'adressait à elle.

— *Es is nichts,* Friedel.

Stella la renvoya d'un geste.

— Qu'y a-t-il, Randa ?

— J'ai déjà vu cette femme. Elle était à l'hôtel hier.

— Ah bon ? Elle venait sans doute chercher ses papiers ou un certificat, ou quelque chose comme ça. Elle y a travaillé il y a quelque temps. Maintenant, je vais te laisser défaire tes valises et descendre affronter la cuisinière. Comment dit-on « braisé » en allemand ?

Stella dégringola l'escalier jusqu'à l'entrée, tandis que Miranda restait debout, les yeux dans le vague. L'explication donnée par Stella était tout à fait vraisemblable. Pourtant, debout dans un rayon de soleil, elle eut l'impression fugitive que la présence de Friedel à l'hôtel des Familles faisait partie d'un tout.

Il lui semblait que tout ce qui s'était passé depuis qu'elle avait quitté la gare de Liverpool Street moins de trois jours plus tôt était lié et que, si elle pouvait prendre suffisamment de recul, elle en percevrait le sens. Mais c'était impossible car elle-même faisait partie de la trame : un petit fil de couleur qui entrait et sortait bon gré mal gré, en même temps que d'autres fils.

« Je ressemble à nouveau à tante Hetty, pensa Miranda à regret. Je suis même pire ! Quand elle sentait qu'il y avait un chat dans le voisinage, c'est qu'il y en avait un ; moi, je sens des chats imaginaires. Je dois avoir besoin d'un tonique ou de quelque chose de ce genre. »

Vers midi, arriva Mrs. Lawrence, la femme du chef de Robert. Friedel servit du café et des gâteaux au salon.

Mrs. Lawrence était une femme de haute taille, aux cheveux auburn, douée d'une forte personnalité. Miranda supposa qu'elle s'intéressait plus au meurtre qu'aux éventuels problèmes domestiques de Stella car, dès qu'elle eut reçu l'assurance qu'aucune aide immédiate n'était nécessaire, elle passa à la mort du général Brindley.

D'après Mrs. Lawrence, la B.B.C. en avait parlé dans un bulletin d'informations, un quotidien de Londres lui avait réservé la une, et plusieurs journaux allemands lui avaient consacré des colonnes entières. Stella et Miranda éludèrent autant que possible, la première en disant qu'elle avait dormi sans arrêt toute la nuit, la seconde parce qu'elle y avait été impliquée de trop près pour avoir envie d'en discuter.

Mrs. Lawrence se montra émue et compatissante, mais un peu désappointée. A son avis, la police découvrirait sans aucun doute que le pauvre homme s'était suicidé. Elle offrit aux deux femmes de s'adresser à elle si elles avaient besoin de quelque chose, exprima le désir de voir Stella à la réunion de femmes d'officiers qui aurait lieu chez elle mercredi à trois heures, refusa l'offre d'un verre de sherry et partit.

L'après-midi, deux hommes de la Public Safety Branch arrivèrent. Une fois de plus, Stella, Miranda et Mademoiselle furent tour à tour interrogées. Les deux enquêteurs gardèrent une attitude amicale et sympathique, réussissant à donner l'impression qu'ils faisaient une visite de courtoisie, non une enquête policière. Mademoiselle elle-même se dégela et dit, après leur départ, qu'ils étaient « très gentils, très comme il faut ».

Le reste de la journée se passa de façon assez tranquille sauf un petit incident vers la fin de l'après-midi. Stella, occupée à recouvrir de papier l'intérieur des tiroirs de sa coiffeuse, demanda à Miranda de téléphoner à Robert, qui devait leur apporter des cartes d'alimentation. Il y avait un téléphone sur la table de chevet. Miranda, qui lisait le dernier numéro de *Vogue* couchée sur le lit de Stella, souleva le combiné.

Quelqu'un parlait à voix basse sur la ligne, en allemand, avec une élocution rapide. La standardiste, pensa Miranda, tournant une page du magazine et attendant que la voix lui demande quel numéro elle désirait.

Soudain, l'allemand fut mélangé de très mauvais anglais.

« Alors, parlez anglais ! *Es wäre mir sehr angenehm* (Cela me serait très agréable). Je dois me rencontrer avec vous ce soir. Si vous venez pas, moi-même monterai chez vous et cela fera ennuis pour vous !... *Nein, danke... wie du willst* (Non, merci... comme tu veux). Près la troisième maison alors, où la lumière n'est pas... *Das ist gut* (C'est bien).

Miranda intervint fermement dans la conversation.

— Standard ?

Il y eut au bout du fil un violent sursaut suivi du claquement d'un combiné. Ensuite, silence.

— Standard ! répéta Miranda, impatientée.

Stella leva la tête.

— Ne sois pas sotte, chérie, c'est un téléphone automatique.

— Mais quelqu'un parlait en allemand.

— Je pense que cela venait sans doute d'une autre ligne. Le numéro de Robert est sur le bloc-notes.

Miranda forma le numéro, mais sans résultat.

— Il ne marche pas, je ne parviens pas à en tirer le moindre son.

— Que je suis bête ! dit Stella en laissant tomber les ciseaux. Ce n'est qu'un poste supplémentaire, bien sûr, et il ne marche que si on le branche de l'entrée. Ne t'en fais pas, je vais descendre et appeler d'en bas.

Elle sortit, laissant Miranda pensive.

Le téléphone du rez-de-chaussée. Bien entendu, c'était ça. C'était quelqu'un de la maison qui parlait. Ce ne pouvait être que Friedel, car la cuisinière ne connaissait pas l'anglais.

A qui Friedel avait-elle parlé de cette voix menaçante, presque un murmure ?

Robert rentra vers six heures, amenant avec lui le major Marson. Les Marson habitaient la même avenue, leur maison n'était séparée de celle des Melville que par celle du colonel et de Mrs. Leslie.

Robert prépara un vermouth au gin. Harry et lui se mirent à parler métier.

L'énergie habituelle de Harry Marson semblait l'avoir temporairement abandonné. Il paraissait fatigué et morose. Quand il parlait, c'était le plus souvent pour critiquer l'armée. Bientôt, Stella étouffa un bâillement d'une façon adroitement calculée et la conversation devint plus générale.

Harry connaissait assez bien Berlin, y ayant passé trois semaines de permission chez un oncle, à l'ambassade de Grande-Bretagne. Il décrivit la ville telle qu'elle était au temps de la splendeur nazie, quand les drapeaux flottaient, quand les fantassins casqués marchant au pas de l'oie et les divisions blindées défilaient au Kaiserdamm.

La maison dont le général Brindley avait parlé, d'où Willi Ridder et sa femme avaient disparu, était, d'après Harry, à moins d'un kilomètre de là. Ce n'était plus maintenant qu'une coque vide, mais le garage inachevé était encore debout. Harry était passé devant le jour même.

Par curiosité, il s'était arrêté pour regarder à travers la grille rouillée. Il offrit de les y emmener le dimanche suivant, si cela les intéressait.

Lui aussi avait été interrogé au sujet du meurtre par la Security and Intelligence Branch, de même qu'Elsa, le colonel et Mrs. Leslie, les Page et Mrs. Wilkin. Elsa Marson avait mal pris l'interrogatoire. Elle avait pleuré et s'était sentie, disait son mari, « un peu troublée ». « En d'autres termes, pensa Miranda, elle a réagi comme Mademoiselle. » Stella rencontra son regard et mima des lèvres « Etrangers », ce qui provoqua chez elles un fou rire, imparfaitement déguisé en quinte de toux.

Le lendemain matin, Robert téléphona de son bureau pour annoncer qu'il pouvait avoir trois places pour une visite guidée de Berlin le jour suivant. Voudraient-elles l'accompagner ? Cela prendrait près de quatre heures, les cars traversant les zones britannique, américaine et russe de la ville. Puis Mrs. Leslie arriva à l'improviste offrant à Miranda — chose assez étonnante vu son attitude pendant le voyage — de l'emmener faire les magasins. L'offre fut acceptée avec empressement car il était clair que Stella, très occupée à surveiller la pose de ses rideaux tout juste déballés, n'avait pas besoin de son aide.

Norah Leslie prit la Herrstrasse et, via la Reichskanzlerplatz et la Kantstrasse, atteignit le Kurfürstendamm, la rue des boutiques de luxe.

Elle parqua sa voiture non loin des ruines fantastiques de l'église édifiée en mémoire de l'empereur Guillaume. Miranda, sous le clair soleil printanier, admira les tours en ruine et les vives couleurs des mosaïques que l'on apercevait à travers les brèches des murs. Elle s'émerveilla de ce que des ruines puissent être si belles. Avant la guerre, cette église ne devait pas être particulièrement impressionnante, mais aujourd'hui, se découpant sur le ciel pâle au-dessus de la masse de magasins, de cinémas, d'hôtels, d'immeubles, dans le bruit des tramways et des voitures, sa silhouette délabrée avait quelque chose d'antique et d'oriental comme si c'était quelque magnifique ruine perdue d'Angkor Vat.

Mrs. Leslie lui toucha le bras et elles traversèrent la rue entre les voitures et les piétons pressés. Miranda se rendit bientôt compte que l'offre de la colonelle avait un but. Elle l'avait certes emmenée voir des magasins : elles avaient admiré des boutiques de porcelaines et d'antiquités, des chapeaux, des robes, des chaussures et de la verrerie, elles s'étaient mêlées à la foule dans un grand magasin qui ressemblait à une ruche, KaDeWe. Mais tout cela n'était qu'un prétexte pour pouvoir parler, et la conversation porta presque uniquement sur les Melville.

Mrs. Leslie avait dû fréquenter Robert pendant de longues années. Enfants, ils avaient joué ensemble et leurs familles n'avaient perdu le contact qu'en 1935, lorsque le père de Robert avait vendu sa maison après la mort de sa femme. Norah, jeune mariée, était alors en Inde. Il était clair qu'elle ne désirait pas parler d'elle-même et qu'elle ne s'intéressait qu'aux Melville. Miranda était encore trop jeune et trop inexpérimentée pour esquiver habilement les questions. D'ailleurs, ces questions paraissaient fort inoffensives, ce qu'on pouvait attendre d'une personne ayant bien connu la famille et s'intéressant à elle. Pourtant, Miranda se sentait vaguement mal à l'aise. Il y avait quelque chose derrière les questions de Mrs. Leslie. Un soupçon d'animosité ? Une rancune sous-jacente ? Miranda n'aurait pu préciser, mais il lui semblait que Norah Leslie eût appris sans regret que Robert et Stella n'étaient pas heureux, que leur mariage était un échec.

La curiosité de Mrs. Leslie concernait surtout Stella, son caractère, ses vêtements, les choses auxquelles elle s'intéressait. Elle en avait entendu parler, mais ne l'avait jamais vue avant que Robert la lui présentât à la gare de Liverpool Street.

— Elle est très jolie, dit-elle d'une voix crispée. On ne penserait guère qu'elle est plus âgée que Robert. Je ne m'attendais pas à la voir si... fragile. Je la croyais plus dure. Les apparences sont trompeuses, n'est-ce pas ? Les femmes ont un instinct pour ces choses-là, mais les hommes jugent d'après les apparences.

Mrs. Leslie s'arrêta devant une vitrine de magnifiques porcelaines modernes et affirma soudain, sur le ton de la conversation :

— Elle a tué Johnnie, bien sûr.

— *Quoi ?*

Miranda s'arrêta net, croyant avoir mal entendu. Une grosse ménagère allemande, qui se hâtait derrière elle, la heurta violemment et marmonna quelque chose, d'un ton furieux, avant de passer son chemin ; Miranda ne la remarqua même pas. Elle regardait Mrs. Leslie, les yeux brillants de colère. La première chose qui lui passa par la tête fut :

— Vous le connaissiez assez bien pour l'appeler par son prénom ! Alors pourquoi avez-vous affirmé que vous ne l'aviez jamais vu auparavant ?

Mrs. Leslie, stupéfaite, se tourna vers elle.

— De *qui* parlez-vous ?

— Du général Brindley. Vous venez d'accuser Stella de l'avoir tué.

— *Le général Brindley ?* Vous êtes folle ! J'ai dit qu'elle avait tué Johnnie Radley, son premier mari, et c'est la vérité.

— Je crois que vous ignorez ce dont vous parlez, répondit Miranda, glaciale. Le premier mari de Stella a été tué en Libye en 1941. Il a été décoré de la Victoria Cross[1] à titre posthume. J'ai lu la citation. Je crois que c'est vous qui êtes folle !

Mrs. Leslie eut un bref rire sans gaieté.

— C'est curieux la façon dont des femmes comme ça trouvent toujours des gens pour prendre leur défense et des hommes comme Johnnie — et Robert — pour les épouser...

Sa voix se cassa un peu sur le dernier mot, comme si elle était tout à coup au bord des larmes, et subitement Miranda eut pitié d'elle. Il y avait une tragédie dans le passé de

1. La plus haute décoration militaire britannique. (N.d.T.)

Norah, une tragédie encore réelle, vivante, inoubliée. Peut-être avait-elle aimé Robert, ou Johnnie Radley, ou les deux, et les avait perdus à cause de cette Stella inconnue ?

D'un geste spontané, Miranda passa son bras sous celui de son aînée et dit rapidement :

— Vous ne connaissez vraiment pas du tout Stella, ce n'est pas possible. Vous l'avez vue pour la première fois il y a environ trois jours. C'est un amour, vraiment. Attendez de la connaître mieux et vous verrez par vous-même.

Mrs. Leslie sourit, d'un sourire qui n'atteignit pas tout à fait les yeux, mais sa voix avait perdu son ton dur et crispé quand elle parla :

— Je regrette. Je n'aurais pas dû dire cela. Vous êtes sa cousine et son hôte. C'était impardonnable de ma part de parler d'elle ainsi. Je ne sais pas pourquoi je... Oh ! oublions tout cela. Il y a près d'ici une boutique vendant des bricoles en porcelaine et en verre, allons y fureter.

Il ne fut plus question des Melville, et le reste de la matinée se passa de façon assez agréable. Mrs. Leslie ramena Miranda un peu avant une heure et accepta même une invitation à entrer prendre un verre.

Stella était dans le salon, disposant dans un vase vert céladon des branches de cerisier en fleur. Elle avait accroché ses rideaux de brocart crème, remplaçant ceux de cretonne quelque peu ternes fournis par l'armée ; ses tableaux étaient fixés aux murs et la pièce avait déjà un aspect élégant, reflétant sa personnalité. Elle servit le sherry et admira les minuscules roses en porcelaine que Miranda avait achetées à un brocanteur. Mrs. Leslie, cherchant peut-être à se faire pardonner la scène du Kurfürstendamm, se montra amicale et agréable jusqu'à l'arrivée de Robert. Elle se leva alors avec précipitation, d'une façon qui rappelait son attitude antérieure, dit qu'elle ne se doutait pas qu'il était si tard et partit.

— Vous savez, elle est vraiment très gentille, dit Stella. A notre première rencontre, j'avais pensé qu'elle était abominable.

— Oh, Norah est quelqu'un de très bien, dit Robert avec calme. Je me demande pourquoi elle a épousé le vieux Leslie.

Brave type, mais un peu ennuyeux. C'est curieux, mais j'avais toujours pensé qu'elle avait épousé un étranger. J'ai peut-être confondu avec Sue, sa jeune sœur, dont je ne sais pas ce qu'elle est devenue, il faudra que je le lui demande.

# 8

Les deux cars, emplis de visiteurs, partirent de la Naafi sur la Reichskanzlerplatz, suivirent l'imposant Kaiserdamm jusqu'à la porte de Charlottenburg et la colonne de la Victoire.

Les guides, qui parlaient anglais, signalaient les endroits intéressants : l'Opéra, l'université technique (de son perron Hitler assistait aux pompeux défilés de ses troupes) réduite à un tas de décombres, la porte de Charlottenburg.

Miranda, contemplant les ruines, commença à regretter d'être venue. C'était intéressant, certes, mais aussi attristant. Ces œuvres magnifiques sorties des mains des hommes, ces écoles construites pour enrichir les connaissances, ces monuments dédiés avec forfanterie aux gloires passées — comme la Victoire aux ailes dorées et la haute colonne décorée des canons pris à l'ennemi qui commémoraient la défaite des Français en 1870 —, tout était criblé de trous, défiguré, anéanti par des armes elles aussi sorties de la main des hommes. Quelle stupidité ! La destruction et l'horreur dues à l'inhumanité de l'homme.

Elle regarda les statues à l'aspect sévère de Moltke, de Bismarck et de Roon, maîtres d'œuvre de toutes ces ruines, et, à quelques centaines de mètres de là, le nouveau monument aux morts érigé par les Russes — emblème de plus de destructions encore. Elle frissonna dans l'atmosphère sans air du car surchauffé.

Au-dessus de la porte de Brandebourg flottait un immense drapeau rouge.

— Nous entrons maintenant dans la zone russe, dit le guide. Sur la gauche, vous voyez les ruines du Reichstag, que les nazis ont incendié pour avoir un prétexte à se débarrasser des communistes.

Le palais du maréchal Blücher, l'ambassade de France, l'hôtel Adlon... encore des ruines. Des kilomètres et des kilomètres de ruines. Des squelettes de maisons. Les oiseaux de malheur, lâchés sur Rotterdam et Coventry, Londres et la Loire, Malte et la Crète et un millier de villes et de hameaux en Europe, revenant à leur nid.

« Il faudra des années et des années pour déblayer tout cela et reconstruire », pensa Miranda avec horreur.

— Ils l'ont bien cherché, commenta une grosse dame en manteau puce et chapeau violet assise près de Miranda. Bien fait pour eux, je dis. C'est une belle pagaille, n'est-ce pas ? Mais malheureux quand même.

Elle soupira plusieurs fois et retomba dans le silence.

Marx-Engelsplatz : à noter l'absence de portraits de Staline. Leninallee et le siège de la police populaire ; Stalinallee et la Première Avenue socialiste : la nouvelle utopie, ou le nouvel espoir, représentée par deux longues files d'immeubles nouvellement construits ou en construction, des « appartements de travailleurs », tous identiques, laids, peints en jaune. Unter den Linden, cette artère naguère joyeuse n'était plus qu'une rue terne, les célèbres tilleuls détruits ou rabougris. Les rares piétons avaient des visages renfrognés. Le monument commémoratif de la bataille de Waterloo rappelait ironiquement l'époque où les arrière-grands-pères des SS et des aviateurs de la Luftwaffe avaient été les alliés admirés de la Grande-Bretagne.

Les cars s'arrêtèrent devant les deux grilles ornementées d'un parc. Le guide annonça :

— Nous sommes ici à l'entrée du Jardin du Souvenir soviétique. Des centaines de leurs soldats y sont enterrés. Il vous est demandé de ne pas fumer et de ne pas plaisanter dans le sanctuaire. Les hommes doivent se découvrir.

Stella et Robert, qui étaient assis dans le car juste derrière Miranda, l'attendirent à la porte.

— Tu es très séduisante, Miranda, remarqua Robert, la prenant par le bras. N'est-ce pas, Stella ? Qui aurait pu croire qu'une petite fille aussi affreuse soit devenue un tel délice pour les yeux. Quand je suis parti pour l'Egypte, c'était une écolière en tablier, débraillée, qui reniflait sans arrêt. Aujourd'hui, regardez-la !

— Elle est merveilleuse, confirma Stella, lui prenant l'autre bras et le serrant un peu.

— Tu n'es pas mal non plus, chérie, mais bien trop habillée pour une visite de ce genre, dit Miranda. Avec tous ces camarades rouge vif autour de nous, tu parais capitaliste d'une façon presque offensante.

Stella se mit à rire.

— Cela montre seulement combien les apparences peuvent être trompeuses !

Ces mots rappelèrent à Miranda sa conversation de la veille avec Mrs. Leslie ; elle fronça les sourcils à ce souvenir et regarda Stella. « Elle a changé », pensa-t-elle, mais en quoi ? Et à quoi le voyait-elle ? Peut-être cela avait-il un rapport avec la façon dont Stella regardait Robert. Un nouveau regard, que Miranda n'avait remarqué que depuis quelques jours, un regard étrange, angoissé et nerveux, un regard à la fois protecteur et possessif.

Etait-ce à cause de Sally Page ?

Sally était là, marchant légèrement à côté d'eux et bavardant de sa voix claire et aiguë. Ses vêtements bon marché d'adolescente donnaient au petit chapeau à plume grise et au manteau de fourrure argenté de Stella une allure sophistiquée, dispendieuse, convenant à une femme d'âge mûr.

Miranda regarda Robert et sentit une brusque poussée de colère. « Ce n'est pas juste, pensa-t-elle. Robert sera toujours outrageusement beau quand Stella serait une vieille femme et Sally déjà mûre et fanée. Quand Robert aura soixante ans, les femmes soupireront encore en le regardant. Les cheveux grisonnants, il ne sera que plus attirant, car son visage restera le même et ses yeux gris se plisseront encore quand il sourira comme il sourit maintenant à Sally Page. »

Robert était charmant : bon caractère, indolent et totalement dénué de vanité. Miranda avait une profonde affection pour lui. Pourtant, elle fut soudain désolée pour Stella.

Après un tournant, ils s'arrêtèrent, admiratifs, devant le paysage. Ils avaient suivi une large allée, entre des plates-bandes bien tenues ; devant eux, se trouvait une grande statue de femme courbée par le chagrin (« La mère Russie pleurant ses enfants », murmura le guide) au carrefour de plusieurs chemins. Une longue et belle chaussée pavée conduisait à quelques marches de pierre. De chaque côté des marches s'élevait un mur de marbre rouge poli, l'ancien sol de la chancellerie de Hitler maintenant transformé en deux immenses drapeaux rouges stylisés, mis en berne pour saluer les morts. Sous chaque drapeau, un soldat russe à genoux, la tête nue baissée. Les statues, les marches et les murs de marbre rouge étaient d'une taille colossale. A côté, les visiteurs paraissaient des Pygmées.

Robert eut un léger sifflement expressif et Andy Page laissa échapper : « *Crippen !* »

L'expression n'était peut-être pas appropriée, mais le tribut n'en était pas moins sincère.

Du sommet des marches, ils aperçurent un jardin en contrebas, avec des chemins pavés entourant des pelouses ; sur chacune d'elles, une immense couronne de lauriers en fer. De chaque côté, de grands bas-reliefs de pierre représentaient des soldats soviétiques au combat, des civils soviétiques bombardés par des avions allemands, et des troupes soviétiques libérant les villes. A l'extrémité de chaque bloc, des inscriptions en russe qui étaient évidemment extraites de discours de Staline. A l'autre bout du jardin, un haut tertre couvert d'herbe.

Un escalier de pierre permettait d'accéder au sanctuaire situé au sommet, un petit bâtiment circulaire écrasé par la gigantesque statue en bronze d'un soldat russe, l'épée à la main, tenant un enfant « libéré », et écrasant sous sa botte une énorme croix gammée brisée.

— Ils font certainement les choses en grand, dit Andy Page, manipulant son appareil-photo. Combien de temps cela durera-t-il ?

— Environ cinq minutes après que les Russes auront quitté l'Allemagne de l'Est, Dieu sait quand, dit Robert. C'est dommage, car cela ferait une ruine magnifique pour l'avenir ; on organiserait des voyages touristiques pour les voir, comme aujourd'hui à Karnak, Louqsor ou l'Acropole. Allons visiter l'intérieur.

Ils descendirent l'escalier menant au jardin. Miranda s'écarta et se laissa dépasser. Elle n'avait aucune envie de se joindre à la queue des visiteurs qui montaient lentement le raide escalier vers le sommet du tertre. Rien que regarder le minuscule bâtiment lui donnait une sensation déplaisante de claustrophobie, tant il semblait un piédestal inadéquat pour la statue colossale qui le surmontait. On craignait à tout moment de le voir s'écraser sous le poids qu'il supportait.

Elle préféra rester dehors dans le soleil et le vent frais du printemps.

Elle contourna lentement le jardin en contrebas, regarda les bas-reliefs, puis emprunta, entre des buissons et des plates-bandes, un chemin ombragé qui s'éloignait.

Le chemin était désert, à l'exception d'une femme portant un petit chapeau noir et un manteau rouge foncé orné de broderies noires. Cette fois, pas d'erreur possible : c'était Elsa Marson.

Il n'y avait aucune raison pour que Mrs. Marson ne fût pas là. Si Miranda ne l'avait pas aperçue plus tôt, c'était sans aucun doute parce qu'elle se trouvait dans l'autre car. Mais pourquoi se comportait-elle de façon si bizarre ?

Elle se tenait à l'intersection de deux chemins et regardait furtivement tantôt vers l'un, tantôt vers l'autre. Ses gestes, les mouvements de sa tête, tout montrait qu'elle tremblait d'anxiété. Quand elle entendit des pas sur le chemin de droite, elle se recula jusqu'à ce qu'il n'y ait plus aucun bruit.

Miranda imagina une cause toute naturelle à cette agitation. Etouffant un rire, elle se plaça discrètement derrière un angle du chemin, où des buissons et de jeunes arbres formaient un mince rideau de verdure entre Mrs. Marson et elle. Si quelqu'un venait par ici, elle pourrait au moins tousser fort pour avertir !

Mais elle se trompait.

Un pas léger et rapide écrasait le gravier. Un homme

portant un imperméable élimé et une casquette allemande de couleur foncée apparut près d'elle.

Miranda vit l'homme regarder à la dérobée par-dessus son épaule, à droite et à gauche, comme Mrs. Marson avait fait. Des coups d'œil furtifs, effrayés. Il semblait impossible qu'il n'eût pas vu Miranda alors qu'elle-même le distinguait si clairement à travers le mince rideau de feuilles, mais c'était pourtant le cas. L'aspect de son visage et celui d'Elsa Marson, blême de peur, la retinrent de se montrer.

L'homme parla rapidement, mais si bas qu'elle ne put distinguer un mot, ni même déterminer dans quelle langue il s'exprimait. Elle vit les lèvres rigides d'Elsa Marson remuer pour lui répondre. Une fois de plus, l'homme jeta autour de lui un regard de bête traquée, puis, tirant de sous son imperméable un petit paquet, il le donna à Mrs. Marson et s'éloigna rapidement.

Elsa Marson ouvrit son vaste sac à main et y mit le paquet. Même à cette distance, Miranda voyait que ses mains tremblaient sans qu'elle pût s'en empêcher. Elle réussit à refermer le sac, puis, parcourant les chemins d'un nouveau regard de bête traquée, elle s'éloigna rapidement dans la direction opposée à celle prise par l'inconnu.

Miranda resta où elle était, contemplant le chemin désert. Qu'avait fait Elsa Marson ? Des histoires concernant le marché noir de Berlin traversèrent son esprit ; était-ce pour cela qu'elle avait paru apeurée ? Et Harry Marson, avait-il accompagné sa femme pendant la visite guidée ? Et si oui, où était-il ?

Un nuage cacha le soleil ; le temps devint tout à coup froid et gris. Miranda frissonna.

— Une dénicheuse ? demanda une voix douce derrière elle.

Miranda eut un violent sursaut et fit demi-tour.

— Capitaine Lang !

— Simon, pour vous.

— Qu'est-ce que vous faites ici ?

— Oh, je regarde simplement le paysage.

— Tout en surveillant vos suspects, je suppose ! dit Miranda avec colère.

— Bien sûr, entre autres choses.

Il offrait à son regard indigné un visage presque inexpressif, mais avec une trace d'amusement. Elle ne put savoir si c'était d'elle qu'il s'amusait.

Elle reprit avec brusquerie.

— Pourquoi avez-vous choisi ce métier de policier ? Y avez-vous été obligé ?

— Franchement, parce que je l'aime. Pour un homme qui ne se fait pas remarquer, mais qui a un goût morbide pour les drames et les côtés louches de la vie, ce métier a l'avantage d'échapper à la monotonie. Ou bien vouliez-vous seulement savoir si j'ai des revenus personnels suffisants ? Oui, c'est le cas.

Miranda revint sur le chemin et se mit à marcher rapidement, Simon Lang à côté d'elle.

— Nous nous entraînons pour quoi ? demanda-t-il au bout d'un instant, le 440 yards ou Londres-Brighton ?

Miranda se mit à rire, son sens du ridicule triomphant de sa colère.

— C'est mieux comme ça, approuva Simon ; et si maintenant nous retournions vers le car à une allure normale ?

Il regarda sa montre et ajouta :

— Nous avons encore cinq minutes.

— Comment êtes-vous venu jusqu'ici ? demanda Miranda.

— Comme vous, et dans le même car.

— Mais je ne vous ai pas vu !

— Pourquoi m'auriez-vous vu ? Je suis quelqu'un qu'on remarque très peu, dit Simon Lang d'un ton de regret.

— Seulement quand ça vous arrange ! rétorqua Miranda aigrement.

Elle s'arrêta soudain pour le regarder.

— Pourquoi ai-je toujours l'air de me disputer avec vous ? demanda-t-elle, perplexe.

Simon Lang parut un peu surpris.

— Vraiment ? Je ne me souviens pas que nous nous soyons disputés.

— Oh, vous ne vous disputez pas, dit Miranda sur un ton d'impatience. Je ne peux pas vous imaginer vous disputant avec qui que ce soit, vous êtes trop... trop...

— Terne ? proposa Simon Lang.

— J'allais dire « lymphatique », ou « détaché ».

— Disons simplement que j'ai un tempérament pacifique.

Il lui prit le bras et l'emmena dans un chemin parallèle à l'allée pavée.

— Vous essayez de vous disputer avec moi parce que vous êtes sur la défensive. Sachez que vous n'en avez pas besoin, je ne suis pas votre ennemi.

— Alors pourquoi vous conduisez-vous comme un ennemi, dit Miranda d'une voix un peu tremblante. Si vous ne me soupçonnez pas, pourquoi ne me dites-vous pas les choses carrément ?

— Quel genre de choses ? demanda Simon avec douceur.

— Par exemple : pourquoi avez-vous fait fouiller ma chambre et pourquoi m'avez-vous suivie ici et...

— Qu'avez-vous dit ?

La voix de Simon était tout à coup devenue coupante. Il s'arrêta net et fit pivoter Miranda pour qu'elle fût face à lui.

— Quand votre chambre a-t-elle été fouillée ?

— Pendant que vous étiez si à propos en train de m'interroger dans le salon de l'hôtel, j'imagine, dit Miranda amèrement. Allez-vous prétendre que vous n'étiez pas au courant ? Il est clair que vos subordonnés ne font jamais quoi que ce soit sans un ordre, un mandat de perquisition ou quelque chose de ce genre.

— Mercredi après midi... murmura Simon Lang.

Il regardait Miranda mais ses yeux paraissaient curieusement opaques et sans expression, comme s'il ne la voyait pas.

Un groupe de Berlinois de l'Est, portant les vêtements ternes et les imperméables élimés qui semblaient être presque un uniforme dans ce secteur, les observa en passant avec curiosité, mais Simon ne bougea pas.

— Qu'y a-t-il ? demanda Miranda d'une voix incertaine.

Les yeux de Simon semblèrent de nouveau la voir et ses doigts se resserrèrent sur son bras.

— Je ne sais pas. C'est là le problème. Ecoutez-moi, Miranda, si quelque chose de ce genre arrive encore, ou quoi que ce soit de bizarre et d'inhabituel, voulez-vous me le dire tout de suite ? Je parle sérieusement. Ce n'est pas une expression banale du genre « Si vous pouvez faire quelque chose pour m'aider, faites-le-moi savoir. » C'est important.

Sans attendre de réponse, il lâcha son bras, sortit de sa poche un petit carnet plat relié de cuir et, après avoir écrit quelque chose au crayon sur l'une des pages, l'arracha et la donna à Miranda.

— C'est mon numéro de téléphone personnel. Si je ne suis pas là, il y aura toujours quelqu'un qui pourra me toucher.

Il regarda de nouveau sa montre.

— Si nous n'avançons pas, nous constaterons que le car s'est fatigué de nous attendre et que nous sommes coincés derrière le rideau de fer. D'ailleurs, je crois que voilà une équipe de secours.

Sally Page accourut vers eux en gesticulant.

— Où diable étiez-vous passés ? dit-elle, haletante. Nous vous attendons tous et le chauffeur est furieux. Nous croyions que vous aviez été kidnappés par le Kremlin ou quelque chose de ce genre. Dépêchez-vous, je vous en prie !

Le reste de la journée fut sans histoire. Les visiteurs ne quittèrent plus le car, mais furent conduits à travers le secteur américain, passèrent devant l'aéroport de Tempelhof où une sorte d'énorme main à trois doigts recourbés semblait chercher en vain à atteindre le ciel. Le guide expliqua que c'était un monument au pont aérien, un « abstrait » en béton symbolisant les trois couloirs aériens qui, pendant le blocus russe des secteurs alliés, avaient permis de ravitailler Berlin-Ouest en vivres et en combustible.

Encore des ruines, un fouillis de murs dépourvus de toit ; on aurait dit un décor de théâtre moderne représentant l'enfer.

Le Kurfürstendamm, le pont de Haffensee, la haute tour en treillis d'acier du Funkturm. La Reichskanzlerplatz de nouveau ; et les cars à l'arrêt attendant les visiteurs pour les ramener chez eux dans le crépuscule qui tombait rapidement.

# 9

Il pleuvait à nouveau le lendemain matin. Robert conduisit sa famille au culte à Saint-Georges sous une averse.

Stella avait relevé le col de son manteau de fourrure dont le délicat gris argent avait exactement la couleur de la pluie. Elle paraissait souffrir du froid et de la fatigue ; la voilette de son élégant petit chapeau ne cachait pas les cernes dus au manque de sommeil.

Mademoiselle, maigre et taciturne, vêtue de noir, paraissait aussi déprimée. Elle avait découvert, ce qui lui était fort désagréable, que les Wilkin vivaient dans une petite maison à moins de quatre cents mètres de chez les Melville. La veille, Mademoiselle avait surpris Wally, qui explorait le voisinage, en train de couvrir de poussier le visage de Charlotte dans la salle de la chaudière, chez les Melville. Mademoiselle l'avait poursuivi, armée d'un tisonnier, mais Wally avait été plus rapide qu'elle. Les trois maisons où logeaient actuellement les Melville, les Leslie et les Marson avaient auparavant abrité trois familles dont les enfants étaient des amis inséparables. On avait pratiqué pour eux des brèches dans les haies et les clôtures en fil de fer qui séparaient les jardins, de façon qu'ils puissent passer de l'un à l'autre en évitant la route. Ces brèches subsistaient et Wally avait bondi à travers l'une d'elles, traversé la pelouse des Leslie et le jardin des Marson pour atteindre le no man's land.

Mademoiselle avait dû abandonner la poursuite. Charlotte avait affirmé qu'elle avait *demandé* à Wally de lui noircir le visage car, comment aurait-elle pu jouer le rôle d'Eliza[1]

1. Femme noire, personnage du roman de Mrs. Beecher-Stowe : *La Case de l'oncle Tom.*

traversant la glace, avec un visage blanc ? Cela n'avait pas suffi à apaiser Mademoiselle.

Malgré la pluie les fidèles étaient nombreux. Miranda, regardant à la dérobée autour d'elle pendant qu'on chantait les psaumes, vit que les onze suspects de Simon Lang étaient tous là. « Nous devrions former une équipe de cricket », pensa-t-elle avec une ironie désabusée, les suspects contre le reste.

Elle ne s'aperçut de la présence de Simon qu'à la fin du service, au moment de la sortie. Elle ne l'avait jamais vu en civil auparavant et elle le trouva très différent en complet de couleur sombre.

« Je suppose qu'il nous surveille, même ici », se dit-elle amèrement, puis elle se rappela ce qu'il avait dit d'elle la veille. Elle était à nouveau sur la défensive.

Stella s'arrêta pour parler à Simon pendant que Robert allait chercher la voiture. Miranda intervint d'une voix douce :

— Je ne vous reconnaissais pas sans votre uniforme.

— Je m'exerce le dimanche à être un policier en civil, expliqua Simon Lang sans perdre son sérieux, se tournant à nouveau vers Stella.

Miranda s'en alla d'un pas rapide vers la voiture, se sentant à la fois infantile et snobée.

La pluie avait cessé. Quelques bribes de ciel bleu apparaissaient entre les nuages et un arc-en-ciel au-dessus de la lointaine tour du Funkturm. L'air avait une odeur fraîche et propre comme celle du mortier récemment gâché, cette odeur caractéristique de Berlin les jours où la pluie tombe sur des kilomètres et des kilomètres de décombres.

Au lieu de rentrer directement, Robert et Stella allèrent chez les Lawrence ; Mrs. Lawrence avait attrapé Robert par un bouton, et leur avait demandé à tous deux de venir prendre un verre après le culte.

Le colonel Lawrence contrastait avec sa femme. Il était petit, mince, l'air distrait. Il ressemblait moins au commandant d'un régiment qu'à un savant atomiste tel que le public se l'imagine. Il était clair qu'il ne savait pas qui était Miranda et n'avait pas compris son nom, mais il eut un bon sourire, lui mit un verre dans la main et fit quelques remarques sur la pluie et le beau temps avant d'aller recevoir d'autres hôtes de sa femme.

— Que penses-tu du vieux Snoozy ? demanda Robert en remplaçant le gin à l'angustura de Miranda — une boisson qu'elle détestait — par un jus de tomate. Le colonel est toujours comme ça dans les réunions mondaines. Mais ne t'y trompe pas. C'est une coloration protectrice, comme chez certains animaux. Il déteste les groupes, sauf s'il s'agit d'affaires.

— Comme Simon, dit Miranda pensive.

— Comme qui ? Oh, tu veux dire Lang ? Je n'aurais pas cru qu'il détestait voir du monde.

Miranda rougit :

— Ce n'est pas cela que je voulais dire, je pensais à cette idée de la coloration protectrice. Il semble en avoir vraiment beaucoup.

Robert parut intéressé.

— Je crois que je vois ce que tu veux dire. Tu ne le remarques que s'il le veut bien.

— C'est cela, approuva Miranda.

Elle glissa sa main sous le bras de Robert et lui sourit.

— Oh, Robert, tu es quelqu'un de si agréable, je n'ai pas besoin de t'expliquer les choses.

Robert eut un sourire affectueux :

— Probablement cela a-t-il quelque chose à voir avec le fait que le sang est plus épais que l'eau, suggéra-t-il. T'intéresses-tu par hasard au jeune Siméon Stylite ?

— Il s'intéresse à moi, dit Miranda amèrement, et pas du tout dans le sens que tu crois.

— Tu veux dire que tu penses qu'il te soupçonne d'avoir liquidé le général ? Ne crois pas cela ! S'il t'a donné cette impression, je peux t'assurer qu'il suit une piste toute différente. Ce n'est pas pour rien que ce jeune homme a acquis la réputation du meilleur joueur de poker des zones britannique, française et américaine. Tu devrais entendre ce qu'en dit le lieutenant Decker. Il est contraire à toutes les lois de la nature qu'un Anglais soit capable de battre des gars qui, déjà bébés, se faisaient les dents sur des jetons de poker, et pouvaient dire « je relance » avant de savoir dire « dada » !

Miranda ne sourit pas. Après un moment de silence, elle dit d'un ton brusque :

— Robert, qui est le coupable d'après toi ?

Robert ne répondit pas. Il regardait quelqu'un derrière Miranda et elle vit sa bouche se pincer tandis que la voix claire de Sally Page dominait les bavardages et le bruit des verres.

— Excusez-nous d'être en retard, mais Andy a dû passer au bureau.

Les yeux de Robert revinrent sur Miranda.

— Pardon, qu'est-ce que tu as dit ?

Miranda répéta sa question.

— Qui a poignardé le général ? Dieu seul le sait ! Un sale petit ex-nazi, je suppose. Si j'étais toi, Randa, je cesserais de me faire du souci à ce sujet.

— Mais Simon Lang dit que ce ne peut être que l'une des personnes qui sont allées à l'hôtel des Familles à Bad Oeynhausen, à cause du couteau ; et cela veut dire nous, tous ceux d'entre nous qui ont dîné là-bas.

— Oui, j'ai entendu la même chose, mais je n'y crois pas. Regarde cette bande de gosses. L'un d'entre eux pourrait avoir pris le coupe-papier — tu sais à quel point les couteaux fascinent les enfants — puis l'avoir laissé tomber sur le quai, dans le corridor ou dans les W.-C. N'y pense plus, ma douce !

Il sourit au visage anxieux de Miranda et, lui prenant la main, la pressa un instant pour réconforter la jeune fille. Miranda lui sourit en retour avec affection et, détachant son regard de Robert, rencontra celui de Simon Lang qui les observait froidement.

Elle ne s'était pas aperçue de sa présence et ressentit un léger choc. Il était à l'autre extrémité de la pièce, près de la porte conduisant au hall. Il ne cherchait pas à dissimuler le fait qu'il la surveillait. Son visage était impassible et ses yeux brillaient. Il sembla à Miranda qu'il venait soudain d'avoir une idée nouvelle.

Elle essaya de lui rendre un regard aussi froid, mais n'y

parvint pas ; au bout d'un instant, elle détourna les yeux. Sa main serra convulsivement la manche de Robert qui reprit la parole :

— Je me demande pourquoi nous avons une conversation aussi lugubre dans une réunion du dimanche matin. Parlons de quelque chose de gai... Salut, Norah !

Miranda relâcha son étreinte et se tourna pour découvrir Mrs. Leslie, vêtue d'un tailleur sans élégance, debout à côté d'elle.

— Nous vous avons vue au culte, dit Robert. Votre mari est-il là ?

— Oui. Il est dans la salle à manger avec votre chef et un ou deux autres officiers. Ils semblent parler métier, comme d'ordinaire. Bonjour, Miranda.

Mrs. Leslie sourit à Miranda et s'assit sur l'accoudoir d'un fauteuil.

— Robert, croyez-vous pouvoir me trouver un verre de sherry ? Je déteste tellement la bière avant le déjeuner.

Robert partit vers la salle à manger et Mrs. Leslie se tourna vers Miranda.

— Eh bien, que pensez-vous de Berlin ? On m'a dit que vous aviez participé hier à une visite guidée.

— Intéressant, mais très déprimant, dit Miranda. On a l'impression qu'il faudrait un siècle pour déblayer. Berlin a dû être une très belle ville.

— Non. Imposante peut-être, tout au moins en certaines parties, mais pas belle, et vous vous trompez quand vous dites qu'il faudra un siècle pour la restaurer. Vous ne connaissez pas les Allemands. Franchement, ils me terrifient.

— Ils vous terrifient ? Pourquoi ? Croyez-vous qu'ils vont redevenir nazis ?

— Oh ! je ne m'inquiète pas de leur politique. C'est leur industrie qui m'effraie. Ne l'avez-vous pas encore remarqué ? Ma chère, dans la dernière maison fournie par l'armée que nous avons habitée en Angleterre, il a fallu repeindre et faire quelques petits travaux. Cela a pris plus d'un mois, une grande partie du temps étant consacrée à faire et boire du thé. Les ouvriers ont mis trois jours pour poser une barrière, et la matinée du quatrième jour pour reprendre les outils qu'ils avaient laissés, parce que c'était gênant de les transporter dans un autobus à l'heure de pointe !

— Au moins, ce n'était pas vous qui payiez, remarqua Miranda en riant.

— Ma chère fille, dit Norah Leslie d'un ton acerbe, vous êtes à côté de la question. *Quelqu'un* payait. De plus, c'était du bien mauvais travail. J'aurais pu en faire la plus grande partie à moi toute seule en moitié moins de temps et pour un quart du prix. Notre pays attache encore trop d'importance aux pauses-thé et à la prochaine augmentation de salaire pour se mettre vraiment à l'ouvrage. Mais pas les Allemands ! Avez-vous vu construire une maison ici ? Moi oui, et cela m'effraie. Pas de pause-thé, pas de travail au ralenti, pas de syndicat interdisant à un bon maçon de poser plus de briques qu'un mauvais. Pas de semaines de cinq jours non plus. Ils ne demandent qu'à travailler d'arrache-pied. Quand je regarde une équipe d'ouvriers allemands crachant dans leurs mains, j'ai une sensation désagréable au creux de l'estomac. Ce peuple se relève à peine et déborde de confiance. Ils savent où ils vont, et très exactement quand ils y arriveront, et ce sera bien trop tôt pour pas mal d'entre nous ! Oh, merci, Robert !

— Je crois que j'en ai renversé un peu, s'excusa Robert.

Mrs. Leslie enleva ses gants et prit le verre avec précaution.

— C'est un plaisir de vous revoir, Norah, dit Robert s'appuyant sur le dossier de la chaise. J'avais espéré vous rencontrer à Fayid, mais vous étiez rentrée en Angleterre pour conduire votre enfant à l'école, ou quelque chose comme ça, et je ne vous ai jamais vue, sauf une fois d'assez loin. C'est vraiment étonnant que des familles voisines puissent perdre complètement le contact dès que l'une d'elles déménage. La guerre a joué là un grand rôle, je suppose.

— En partie la guerre, mais aussi j'ai été très souvent à l'étranger, dit Mrs. Leslie. J'ai eu de temps à autre des nouvelles de vous et, naturellement, j'ai vu l'annonce de votre mariage dans le *Telegraph.*

— C'est là que les femmes prennent l'avantage sur nous, dit Robert en riant. Peu d'hommes lisent la rubrique des naissances, mariages et décès, ou pas avant d'atteindre l'âge où seule la dernière catégorie les intéresse. Quand vous êtes-vous mariée, Norah ?

— J'ai épousé Edward en 1948, dit Mrs. Leslie.

— Seigneur ! vous êtes une jeune mariée. Je croyais que vous aviez convolé depuis des années.

— Mon premier mari a été tué à la guerre. Comme vous, Robert, j'ai été mariée deux fois.

— Oh !... Oh ! Hum ! Oui, dit Robert.

Il paraissait momentanément déconcerté. Après une pause sensible, il ajouta :

— Ça me rappelle, où est Lottie, Randa ? J'espère qu'elle ne fait pas de bêtises quelque part.

— Elle est dans le jardin avec les enfants des Lawrence. Ils sont surveillés par Mademoiselle, dit Miranda.

— Dieu merci !

Mrs. Leslie rit.

— Vous commencez à souffrir des ennuis de la paternité, Robert ?

— Comme vous dites, répondit Robert. A propos, comment vont vos parents, Norah ? Et votre sœur Sue ?

Il y eut un court silence avant la réponse de Mrs. Leslie.

— Ils sont morts, dit-elle d'un ton catégorique.

Elle se leva brusquement et tendit son verre vide à Robert.

— Excusez-moi, Norah.

— Il n'y a pas de quoi, dit Mrs. Leslie.

Elle fit un signe de tête à l'adresse de Miranda, ramassa ses gants qui étaient tombés et partit rapidement à travers la salle pleine de monde.

— C'était évidemment une question maladroite, dit Robert lentement, mais comment diable pouvais-je savoir ? Oh, tant pis...

Il haussa les épaules et s'éloigna ; peu après, Miranda le vit parler à Sally Page. Il avait l'air jeune, gai et insupportablement beau. Une fois de plus, comme dans le Jardin du Souvenir soviétique, Miranda eut un pincement au cœur : irritation et anxiété.

Pour le moment, elle était seule et pouvait laisser son

attention vagabonder. C'est ainsi qu'elle s'aperçut que trois autres personnes, dans différents coins de la pièce, observaient Robert : Stella avec un léger froncement de sourcils, Andy Page d'un air maussade et Norah Leslie avec une moue curieusement interrogative. Dans l'embrasure de la porte conduisant à la salle à manger, le colonel Leslie avait pour sa femme un regard tout aussi interrogatif.

Miranda eut la vague impression qu'elle devait faire quelque chose. Elle se faufila au milieu du bavardage général jusqu'à Stella, mais, juste avant de l'atteindre, son attention fut attirée par Andy Page.

C'était un jeune homme mince, l'air d'un artiste, d'un écrivain ou d'un correspondant de journal... tout sauf un militaire. Une mèche rebelle tombait sur son front, ce qui lui conférait l'allure d'un jeune génie de la scène. Même en uniforme, il avait un aspect un peu bohème.

En fait, Andy Page était tout le contraire d'un génie. C'était un jeune homme assez ordinaire, plutôt sympathique, mais d'une intelligence ne dépassant pas la moyenne. On se demandait parfois pourquoi une fille aussi exceptionnellement jolie que Sally Barclay l'avait épousé, oubliant que c'était sans doute le premier homme dont elle avait eu l'occasion de tomber amoureuse, puisqu'elle avait à peine dix-sept ans lorsqu'elle l'avait rencontré. Elle s'était mariée avec lui, malgré l'opposition de ses parents, trois jours après son dix-huitième anniversaire.

— Salut, Andy, dit Miranda gaiement. Qu'avez-vous pensé de la visite guidée d'hier ? Avez-vous fait de bonnes photos ?

Andy se retourna. « Il serait vraiment fort beau s'il n'avait pas l'air si maussade », pensa Miranda, qui lui sourit.

Ses longs cils battaient de façon charmante quand elle souriait, et l'ombre d'une fossette accentuait la ravissante courbe d'une bouche que Rossetti eût aimé peindre. Ses cheveux bouclés brillaient sous un absurde petit chapeau, un simple triangle de velours topaze assorti à sa robe de laine d'une fausse simplicité, donnant un éclat couleur de sherry à ses yeux gris. Andy Page n'était qu'un être humain ; son air maussade disparut et il rendit à Miranda son sourire.

— Je l'espère, répondit Andy. J'ai un fort bon appareil, un peu vieux, certes, mais en ce moment je ne peux pas m'en payer un meilleur. Vous savez, Miranda, si je croyais pouvoir le faire sans être inquiété, je me lancerais dans le marché noir sur une vaste échelle, quand ce ne serait que pour pouvoir mettre la main sur l'un de ces nouveaux appareils allemands. Ce sont des merveilles. Savez-vous ce que j'aimerais ?

Tout à coup, son visage s'anima et ses yeux brillèrent ; pendant un instant, il parut aussi jeune que Sally, sinon plus jeune.

— J'aimerais quitter l'armée et devenir photographe, comme Beaton, Schiavone et Olins. Cela me fascine ! J'achète tous les magazines de mode que je peux me procurer rien que pour admirer les photos. L'autre jour, j'en ai vu quelques-unes : des robes d'été photographiées à Rome un jour où il y avait du vent. Tout était mouvement et lumière. Formidable !

Il soupira, l'enthousiasme disparut de son visage et sa voix redevint banale.

— Oh, à quoi bon en parler ? Je ne le ferai jamais.

Il inspecta Miranda des pieds à la tête et dit brusquement :

— Vous vous habillez d'une façon qui fait paraître les autres femmes trop tarabiscotées. Même ce tas de camelote que vous portez au poignet vous va très bien ; pourtant, je déteste les bracelets à breloques porte-bonheur chez la plupart des femmes.

Miranda rit.

— Merci, Andy. Je crois que c'est parce que, ne pouvant m'acheter que très peu de vêtements, il faut que je les choisisse non seulement agréables à l'œil, mais solides.

— Je voudrais que vous expliquiez cela à Sally, dit Andy d'un ton morose. Je ne peux pas lui donner une somme convenable pour s'habiller, mais elle achète toujours des choses qui paraissent très bien au début et se révèlent catastrophiques ensuite.

— Quand on est aussi jolie que Sally, cela n'a pas

d'importance, dit Miranda d'un ton ferme. Même habillée d'un sac de jute, elle serait encore ravissante, et vous le savez.

— Si cela continue, nous en serons à peu près réduits aux sacs de jute, dit Andy amèrement. C'est-à-dire si...

Il s'arrêta net au milieu de sa phrase et rougit. Miranda, pour changer de sujet, l'interrogea sur son nouvel appartement. Andy répondit d'un ton amer qu'il était sordide et sans confort, mais qu'ils devraient s'en contenter pendant un an.

Miranda n'eut pas à répliquer à cette lugubre affirmation, grâce à l'arrivée de Stella, qui venait la prévenir que Mademoiselle et Lottie étaient déjà dans la voiture et que Robert les attendait pour rentrer à la maison. Miranda sourit à Andy d'une façon qu'elle espérait encourageante et partit.

Il plut encore pendant l'après-midi, mais vers le soir, le ciel se dégagea et le soleil se mit à briller sur les toits mouillés.

— Qui veut faire une promenade ? demanda Robert. Nous avons tous besoin d'un peu d'air frais après être restés enfermés toute la journée. Lottie et Mademoiselle peuvent venir.

Ils partirent, marchant au hasard ; cinq minutes plus tard, ils rencontraient les Leslie, qui les accompagnèrent dans les rues lavées par la pluie.

La lumière du crépuscule éclairait les feuillages fleuris des cerisiers et des amandiers. Les rues qu'ils suivaient semblaient au premier abord, en contraste avec la plus grande partie de Berlin, avoir été étrangèrement épargnées par la guerre ; mais bientôt, entre les jolies maisons, avec leurs barrières blanches et leurs pelouses vertes, il y eut des vides, des endroits où ne restaient que des ruines envahies d'herbes folles.

— Qu'est-ce que c'est que ça ? demanda Miranda montrant une colline longue et basse, tout juste visible au-dessus des arbres. Est-ce qu'il y a eu des maisons là-haut ?

Le colonel Leslie, à qui la question avait été posée, hocha la tête :

— Ce sont des maisons.

— Je parle de la colline là-bas.

— Moi aussi. Elle n'était pas là avant la guerre. Elle a été formée par les ruines des maisons bombardées. Chaque jour, des camions y déchargent des décombres. Et c'est la seconde ! La première colline est déjà recouverte de verdure. En hiver, les Berlinois y font du ski. Un jour viendra où l'on aura oublié leur origine ; elles seront acceptées comme un élément naturel du paysage.

— C'est épouvantable ! dit Stella.

— Pourquoi ? Le Londres que nous connaissons est construit sur les ruines de nombreux autres Londres.

— *Les cités et les trônes et les puissances durent, aux yeux du Temps, presque aussi longtemps que les fleurs,* cita Miranda à mi-voix.

— *Qui meurent tous les jours.*

Le colonel Leslie acheva la citation pour elle.

— Oui, il ne faut pas regarder ces choses de trop près, mais essayer de les considérer sous l'angle de l'histoire.

— Quel terrible sang-froid ! protesta Stella.

— Il faut avoir du sang-froid, dit le colonel Leslie. Dans ce monde, les gens à sang chaud sont responsables des deux tiers des tragédies. Leurs actions ne sont que violence et désordre. Celles faites de sang-froid sont au moins calculées et probablement, à long terme, nécessaires.

— Les discussions ne sont pas mon fort, dit Stella. Lottie, chérie, ne marche pas dans toutes les flaques. Sois un ange. Est-ce que ce ne sont pas les Marson, Robert ?

Ils avaient pris une rue tranquille. Sur un des côtés, un haut mur que le sommet des arbres dépassait, de l'autre les ruines d'une maison dans ce qui avait dû être un grand jardin bien tenu, entouré d'un mur bas et d'un massif de lauriers. Harry et Elsa Marson étaient là, contemplant les ruines à travers une grille en fer forgé rouillé.

A leur approche, Harry Marson se retourna et leur fit signe :

— Salut, êtes-vous venus voir la croix marquant l'endroit de l'affaire ? Elsa voulait aussi la voir.

— Quelle affaire ? demanda Miranda.

— L'*affaire,* bien sûr ! Est-ce que vous n'êtes pas au

courant? C'est la maison de M. Machintruc, le type qui a liquidé ses domestiques et fichu le camp avec une rançon de roi en diamants hollandais.

— Vraiment? Comme c'est passionnant! Entrons jeter un coup d'œil.

Ils ouvrirent la grille rouillée et suivirent un chemin creux couvert d'herbes folles jusqu'à un perron. Là où avait été la porte d'entrée, le bouton de sonnette existait encore, un cercle de faïence blanche anormalement brillant et intact sur la pierre noircie.

La bombe qui avait atteint la maison avait causé moins de dommages que l'incendie qui avait suivi mais la plus grande partie du bâtiment était encore debout.

— Non, n'entrez pas! avertit le colonel Leslie, retenant brusquement Miranda. C'est dangereux d'explorer des ruines de ce genre, à chaque instant tout peut s'effondrer. C'est pour cela qu'il y a le plus souvent une affiche comme celle-ci.

Il montra de sa canne une affiche abîmée par les intempéries, à demi enfouie sous les herbes, près de la première marche du perron.

Le soleil avait fait pâlir les lettres; le vent, la pluie et la neige les avaient rendues à peine lisibles. On pouvait cependant encore déchiffrer en haut le mot ACHTUNG, imprimé en rouge et, plus bas, un autre mot bien trop familier, *Verboten*; mais on ne pouvait pas savoir au juste ce qui était interdit.

— Ça n'a pas d'importance, conclut le colonel, car on ne peut pas être resté dans ce pays plus d'une demi-heure sans connaître le sens de ces deux mots. Dans le cas présent, c'est un bon conseil, n'entrez pas.

— D'accord, dit Stella avec un frisson. De plus, il se fait tard. Mademoiselle, voulez-vous rentrer avec Lottie? Viens, Randa.

Elle tira Miranda par le bras et les autres les suivirent. Pendant qu'elles descendaient les marches du perron, Harry Marson suggéra d'aller voir le garage.

Il était entouré d'herbes folles. Les intempéries avaient laissé leurs marques sur les murs en cours de construction, que les maçons avaient abandonnés au début de la guerre.

— On peut encore voir où se trouvait la fosse à chaux, dit Harry Marson, fouillant d'un air intéressé dans les herbes et les décombres.

Personne ne paraissait partager son enthousiasme. Tous restaient immobiles et silencieux, contemplant les murs décolorés et le fouillis de végétation.

Le soleil baissait rapidement ; bientôt il se coucha derrière la longue colline formée de décombres qui s'élevait derrière les arbres, au loin. Le jardin et la maison en ruine étaient maintenant dans l'ombre.

— Je me demande s'ils reviendront jamais, dit Harry Marson songeur. Je veux dire les Ridder.

— Pour hanter la maison ? dit Stella avec un frisson.

— Seigneur, non ! Je veux dire, s'ils sont encore vivants. On prétend que les meurtriers reviennent toujours à l'endroit de leur crime. Il y a là quelque chose qui les attire. Ils sont peut-être encore ici, à Berlin. Peut-être suivent-ils cette rue et regardent-ils furtivement par-dessus le mur, revivant la scène.

Sa voix était devenue presque un murmure. Involontairement, Miranda jeta un regard rapide par-dessus son épaule, comme si elle craignait que quelqu'un puisse encore regarder à travers la grille rouillée.

Et il y avait quelqu'un, une ombre à peine visible dans le crépuscule, debout devant la grille, à demi cachée par le fouillis des lauriers.

L'instant d'après, cette silhouette avait disparu, si vite et de façon tellement silencieuse que Miranda se demanda un instant si ce n'était pas une illusion due au crépuscule.

— Harry, je n'aime pas cela ! dit Elsa Marson avec une violence soudaine. Partons tout de suite. Il y a ici quelque chose d'inquiétant.

— Oui, partons, dit Stella avec conviction. Je suis tout à fait d'accord avec vous. Partons pour être de retour avant la nuit.

Elle prit le bras de Robert ; ils traversèrent le jardin silencieux et se retrouvèrent dans la rue tranquille.

# 10

— Vous ai-je dit que je prenais le thé avec Mrs. Lawrence cet après-midi ? demanda Stella en se servant de fromage. Il semble qu'elle ait invité plusieurs femmes d'officiers. Une espèce de réunion de comité de bienfaisance, à ce que j'ai compris. Et nous n'aurons pas de cuisinière pour le dîner parce que Frau Herbach veut partit tôt aujourd'hui. Je lui ai demandé une soupe chaude et un repas froid qu'elle pourra préparer d'avance et que Friedel pourra servir. C'est votre demi-journée de congé, Mademoiselle. Qu'est-ce que vous allez faire ?

— J'irai au Centre britannique. On m'a dit qu'il y a une bibliothèque et qu'on y donne des conférences.

— Magnifique ! s'exclama Stella d'un air absent. Lottie chérie, je suis sûre que Mademoiselle te permet de descendre au jardin si tu as fini. Tâche de ne pas être désagréable cet après-midi, parce que Mademoiselle et moi serons sorties toutes les deux.

Stella partit peu avant trois heures.

— Je dois être là-bas à trois heures, expliqua-t-elle ; je ne rentrerai pas tard, à moins que je ne sois arrêtée pour faute de conduite. Robert m'a laissé la voiture mais, comme je n'ai jamais roulé à droite, j'irai très, très doucement. Si tu n'entends pas parler de moi avant huit heures, tu feras bien de téléphoner à la police pour leur annoncer qu'ils ont un cadavre de plus sur les bras.

Elle sortit par la porte de devant, qu'elle claqua derrière elle. Un souvenir revint à Miranda, qui plongea la main dans la poche de son tailleur gris. Oui, il était toujours là le petit carré de papier où, dans le Jardin du Souvenir soviétique, Simon Lang avait noté son numéro de téléphone. Miranda le défroissa, le regarda un instant en fronçant les sourcils, puis le roula en boule et le jeta dans la corbeille à papiers comme pour se dire : « Et voilà ! »

La porte du salon s'ouvrit derrière elle et Norah Leslie apparut.

— Oh ! vous êtes là, j'espère que cela ne vous dérange pas que j'entre chez vous de cette façon. C'est tellement plus court de passer par la brèche de la haie. Je suis venue vous demander si vous accepteriez de venir dîner chez nous ce soir. Nous recevons de jeunes officiers et j'aimerais avoir quelques jolies filles pour leur tenir compagnie. Sally Page vient parce que Andy doit dîner au mess, et j'ai aussi la nièce du général. Ne me dites pas que vous ne pouvez pas ! Je suis sûre que les Melville aimeront être seuls pour un soir.

Miranda rit :

— Je le pense aussi. Merci. Je viendrai avec le plus grand plaisir.

— Bien. Donc, c'est décidé. Je vous attends vers huit heures moins le quart. Tenue de ville.

Mrs. Leslie repartit par où elle était venue, franchissant la porte-fenêtre ouverte du salon. Miranda allait s'installer avec un livre quand elle fut à nouveau interrompue, cette fois par une sonnerie. Elle posa le livre, se demandant si c'était le téléphone ou la porte d'entrée et espérant que Friedel irait répondre, quand elle entendit Mademoiselle sortir du vestiaire et prendre le combiné.

— Allô. Oui... Ah ! le major Melville... Madame n'est pas là, elle prend le thé avec Mme Lawrence. Law... rence. La femme de M. le colonel... Ça je n'en sais rien. M'selle Brand est là... Oui... Merci.

Mademoiselle reposa le combiné et apparut dans le salon, gantée et chapeautée, tenant à la main un parapluie roulé.

— C'est le major, annonça-t-elle. Il ne pourra pas rentrer pour dîner ce soir parce qu'il doit travailler tard. Il essaiera d'avertir Madame.

— Merci, Mademoiselle. Dites seulement à Frau Herbach qu'il n'y aura qu'une seule personne à dîner ce soir. Je vais chez le colonel et Mrs. Leslie.

— Bien.

Mademoiselle partit, et quelques minutes plus tard Miranda l'entendit refermer la porte d'entrée derrière elle.

La maison était tranquille et paisible. Miranda s'étendit sur le seuil de la porte-fenêtre, se reposant sous le chaud soleil de l'après-midi. Elle se sentait agréablement somnolente et libérée, pour l'instant, de ce malaise qui n'avait cessé de lui taquiner furtivement les nerfs depuis le début du voyage.

Ses yeux se fermaient et elle était sur le point de s'endormir quand un bruit provenant du jardin la réveilla.

Des buissons se trouvaient immédiatement au-dessous de toutes les fenêtres du salon — sauf la porte-fenêtre — et quelque chose ou quelqu'un rampait entre ces buissons et le mur. Miranda s'agenouilla avec précaution sur le seuil de la porte-fenêtre et regarda. L'instant d'après, penchée en avant, elle saisissait la ceinture d'une culotte de velours crasseuse.

Il y eut un cri aigu et Miranda, d'une secousse, mit son captif sur ses pieds.

— Wally Wilkin ! Qu'est-ce que tu fais là ?

Miranda le secoua ; une fausse barbe et une grosse moustache allèrent se perdre dans les buissons.

— Regardez ce que vous avez fait ! dit Wally avec indignation.

— T'occupe pas de ta fausse moustache. Qu'est-ce que c'est que ces façons de ramper comme ça autour de la maison, mon petit Wally ?

— Je fais des recherches, répondit-il d'un ton boudeur.

— Quelles recherches ?

— Je cherche des indices.

— Ah ! tu cherches des indices. Quelle espèce d'indices ? Et pourquoi ici ?

— Pasque j'dois avoir mes suspects à l'œil.

— Oh ! je vois ! C'est un jeu.

— *Un jeu !* dit Wally avec indignation. J'viens d'vous dire que je cherchais à éclaircir c't'affaire.

— Quelle affaire ?

— Le meurtre, bien sûr, expliqua Wally, dégoûté. Ce vieux bonhomme dans le train.

— Eh bien, Sherlock Holmes, voudrais-tu avoir l'obligeance de prendre ta loupe et faire tes recherches ailleurs ? Je regrette de paraître désagréable, mais je dormirais volontiers un peu cet après-midi.

Miranda relâcha son étreinte, mais Wally ne chercha pas à s'échapper. Il appuya ses coudes crasseux sur l'appui de la fenêtre et, baissant la voix, il l'informa d'un ton rauque et confidentiel que son ambition était d'entrer, quand il serait grand, dans les services secrets, et qu'il devait donc s'exercer un peu.

— C'est bien, approuva Miranda. Et as-tu déjà trouvé le coupable ?

Une expression de prudence apparut soudain sur le visage taché de son et mal débarbouillé de Wally ; ses yeux bleus exprimaient à la fois la circonspection et l'astuce :

— P'têt ben qu'oui, p'têt ben qu'non, prononça-t-il lentement. Je ne dis rien encore, mais j'ai dégoté des indices.

— Vraiment ? Et qu'est-ce que tu en as fait ?

— C'est pas cette espèce d'indices. C'est quéqu'chose que j'sais, pas quéqu'chose que j'ai.

— Vraiment ! dit Miranda avec politesse. Et qu'est-ce que vous faites sous les buissons, monsieur l'inspecteur ? Vous cherchez d'autres indices ?

Wally approuva de la tête et remarqua avec satisfaction qu'il était bien commode que presque tous ses suspects habitent les uns à côté des autres. Il ajouta qu'il pouvait ramper autour des trois maisons en restant tout à fait invisible.

— Veux-tu dire que tu as fureté autour de nos maisons ? lui dcmanda Miranda. Wally, un dc ccs jours, tu vas rcccvoir la plus mémorable de toutes les fessées si le colonel Leslie ou le major Marson t'attrapent.

— Ils ne sont pas là, fit remarquer Wally d'un air suffisant. Et je peux grimper jusqu'à ce balcon ou celui de Mrs. Leslie. Je l'ai fait hier. Facile !

— Tu *quoi* ? Espèce de petite horreur, ne recommence jamais !

— J'peux être obligé, dit Wally sombrement.

— Alors, laisse-moi t'avertir, inspecteur Wilkin, dit Miranda avec énergie, que si jamais j'apprends que tu as grimpé aux balcons et regardé dans les chambres, je te courrai après, armée d'un solide bâton. Maintenant, tu es prévenu !

— *Les femmes !* s'exclama Wally avec amertume.

— Je regrette, dit Miranda, s'adoucissant, mais je ne peux pas admettre que tu regardes dans les chambres des gens. Ce n'est pas... — elle chercha le mot mais acheva assez maladroitement — britannique.

— Les services secrets doivent espionner, affirma Wally d'un ton austère. Où en serions-nous si nous n'le f'sions pas ? Battus par les Russes et les Japs et le F.B.I., bien sûr !

— C'est vrai, reconnut Miranda. Mais, tu sais, même un inspecteur doit avoir un mandat de perquisition avant de pouvoir fouiller la maison de quelqu'un.

— OK ! fit Wally résigné.

Il chercha dans les buissons et, ayant récupéré sa fausse barbe, la regarda d'un air de doute, après quoi il conclut qu'elle ne servait pas à grand-chose puisque Miranda l'avait reconnu tout de suite.

— La prochaine fois, essaie quelque chose qui se remarque moins, recommanda Miranda.

— Je pourrais me peindre en vert, on ne me remarquerait pas dans les buissons, suggéra Wally. Camouflage comme les gars des commandos. Y'a un grand bidon de peinture verte dans le garage des Marson, j'l'ai vu pendant mes recherches, ce matin. J'pourrais en piquer un peu. Facile.

— N'essaie pas, conseilla Miranda sévèrement. Pense comme tu serais visible devant un mur ou sur du gravier. Si j'étais toi, je ferais mes recherches habillé normalement. C'est ainsi qu'agissent tous les vrais experts.

— V'savez p'têt raison, concéda Wally, fourrant sa fausse barbe dans sa poche.

— Eh, Wally, qu'est-ce que tu fais là derrière la maison ? demanda Lottie, qui venait d'apparaître.

— J'parlais à ta tante, dit Wally avec dignité.

— Ce n'est pas ma tante, c'est ma cousine, répliqua Lottie.

— C'est pas ta cousine non plus, c'est ta « tante à la mode de Bretagne », rétorqua Wally d'un air triomphant.

Il se faufila à travers les buissons et tous deux disparurent dans la direction du tas de sable, se chamaillant pour rire.

A quatre heures et demie, Friedel apporta le thé. Une heure plus tard, Stella téléphonait pour dire qu'elle ne rentrerait pas dîner :

— Robert est obligé de travailler tard, nous avons donc pensé que nous pourrions dîner au Club. Ça ne t'ennuie pas, n'est-ce pas, chérie ? Oh ! autre chose, Friedel m'a demandé si elle pouvait sortir une heure ou deux ce soir et j'ai accepté. Bien entendu, je ne savais pas alors que je sortirais aussi. Tu voudras bien avoir l'œil sur Lottie, s'il te plaît. Friedel la mettra au lit. C'est seulement parce qu'il faut que quelqu'un reste à la maison... C'est très gentil de ta part, chérie. Il faut que je file, je vais essayer de ne pas être trop en retard.

Stella raccrocha.

« Eh bien, ça y est ! » se dit Miranda. Elle allait devoir prévenir Mrs. Leslie qu'elle ne pourrait pas venir, puisque Stella avait donné à Friedel l'autorisation de sortir. Elle ouvrit l'annuaire téléphonique et forma le numéro des Leslie, mais ce fut le colonel qui répondit et il accepta sans difficulté ses explications et ses excuses.

Miranda se mit à la recherche de Friedel.

— Je sors quand j'ai mis Lottie au lit, dit Friedel. Votre souper, je mets tout prêt à huit heures moins le quart, oui ? Je ne suis pas partie plus d'une heure. Pour neuf heures, je suis rentrée. Je laisserai la porte de derrière fermée et seulement la porte de devant devra rester ouverte.

— Voudrais-tu me border, s'il te plaît ? demanda Lottie. Je n'aime pas les matelas allemands, et toi ? On ne peut border que par morceaux.

— Ce ne sont pas des matelas allemands, dit Miranda. Aucun Allemand qui se respecte n'accepterait de dormir dessus. Ce sont des matelas fournis par l'armée, des biscuits.

— Des biscuits ? interrogea Lottie, fascinée. Veux-tu dire qu'on peut *réellement* les manger ?

— Non, bien sûr, petite sotte ! C'est seulement parce qu'ils ressemblent à de grands biscuits carrés pour chiens qu'on les appelle ainsi.

— Oh ! Pourquoi est-ce que l'armée n'a pas de matelas convenables ?

— Dieu seul le sait, dit Miranda. Maintenant, tout est en ordre ?

— Non. Rollerbear est tombé.

Miranda se baissa et ramassa le petit ours en porcelaine blanche qui était le principal trésor de Lottie. Il mesurait environ huit centimètres de long et avait autrefois décoré un gâteau de Noël oublié. Sans qu'on sache pourquoi, Lottie le préférait à tous ses autres jouets. Il l'accompagnait partout et passait toutes les nuits sous son oreiller.

— Rollerbear n'aime pas non plus ces matelas, dit Lottie. Il tombe tout le temps par terre. Bonsoir, cousine Randa.

— Bonsoir, petite chatte, dors bien.

Miranda éteignit la lumière et sortit, laissant la porte entrouverte.

La grande chambre de Robert et de Stella se trouvait en face, de l'autre côté du palier. La porte n'était pas complètement fermée et Miranda remarqua que la lumière était restée allumée.

Elle traversa le palier et poussa la porte. Mais ou bien ses yeux lui avaient joué un tour ou bien les phares d'une voiture passant devant la maison avaient éclairé un instant la chambre, car l'obscurité était totale.

Miranda referma, éteignit la lampe du palier qui éclairait trop vivement la porte entrouverte de Lottie. Plus par habitude que pour toute autre raison, elle enleva son tailleur gris et mit la robe de laine couleur topaze qu'elle avait portée la veille, avant de descendre au rez-de-chaussée.

Les rideaux du salon n'étaient pas fermés. La pièce était

obscure mais, dehors, la lune éclairait le jardin, laissant des recoins d'ombre noire. Quelque part dans la maison une porte se ferma doucement. Miranda se dirigea vers le hall. Friedel qui sortait de la cuisine l'avertit que la soupe était sur la table et qu'elle avait mis de la viande froide et de la salade sur le buffet. Elle avait fermé la porte de service.

Miranda s'assit devant son repas solitaire. Bientôt, elle entendit des pas légers traverser le hall et le claquement de la porte de devant que l'on fermait. Friedel était partie et elle était seule à la maison.

Seule à la maison... Pourquoi cette pensée la troublait-elle soudain ? Pourquoi ressentait-elle à nouveau cette vague anxiété qu'elle n'avait plus éprouvée pendant tout cet après-midi ensoleillé et cette soirée tranquille ?

D'ailleurs, elle n'était pas seule. Lottie dormait au premier étage.

Miranda se mit résolument à manger sa soupe qui refroidissait, puis alla poser l'assiette vide sur le buffet et se servit de viande froide et de salade, faisant autant de bruit que possible pour se protéger du silence.

Le choc des assiettes et des couteaux la réconfortait obscurément. C'était un bruit agréable, ordinaire, un bruit de tous les jours. Avec ce que Friedel avait laissé sur la table, elle se préparait une vinaigrette pour la salade lorsqu'elle entendit des pas légers sur le palier de l'étage.

Pendant un court instant, sa gorge se serra, puis elle comprit ce qui se passait et en fut agacée. Elle se leva de table, alla jusqu'à la porte et cria :

— Retourne au lit, Lottie. Il est largement temps que tu dormes. Si je t'entends encore sortir du lit, je monterai te donner une fessée, c'est promis !

Elle entendit quelqu'un qui se déplaçait subrepticement en toute hâte, puis le silence.

Miranda attendit un instant, puis revint à son repas interrompu.

Le son de sa propre voix et le fait que quelqu'un d'autre était éveillé dans la maison, même si ce n'était qu'une petite fille de sept ans, avaient temporairement dissipé son inquiétude ; mais cela ne dura pas.

L'angoisse revint, accrue par le silence régnant dans la maison. Le tic-tac de l'horloge du salon semblait absurdement fort, car c'était le seul son audible dans ce silence. Une fois de plus, comme dans le couloir du train, Miranda s'aperçut qu'elle luttait contre une envie de regarder par-dessus son épaule.

Elle posa son couteau et sa fourchette, se rendant compte, et cela la rendit furieuse contre elle-même, qu'elle le faisait doucement, avec un soin exagéré, et qu'elle retenait sa respiration. Pourquoi sentait-elle tout à coup qu'elle ne devait faire aucun bruit, que n'importe quel son semblerait effrayant et exagérément intense dans ce silence ? Qu'est-ce qu'elle écoutait ?

Une planche grinça au-dessus de sa tête, et les dents de Miranda mordirent sa lèvre.

La maison paisible, malgré le silence — ou peut-être à cause de lui ? — commença à s'emplir de bruits : le tic-tac de l'horloge, le craquement soudain et inexplicable des planchers et des meubles qu'on ne pouvait entendre que la nuit, un insecte qui voletait contre un carreau, parfois un grattement donnant l'impression que quelqu'un ou quelque chose grimpait le long d'un tuyau de descente, mais en fait cela provenait du chauffage central...

Elle se retourna rapidement et regarda derrière elle, mais il n'y avait personne et, au-delà de l'embrasure de la salle à manger, le hall était vide jusqu'au recoin où, dans l'ombre, se trouvait le téléphone.

Miranda reprit son couteau et sa fourchette, honteuse d'avoir cédé à cette impulsion stupide, mais elle ne put se forcer à manger et, au bout de quelque temps, reposa une fois de plus couteau et fourchette et jeta les yeux autour d'elle.

Les meubles de la salle à manger semblaient la regarder d'un air lointain, leur immobilité vernie se moquant de sa tension nerveuse et de son tremblement. Elle voyait vaguement son image dans les panneaux du buffet, dans le plateau poli de la table et dans la surface brillante d'une salière d'argent : un visage blême, en forme de cœur, avec de grands yeux terrifiés, une bouche rouge, encadré de cheveux noirs. Celui d'une fille terrifiée dans une robe brillante couleur de topaze.

Au-dessus de la table la hideuse suspension éclairait vivement toute la pièce et aucune cachette n'y était possible. Les rideaux ne descendaient pas plus bas que l'appui des fenêtres et leurs minces plis de coton n'auraient pu dissimuler un chaton. Malgré tout quelqu'un, quelque part, la surveillait. Elle ne savait pas pourquoi, mais elle le savait avec une certitude absolue.

Miranda se leva brusquement, avec tant de violence qu'elle fit tomber sa chaise. Ce bruit, qui suggérait une hystérie incontrôlée, la calma. Elle se rendit compte qu'elle se comportait comme une enfant frappée de panique et que, si elle ne se surveillait pas, bientôt elle sortirait de la maison en hurlant. Tout était fermé et personne ne pouvait entrer que par la porte de devant donnant dans le hall, clairement visible de la salle à manger.

Elle se força à ramasser la chaise et à la remettre en place. Sans qu'elle sache pourquoi, ce geste lui donna plus de force, et elle traversa la pièce d'un pas ferme pour entrer dans le hall.

Il n'y avait personne. Rien ne bougeait ni dans l'escalier, ni sur le palier, resté dans l'ombre. Miranda se dirigea vers le salon obscur. Au sortir de la salle à manger et du hall brillamment éclairés, la lumière de la lune traversant les fenêtres du salon y paraissait faible. Tandis qu'elle cherchait à tâtons l'interrupteur, elle crut discerner un vague mouvement de l'autre côté de la porte-fenêtre.

L'interrupteur claqua sous ses doigts, la pièce fut soudain inondée de lumière, et les fenêtres devinrent tout à fait obscures. En une fraction de seconde elle avait cessé d'avoir peur :

— Wally, dit Miranda tout haut dans le silence, je parie que c'est Wally.

Ses lèvres formèrent une moue qui n'augurait rien de bon pour le jeune Wilkin ; éteignant la lumière, elle se dirigea à pas de loup vers la porte-fenêtre, l'ouvrit et se glissa dans le jardin.

La nuit était froide et très calme. Pas un souffle de vent ne remuait les branches des sapins, pas une feuille ne bruissait. Miranda elle aussi était immobile, attendant que ses yeux s'habituent à la faible lumière, et écoutant le bruit de mouvements furtifs qui indiquerait la présence du détective en herbe, le jeune Wallace Wilkin. Cette fois, se jura Miranda, j'en parlerai à son père et j'espère que, la semaine prochaine, Wally ne sera pas admis à table et devra prendre ses repas sur le coin de la cheminée.

Elle retint sa respiration pour écouter, mais le jardin était tranquille et rien ne bougeait. Peut-être Wally — si c'était lui — avait-il pris la fuite dès qu'il avait vu s'allumer la lumière dans le salon ? Ou peut-être le léger mouvement qu'elle avait entr'aperçu était-il le fait d'un hibou, d'une chauve-souris ? Une chose au moins était certaine, elle ne pouvait pas rester là indéfiniment. Elle ferait le tour du jardin et, si elle ne trouvait personne, rentrerait, fermerait la porte d'entrée, allumerait la radio et toutes les lumières de la maison jusqu'au retour de Friedel ou de Robert et Stella.

Miranda descendit le sentier qui courait le long des fenêtres de la salle à manger et contourna la pelouse, mais, quand elle atteignit les cerisiers au fond du jardin, elle s'arrêta. Une impulsion subite la poussa à s'asseoir sur un banc, sous un cerisier. Il n'y avait pas de vent, la nuit était pleine d'étoiles : les étoiles du ciel, les étoiles rouges qui signalaient aux avions les hauts pylônes de la station d'émission, et des étoiles jumelles, l'une rouge et l'autre verte, les feux d'aile d'un avion se dirigeant vers l'aérodrome de Tempelhof. Au loin, un semis de feux colorés sur la tour de la Radio.

Sur le chemin, les parties éclairées par la lune alternaient avec l'ombre des arbres. La faible odeur — à peine perceptible — du printemps se répandait dans tout le jardin. La nuit silencieuse n'était pas aussi effrayante et hostile que la maison car les fenêtres du salon des Leslie étaient éclairées ; leurs carrés de douce lumière orange contrastant avec le bleu de la pleine lune la rassuraient. Miranda pouvait entendre des voix et des rires, et une radio jouant de la musique de danse.

En s'appuyant contre l'écorce rugueuse du cerisier, elle fit tomber sur ses genoux quelques pétales, comme des flocons de neige.

Elle se surprit à évoquer Simon Lang, sans aucune raison, et éprouva la même sensation de ressentiment qu'il lui causait toujours. Elle n'avait pas eu l'intention de penser à lui ; mais c'était comme s'il avait traversé le jardin et se trouvait debout devant elle, effaçant la lumière de la lune et les fantômes blancs des cerisiers, et refusant de s'en aller.

Miranda ferma les yeux et constata qu'elle ne parvenait pas à se faire de lui une image claire. Elle pouvait se rappeler certains traits, mais ils étaient discordants. C'était, comme il le lui avait dit, un homme qu'on ne remarquait pas. Il était sans aucun doute parfaitement paisible, sa voix, ses manières aimables et plaisantes dissimulaient le véritable Simon Lang.

Miranda soupçonnait que ce véritable Simon Lang était quelqu'un qui savait exactement ce qu'il voulait, et l'obtenait toujours ; qui, en règle générale, ne trouvait pas nécessaire de recourir à la force ou au bruit pour l'obtenir, même si on cherchait à l'y pousser. Il l'avait intéressée dès qu'elle avait jeté les yeux sur lui, mais elle ne s'était pas demandé pourquoi. A l'heure actuelle, il y avait une question plus importante : pourquoi s'intéressait-il à elle ?

S'il s'était agi de presque n'importe qui d'autre, Miranda aurait immédiatement trouvé une réponse évidente ; mais dans le cas de Simon Lang elle était malheureusement obligée de la rejeter, car elle ne pensait pas le moins du monde que Simon fût attiré par son charme personnel. Alors, croyait-il qu'elle en savait plus au sujet du meurtre du général qu'elle ne l'avait dit ? Ou bien, comme Robert l'avait suggéré, se servait-il de ce soupçon comme d'un écran, pour amener quelqu'un d'autre à se découvrir ?

C'était une raison possible, désagréable certes. Mais pourquoi, elle, s'intéressait-elle à Simon Lang ? Miranda scruta en fronçant les sourcils l'ombre des cerisiers et ne put trouver une réponse acceptable.

La radio s'arrêta chez les Leslie et, quelques minutes plus tard, la lumière s'y éteignit. Bientôt Miranda entendit démarrer les voitures, et comprit que les Leslie devaient avoir décidé d'emmener leurs invités au club ou dans une boîte de nuit berlinoise. Trois voitures défilèrent l'une après l'autre sur la route derrière la maison. Quand le bruit eut cessé, Miranda s'aperçut en frissonnant qu'elle ne portait qu'une mince robe de laine et que la nuit était froide.

Un courant d'air frais traversa le jardin comme un soupir, provoquant une averse de pétales blancs et amenant une menace de vent. Miranda se leva pour enlever les pétales tombés sur sa robe et reprit son exploration.

# 11

Miranda s'arrêta une ou deux fois pour jeter un coup d'œil à gauche et à droite dans les coins d'ombre, mais c'était pour la forme.

Si Wally avait été là, il était parti, car le jardin était tellement silencieux qu'elle aurait perçu le moindre mouvement. Elle n'entendait que sa propre respiration et le faible bruit des voitures au loin dans la Herrstrasse.

Au-dessus d'elle les faisceaux blancs des projecteurs russes, pâlis par le clair de lune, balayaient le ciel, éclairant de temps à autre de petits nuages, cependant que Miranda suivait rapidement le sentier le long de la haie limitant les deux jardins. Elle avait froid et se dépêchait de rentrer pour échapper à la nuit, car depuis que la maison des Leslie était obscure le jardin plus sombre semblait quelque peu effrayant.

Le sentier sablonneux était blanc sous la lune, sauf une ombre de forme étrange, près d'un massif de lilas, à côté de la brèche de la haie. Quand elle y arriva elle vit que ce n'était pas une ombre, mais le corps d'une femme à plat ventre, les pieds tournés vers la maison et la tête cachée dans l'obscurité de la brèche.

Pendant un long moment, qui sembla n'avoir ni commencement ni fin, Miranda resta les yeux fixés sur les jambes gainées de soie et le manteau de fourrure gris argent, pétrifiée d'horreur et prise une fois de plus dans un cauchemar éveillé comme une mouche dans une toile d'araignée. Puis, brusquement elle s'agenouilla à côté du corps, le tirant, essayant de le soulever, criant d'une voix rauque :

— Stella ! Stella ! Qu'est-il arrivé ?... Oh non !... Oh Dieu non !... *Stella... !*

Les bras du cadavre étaient étendus, les doigts enfoncés

dans la terre humide. Le corps était mou et incroyablement lourd quand Miranda le tira, haletante, pour l'éloigner de l'ombre noire de la haie.

La tête s'inclina sur l'épaule et la lune l'éclaira. Ce n'était pas Stella. C'était Friedel !...

La réaction immédiate de Miranda fut un grand soulagement. Ce n'était pas Stella. Pour le moment, c'était tout ce qui comptait. Elle laissa la tête retomber sur l'herbe. Soulagée, elle éclata d'un rire hystérique qui sonnait faux et se mit de nouveau à genoux.

Un mince filet humide, qui paraissait noir sous la lune et qui, provenant d'une blessure cachée par les cheveux de la femme, traversait le visage, atteignait un œil au regard vide. Cet œil ne clignait pas, ne se fermait pas et c'est seulement alors que Miranda comprit qu'elle se trouvait en face d'un cadavre. Elle l'avait su dès le moment où elle l'avait touché, mais elle ne l'avait pas vraiment réalisé.

Elle se dressa dans un soudain frisson d'horreur et se mit à courir désespérément à travers la pelouse vers l'abri de la maison.

Comme un automate elle entra, ferma la porte-fenêtre derrière elle, atteignit le téléphone et réussit à composer un numéro.

— Ici Lang, dit une voix tranquille.

— *Simon !*

Le mot n'était qu'un sanglot. La voix de Miranda tremblait, elle pouvait à peine parler. Elle croyait avoir crié, mais pour Simon ce n'avait été qu'un son faible et incompréhensible.

— Qui est à l'appareil ? Je ne vous entends pas.

Miranda essaya de se calmer, serrant le combiné à deux mains, si fort que les ongles lui entrèrent dans la chair.

— Miranda. Simon, je vous en prie, venez vite ! Friedel est morte et je suis toute seule... *Simon !*

Lang ne perdit pas de temps à poser des questions. Il dit :

— Je serai là aussi vite que possible. Appelez le Dr Elvers, cela me gagnera du temps. Vous trouverez son nom dans l'annuaire. Lui, ou un autre médecin.

— C'est inutile ! dit Miranda, affolée. Elle est morte ! Le sang lui est entré dans l'œil et...

Mais Simon avait raccroché.

Miranda, tremblante, serrait encore l'écouteur contre son oreille. A ce moment, elle entendit un son, très faible, mais elle ne pouvait se tromper sur sa nature. Elle cessa de trembler et resta debout, raidie, regardant l'écouteur avec de grands yeux terrifiés.

Elle avait dit à Simon Lang qu'elle était seule à la maison, mais ce n'était pas vrai. Il y avait quelqu'un d'autre, en plus de Lottie. Quelqu'un qui avait écouté sa conversation puis remis doucement en place le combiné de l'appareil, à côté du lit de Robert, dans la grande chambre de l'étage...

Miranda lâcha le combiné et regarda fixement le palier au-dessus du hall, son cœur battant à l'étouffer. Mais le palier était dans l'ombre et, de l'endroit où elle se trouvait, elle ne pouvait pas voir la porte de la chambre de Stella.

Elle battit en retraite vers le vestiaire, où elle pouvait s'enfermer et attendre l'arrivée de Simon.

Puis, tout à coup, elle se souvint de Lottie. Quelqu'un se cachait à l'étage dans l'une des pièces non éclairées et Lottie était là, endormie.

Miranda bondit, sans penser à ce qui pouvait l'attendre dans l'ombre au-dessus du hall éclairé, jusqu'à la porte de la chambre de Lottie. Dès qu'elle eut allumé, elle vit Lottie endormie, roulée en boule, les mains croisées sous le menton. L'enfant ne se réveilla pas, ne fit pas un mouvement. Miranda prit, les doigts tremblants, la clef qui était sur la porte à l'extérieur, et s'enferma.

Elle savait qu'elle devait éteindre pour ne pas risquer d'éveiller Lottie, mais ne put se résoudre à l'attente dans l'obscurité. Elle se servit d'un petit cardigan vert pour atténuer la lumière de la lampe. Le résultat était sinistre, mais valait quand même mieux que l'obscurité. S'appuyant faiblement contre la porte, elle chercha à retrouver son équilibre et sa respiration.

Un moment elle crut entendre une marche craquer et un pas quelque part dans la maison, mais elle eut beau tendre l'oreille, elle ne put être certaine ni du son ni de sa direction.

Celui ou celle qui avait été dans la chambre de Robert et de Stella n'y resterait pas ; c'était une certitude. Il était très facile de sortir, il suffisait de descendre l'escalier et de passer par la porte de devant. On pouvait encore sauter du balcon de la chambre, qui n'était pas très haut. Le petit palier de derrière, d'où un escalier montait vers la mansarde et un autre descendait vers les cuisines, n'était aussi qu'à quelques mètres de la porte de la chambre. Une fois au bas de cet escalier, on pouvait sortir sans difficulté car les verrous s'ouvraient de l'intérieur.

Oh ! pourquoi Simon n'arrivait-il pas ?

Miranda regarda par la fenêtre, mais il n'y avait nul signe de voiture se dirigeant vers la maison. Rien que le clair de lune et la lumière jaunâtre des réverbères brillant par intermittence à travers les branches des arbres, que le vent qui venait de se lever commençait à agiter.

Elle laissa retomber le rideau et en se retournant, vit son image dans le miroir au-dessus de la petite coiffeuse. Il y avait des marques sur sa robe couleur topaze. Une tache sombre près de l'épaule.

Miranda la toucha d'une main hésitante.

La même histoire recommençait donc. Une fois de plus, il y avait du sang sur sa robe et maintenant, du sang sur sa main... *Présomption.*

Cela ne pouvait pas se reproduire, absolument pas. Qui la croirait cette fois ? Elle devait enlever sa robe... la cacher... la brûler ! Elle commença frénétiquement à se déshabiller.

Un ongle se prit dans la fermeture Eclair, la faisant atrocement souffrir. Une mèche de cheveux s'accrocha au porte-bonheur de son bracelet et fut arrachée lorsqu'elle fit passer la robe par-dessus sa tête et la jeta au loin, comme si elle avait été vivante et rampante. Elle respirait par sursauts semblables à des sanglots et ses mains étaient trempées de sueur.

Une voiture arrivait. Ses phares illuminèrent un instant les fenêtres, puis elle s'arrêta devant la maison. Des pas rapides résonnèrent sur le chemin dallé et Miranda entendit s'ouvrir la porte de devant.

Simon Lang ! Et c'était elle-même qui l'avait fait venir. Elle avait perdu la tête et appelé le seul homme qui avait déjà des raisons de la soupçonner de meurtre. Elle était devenue folle ! Elle aurait dû ne rien dire, faire semblant de ne rien savoir, changer la robe tachée et attendre que quelqu'un d'autre découvre le meurtre. Au lieu de cela elle avait couru tête baissée vers le soupçon et le danger, comme l'autre fois elle avait couru follement dans le couloir du train.

— Miranda !

La voix de Simon éveillait d'étranges échos dans la maison silencieuse. Elle l'entendit traverser le hall et ouvrir brusquement la porte du salon.

— *Miranda !*

Lottie remua et murmura quelque chose dans son sommeil. Une fois de plus, le désir instinctif de protéger l'enfant endormie dissipa l'engourdissement cauchemardesque qui étreignait Miranda. Elle tourna la clef dans la serrure et sortit sur le palier, fermant doucement la porte derrière elle.

Simon était debout dans le hall, juste au-dessous, son corps curieusement raccourci par la perspective, ses pupilles si dilatées que ses yeux paraissaient noirs comme ceux d'un chat qui vient de sortir de l'obscurité. Il resta immobile un instant, regardant Miranda, puis elle vit son visage changer. Il monta l'escalier quatre à quatre et fut debout devant elle, ses mains lui étreignant les épaules, comme dans le couloir du train lors du meurtre du général.

Il l'interrogea d'une voix tranchante.

— Est-ce que vous vous sentez bien ?

— Chut ! vous allez éveiller Lottie, dit Miranda automatiquement.

Elle chancela et serait tombée sans la poigne de Simon.

Il la secoua sauvagement. Cet acte était si imprévu qu'il fit aux facultés engourdies de Miranda l'effet d'une douche froide. Elle eut un sursaut et se dégagea.

— C'est mieux comme ça, dit Simon sans douceur.

Il lui prit un bras, le serra fortement contre lui, et la fit descendre jusqu'au hall.

— Maintenant, allons-y ! dit Simon la faisant tourner pour la placer face à lui.

Les yeux de l'homme se rétrécirent tout d'un coup. Dans la semi-obscurité du palier, il n'avait pas remarqué la façon peu orthodoxe dont elle était habillée. Miranda suivit la direction de son regard et rougit violemment. Elle avait oublié qu'elle avait ôté sa robe et, debout dans la pleine lumière du hall, ne portait que des sous-vêtements réduits au minimum.

Elle essaya de se dégager, mais les doigts de Simon se resserrèrent sur son bras pendant qu'il la regardait de la tête aux pieds : le désordre des boucles brunes, la blancheur des bras et des épaules, le slip et le soutien-gorge transparents couleur abricot, bordés de dentelle, les longues jambes minces et les petites mules à hauts talons. Soudain, il y eut une colère dans les yeux de Simon, une colère froide qui l'effraya.

— Pourquoi diable, dit Simon doucement, êtes-vous habillée comme ça ? Allez, dites-le !

— Je... je voulais la brûler.

Malgré tous ses efforts, la voix de Miranda n'était qu'un murmure saccadé et ses yeux demeuraient écarquillés.

— Brûler quoi ?

— Ma robe. Il y avait du sang dessus. Vous voyez, je l'ai touchée et... et c'était comme l'autre fois et j'ai pensé que vous croiriez, que tout le monde croirait...

La voix de Miranda s'éteignit peu à peu.

Simon dit :

— Je vois.

Chose assez curieuse, il y avait du soulagement dans sa voix. Il lâcha le bras de Miranda qui s'assit brusquement sur la dernière marche de l'escalier.

Simon alla prendre au hasard un vêtement dans le vestiaire et le jeta à Miranda.

— Vous feriez mieux de mettre ça.

C'était un Burberry appartenant à Robert, bien trop grand pour elle, mais Miranda parvint à l'enfiler, le serrant autour d'elle.

Simon demanda sèchement :

— Où est-elle ?

— Dans le jardin.

Miranda indiqua d'un signe de tête la porte ouverte du salon et, au-delà, le jardin éclairé par la lune.

— A côté de la brèche dans la haie, près des lilas.

Il traversa rapidement le hall et le salon ; elle l'entendit ouvrir la porte-fenêtre et sortir. Ensuite, il y eut un silence qui lui sembla très long.

Miranda appuya sa tête contre l'escalier et ferma les yeux. Elle se sentait tout à fait épuisée et étrangement apathique. Rien de tout cela n'était réel. Ça ne pouvait pas être réel, parce que des choses de ce genre n'arrivaient pas à des gens ordinaires comme elle, mais seulement à ces êtres étranges dont les photos ornaient les pages des journaux à sensation. Bientôt, elle s'éveillerait et constaterait que tout cela n'avait été qu'un cauchemar.

Un léger bruit la tira de sa torpeur ; elle ouvrit les yeux. Simon Lang était devant elle, la regardant d'un air désapprobateur et il n'avait pas du tout l'air d'une créature de cauchemar.

— Elle est bien morte, dit Simon. Qui est-ce ?

— Friedel, la femme de chambre.

Simon se baissa, remit Miranda sur ses pieds et lui fit traverser la salle à manger.

La lampe brûlait encore au-dessus de la table, la pièce était absolument comme Miranda l'avait quittée au milieu de son dîner. Il semblait que des mois avaient passé depuis ; pourtant, son repas inachevé était encore sur la table, et l'horloge marquait neuf heures cinq. Friedel avait dit qu'elle ne serait absente qu'une heure et serait rentrée à neuf. Mais Friedel était morte et son corps était étendu sous le clair de lune, au-delà des rideaux de la salle à manger.

Miranda recommença à frissonner ; Simon la poussa sur

une chaise et porta un verre à ses lèvres. Elle but docilement et s'étrangla quand l'alcool lui brûla sa gorge.

Il était debout devant elle, la regardant d'un air renfrogné. Au bout de quelque temps, il prit une chaise et s'assit devant elle.

— Racontez-moi ce qui s'est passé.

— J'étais seule à la maison, commença Miranda d'une voix hésitante. C'était le jour de sortie de Mademoiselle et Robert a téléphoné pour dire qu'il rentrerait tard ; et puis Stella a téléphoné, annonçant qu'elle dînerait avec lui au club et me demandant de m'occuper de Lottie, car Friedel voulait sortir pour une heure ou deux. J'ai dit bonsoir à Lottie. Friedel m'a annoncé que mon dîner était prêt et alors... alors, elle est partie.

— Quelle heure était-il ?

— Environ huit heures moins le quart. Je ne pense pas avoir regardé l'heure...

Maintenant elle la regardait. Il ne s'était guère passé plus d'une heure un quart ! Ce n'était pas possible... ce n'était pas possible... La voix de Simon la ramena tout d'un coup à la réalité.

— Qu'est-il arrivé alors ?

— J'ai entendu quelqu'un marcher à l'étage et j'ai pensé que c'était Lottie. Je lui ai crié de retourner dans son lit. Et alors...

Elle s'arrêta.

— Et alors ? souffla Simon.

— J'ai... j'ai eu peur.

— Pourquoi ? De quoi aviez-vous peur ?

— Je ne sais pas. Je pensais que quelqu'un me surveillait, j'en étais même tout à fait sûre. Je n'entendais rien, c'était juste une... une impression. Au bout d'un certain temps je n'ai plus pu le supporter, je suis allée dans le hall pour voir s'il y avait quelqu'un ; il n'y avait personne. Alors j'ai cru voir quelque chose remuer dehors, devant les fenêtres du salon, et j'ai pensé que c'était Wally.

— Le fils des Wilkin ? Pourquoi ?

— Parce qu'il avait déjà joué par ici, et je l'avais surpris l'après-midi même rampant à travers les buissons au-dessous des fenêtres. J'ai pensé qu'il recommençait et que cette fois je l'attraperais et que je lui donnerais une bonne correction. Je suis donc sortie... et j'ai trouvé... Friedel.

La voix de Miranda tremblait ; ses mains serraient les accoudoirs.

— Mais où ?

— Près des lilas, dans la brèche de la haie, je vous l'ai dit.

— Elle était au bord de la pelouse, dit Simon. L'avez-vous déplacée ?

— Oui... j'avais oublié. J'ai essayé de la soulever. Je... je croyais que c'était Stella.

— *Stella ?* Vous croyiez que c'était Mrs. Melville ? Pourquoi ?

— Elle était couchée sur le ventre, sa tête dans l'ombre, et elle portait le manteau de Stella.

Simon Lang ne dit rien pendant un temps qui parut très long. Il restait assis, immobile, et regardait Miranda. Son visage était totalement dénué d'expression et son regard vide mais attentif. Une fois de plus, Miranda écouta l'horloge qui égrenait les minutes dans le silence.

Elle leva une main pour desserrer le Burberry de Robert autour de sa gorge, tirant dessus comme s'il la gênait pour respirer.

Simon continua :

— Donc, vous croyiez que c'était Mrs. Melville. Qu'avez-vous fait quand vous avez constaté que ce n'était pas elle ?

— Je l'ai lâchée, j'ai couru jusqu'à la maison et je vous ai téléphoné.

— Pourquoi ? Pourquoi pas un médecin ? Ou le major Melville ?

— Je ne sais pas, dit Miranda, lasse. Je suppose que c'était parce que je la savais morte, et que je me souvenais de votre numéro, que vous m'avez donné. Je ne peux pas me rappeler exactement ce que j'ai pensé.

Simon Lang quitta Miranda des yeux pour la première fois et jeta un regarda interrogatif sur la table.

— Mais quelle heure était-il, d'après vous, quand vous êtes sortie dans le jardin ?

— Je ne sais pas, je n'ai pas regardé l'heure.

— Hum ! Mais vous devez quand même en avoir une idée. Vous n'avez pas dû mettre très longtemps à manger une assiettée de soupe, mettons cinq minutes. Quand croyez-vous avoir entendu Lottie marcher ?

Miranda essaya de se rappeler, le visage entre ses mains.

— J'ai mis l'assiette à soupe sur le buffet, je me suis servie de viande et de salade et j'ai préparé une vinaigrette. C'est après cela que j'ai cru entendre Lottie.

— Disons cinq autres minutes. Et alors ?

— Je vous l'ai dit, je suis allée jusqu'à la porte de la salle à manger et je l'ai appelée.

— Et vous êtes retournée à la table, mais n'avez pas touché à votre dîner. Pourquoi ?

— Je vous l'ai dit, répéta Miranda, je me sentais... je me sentais nerveuse et effrayée. Je me suis assise un moment et, sans doute, j'ai écouté.

— Pendant très longtemps ?

— Pas très longtemps. Pas cinq minutes. Cinq minutes, c'est très long quand on est assise immobile et qu'on a peur.

— Donc il était probablement environ huit heures, huit heures cinq au plus tard quand vous êtes allée dans le jardin, mais il était presque huit heures et demie quand vous m'avez téléphoné. Qu'avez-vous fait dans le jardin pendant vingt minutes, Miranda ?

Miranda, effrayée, le regarda fixement, les yeux écarquillés. Une fois de plus, elle tira sur l'étoffe entourant sa mince gorge.

— Rien. Je veux dire que je... je cherchais Wally. J'ai attendu un instant, pensant que je l'entendrais remuer. Puis j'ai écouté le bruit de la soirée chez les Leslie jusqu'à ce que j'aie vu les lumières s'éteindre et que je les aie entendus partir.

Simon eut un curieux petit soupir. Il dit :

— Donc, vous saviez qu'il n'y avait personne dans la maison voisine.

C'était là plutôt une affirmation qu'une question, mais Miranda ne parut pas s'en apercevoir. Le cognac que Simon lui avait donné faisait son effet ; elle se sentait moins tendue et bien plus à l'aise.

— Oui. J'ai commencé à avoir froid et, comme je n'entendais rien, j'ai décidé que je continuerais le tour du jardin, puis que je m'enfermerais dans la maison et écouterais la radio en attendant le retour des autres. Donc, j'ai fait le tour et... je vous ai dit le reste.

Simon dit :

— Vingt minutes, c'est long, Miranda, trop long. Etes-vous bien sûre de m'avoir tout dit ?

— Oui, affirma Miranda.

Elle se sentit rougir. C'était une habitude infantile, victorienne, dont elle n'avait pu se débarrasser en grandissant et qui échappait à sa volonté.

— Et c'est là tout ce que vous avez fait dans le jardin ? Un seul tour ?

— Je me suis assise sur le banc sous le cerisier ; je pensais.

— Vous pensiez à quoi ?

— A rien, dit Miranda, catégorique. Je pensais, c'est tout.

Simon eut un petit mouvement des épaules et laissa tomber le sujet.

— Etes-vous tout à fait sûre qu'il n'y avait personne d'autre que Lottie dans la maison ?

Il vit l'expression du visage de Miranda et ajouta :

— Il y avait quelqu'un. Qui était-ce ?

— Je ne sais pas, murmura Miranda en frissonnant au point que ses dents claquaient. Quand je vous ai téléphoné, j'ai entendu, juste après que vous aviez raccroché, qu'on reposait le combiné dans la chambre de Stella. Il devait y avoir quelqu'un là-haut qui écoutait.

— Et vous n'avez aucune idée de qui ça pouvait être ?

— Non, j'avais trop peur pour réfléchir. J'ai bondi dans l'escalier jusqu'à la chambre de Lottie où je me suis enfermée. Ensuite, vous êtes arrivé, c'est tout.

— Vous n'avez entendu personne quitter la chambre ?

— Je ne suis pas sûre, je crois avoir entendu quelque

chose. On peut descendre l'escalier de devant ou celui de derrière. Mais... mais alors j'ai vu que j'avais du sang sur ma robe et je crois que j'ai perdu la tête.

Miranda rit, d'un rire lugubre.

— J'ai pensé que j'avais été stupide de vous faire venir, vous ou n'importe qui d'autre ! C'était exactement la même chose qui se répétait, c'est ça qui rendait tout si terrible et si... si horriblement impossible. C'était le même scénario. Vous souvenez-vous avoir dit que celui ou celle qui avait tué le général devait avoir du sang sur les mains ? Eh bien, j'étais la seule personne ayant du sang sur les mains. Et maintenant, j'en ai à nouveau. Stupide, n'est-ce pas ?

Elle rit encore, bruyamment, et Simon dit d'un ton sec :

— Arrêtez, Miranda.

— Pardon ! Je me sens un peu bizarre.

— Vous êtes saoule, dit Simon brutalement.

Il se leva et, les mains dans les poches, la regarda un instant.

— Vous feriez mieux de monter dans votre chambre, d'enlever cet imperméable et de remettre votre robe, dit-il. Je vais donner quelques coups de téléphone et, d'ici peu, il y aura pas mal de gens ici. Vous aurez à répondre à de nombreuses questions. Si votre histoire est vraie, il n'y a pas de raison de ne pas conserver la robe que vous portiez quand vous avez trouvé cette femme ; cela vous ferait même du tort de ne pas le faire. Savez-vous où je peux toucher le major Melville ?

Miranda ne répondit pas. Elle se leva d'un bond, si brusquement que, pour la seconde fois de la soirée, elle renversa sa chaise sans même s'en apercevoir. Elle dit, en haletant :

— Mon histoire ? Mais si, elle est vraie. Pourquoi diriez-vous qu'elle ne l'est pas ?

— Je n'ai pas dit cela, dit Simon d'une voix tranquille. Où est le major Melville ?

— Je ne sais pas. Si, je sais. Stella a dit qu'ils iraient probablement dîner au Club.

Simon quitta la pièce. Miranda se baissa machinalement

pour remettre sa chaise en place. Son cœur battait à nouveau la chamade et, une fois de plus, elle eut l'impression de vivre un cauchemar. « *Vingt minutes, c'est long, Miranda...* »

Des innocents ont-ils déjà été pendus pour des meurtres qu'ils n'avaient pas commis ? « *Si votre histoire est vraie.* » Comment prouver quelque chose, quand vous n'avez que votre parole ? Elle avait lu des livres où des gens ayant découvert la victime d'un meurtre avaient été pris de panique et, soit avaient essayé de se débarrasser du cadavre, soit avaient dissimulé des indices et, à cause de cela, avaient été soupçonnés. Elle avait toujours pensé avec mépris que n'importe quelle personne innocente appelait tout de suite la police ; il faudrait être hystérique pour ne pas le faire. Mais peut-être ces gens frappés de panique avaient-ils eu raison après tout ? Elle, Miranda, avait appelé la police en la personne de Simon Lang, mais elle se trouverait peut-être dans une meilleure situation si elle n'avait rien fait, dissimulé les indices, et prétendu tout ignorer de l'affaire.

# 12

Le lendemain matin, Miranda se réveilla avec un violent mal à la tête et une vague impression de catastrophe.

Elle s'assit et regarda d'un air soupçonneux la pendule sur sa table de chevet, se demandant si elle ne s'était pas arrêtée, car elle marquait onze heures moins dix. Mais les quelques rayons de soleil qui passaient entre les rideaux confirmaient qu'il était tard. Elle rampa hors du lit et, allant au lavabo, ouvrit les deux robinets et se passa de l'eau sur la figure.

Ses yeux souffraient du manque de sommeil, sa tête lui faisait abominablement mal et son cerveau semblait étrangement paresseux. Tout en s'habillant lentement, elle se rappelait les détails de la soirée précédente.

Friedel Schultz était morte, assassinée. Quelqu'un l'avait frappée à la nuque avec l'un des tisonniers de la chaudière. Sa mort était sans doute due à un hasard, car si le coup avait été porté un pouce plus haut, il l'aurait seulement assommée.

Dans l'heure qui suivit, le vent s'était levé et avait fraîchi régulièrement jusque peu avant minuit, où avait éclaté un bref mais violent orage. Il n'y aurait pas de traces de pas sur les sentiers ou près des lilas le lendemain matin, pour indiquer où l'assassin se tenait, comment il était venu et comment il était parti. Miranda elle-même avait déplacé le corps de Friedel.

Simon Lang l'avait interrogée pendant des heures, et aussi l'homme aux cheveux gris qui avait parlé aux voyageurs à la gare de Charlottenburg et aussi un autre qu'elle ne se rappelait pas avoir jamais vu, mais qui avait interrogé Stella et Mademoiselle lors de leur première journée à Berlin.

Il y avait encore un médecin et deux brancardiers venus chercher le corps de Friedel. Enfin des photographes, munis de projecteurs ; mais, à leur arrivée, la petite brise qui avait amené Miranda à quitter le banc sous le cerisier avait suffisamment forci pour balayer les sentiers. Il n'y avait rien à photographier, excepté Friedel elle-même, couchée sur le dos au bord de la pelouse où Miranda l'avait laissée.

Simon n'avait pu joindre ni Robert ni Stella, et ils étaient rentrés au beau milieu de cette agitation, mais séparément : Stella était arrivée peu après dix heures et Robert une demi-heure plus tard.

Mademoiselle rentra à onze heures et demie. Elle avait été au cinéma AKC Reichskanzlerplatz, puis dans un café pour manger des gâteaux, avant de revenir à pied.

Quel cauchemar ! Les lampes au plafond de la salle à manger éclairaient les reliefs du dîner de Miranda, et les visages des trois hommes qui l'interrogeaient. Stella était entrée dans le hall juste au moment où l'on y amenait le cadavre de Friedel. Simon était sorti pour l'intercepter et lui expliquer aussi brièvement que possible la situation, mais elle ne semblait pas l'avoir entendu. Les yeux écarquillés, fixés sur le corps de Friedel, elle dit seulement, d'une étrange voix aiguë :

— Mais elle porte mon manteau ! Pourquoi porte-t-elle mon manteau ? Où est Miranda ?

— Je suis là, répondit Miranda, échappant à l'homme aux cheveux gris qui voulait la retenir, et courant jusqu'au hall. Elle doit l'avoir emprunté, Stel, et pensé qu'elle pourrait le remettre en place avant que tu ne rentres. Mais, moi, j'ai cru que c'était toi qui avais été assassinée... J'ai vu le manteau, et j'ai cru que c'était toi.

La voix de Miranda tremblait.

Les yeux de Stella s'agrandirent au point de n'être plus que des cercles violets, et la dernière trace de couleur disparut de son visage devenu d'un effrayant blanc verdâtre. Portant la main à sa gorge, elle murmura d'une voix sèche : « Tu croyais que c'était moi ! » et s'effondra sur le plancher.

Quelques heures — ou plus sûrement quelques minutes — plus tard, on la transporta dans sa chambre où elle vomit beaucoup. Le médecin lui fit une piqûre de morphine et elle s'endormit, mais pas avant le retour de Robert.

Robert avait eu l'intention de travailler tard à son bureau et de dîner au mess ; mais le colonel lui avait téléphoné peu avant sept heures et demie, suggérant qu'il lui apporte les papiers pour discuter d'un nouveau problème et le priant de rester dîner. Robert avait alors emprunté la voiture d'un collègue pour aller chez les Lawrence.

Il écouta avec incrédulité le compte rendu des événements de la soirée mais, voyant Miranda assise pâle et épuisée à la table de la salle à manger en face de ses interrogateurs, il perdit son sang-froid.

— Nom de Dieu, pourquoi tourmentez-vous ainsi cette jeune fille ? Ne pouvez-vous attendre demain matin ?

Il la prit dans ses bras et Miranda, s'accrochant à lui, se laissa aller à la crise de larmes qui couvait depuis longtemps.

Robert la souleva, dit aux trois hommes ce qu'il pensait d'eux, dans des termes qu'on ne pourrait décemment reproduire, et la transporta à l'étage. Par la porte ouverte de la chambre, ils virent Stella debout, ses cheveux blonds rendus plus foncés par l'eau dont le médecin avait baigné son visage et qui paraissait sur le point de vomir à nouveau. Robert remit Miranda sur ses pieds et courut à Stella, juste à temps pour la recueillir dans ses bras. Le médecin ferma la porte et Miranda se retrouva sur le palier.

Lottie s'était réveillée et exigeait un verre d'eau. Miranda essuya ses larmes du revers de la main, s'occupa de Lottie et, ayant réussi à retrouver Rollerbear sur le plancher et à obtenir que Lottie se rendorme, redescendit lentement l'escalier.

Simon Lang était toujours assis dans la salle à manger, mais les autres étaient partis. Il faisait une réussite avec des cartes miniatures que Lottie avait laissées sur l'appui de la fenêtre. Il leva un instant la tête à l'entrée de Miranda, puis plaça, d'un air réfléchi, la dame de carreau sur le roi de trèfle avant de parler.

— Je crois que certaines cartes manquent... Pourquoi êtes-vous redescendue ? Votre cousin a tout à fait raison : en ce qui vous concerne, il n'y a aucun motif pour que vous répondiez encore à des questions avant demain matin.

— Je n'en ai pas l'intention, dit Miranda, fatiguée.

Elle s'effondra sur une chaise, les coudes sur la table et le menton dans les mains.

— Je ne veux pas me coucher, je ne pourrais pas dormir. De plus, Mademoiselle n'est pas encore rentrée et il faudra que quelqu'un lui ouvre.

— Je lui ouvrirai. Je regrette de devoir vous dire qu'il faut que je reste ici jusqu'à son retour.

— Pourquoi ?

— Oh ! vous savez, ce n'est qu'une question de routine. Il faut que quelqu'un lui pose les questions habituelles : où était-elle, que faisait-elle à tel ou tel moment et tout le reste.

— Pourquoi ne pouvez-vous pas lui demander cela demain matin ?

Simon Lang regarda les cartes, ajouta un trois de trèfle et dit doucement :

— Elle pourrait ne pas dire la même chose demain matin.

Miranda se leva d'un coup, alla au buffet et revint avec un verre.

Simon eut un mouvement expressif des sourcils.

— Vous avez l'habitude de boire du whisky avec de la limonade ?

— Je n'en bois jamais, dit Miranda d'un ton morne, mais je vais en boire maintenant. Robert dit que c'est le meilleur stimulant du monde et j'ai besoin d'un stimulant.

— Robert ne savait pas que vous essaieriez de boire du whisky après un double cognac sec, observa Simon. N'y touchez pas et allez plutôt vous chercher du lait chaud ou du café noir.

Miranda vida délibérément son verre et, réprimant une grimace, le posa loin d'elle :

— Où sont les autres ? questionna-t-elle.

— Ils sont partis.

— Et... et Friedel ?

— Elle est partie aussi. Miranda...

— Je m'appelle Brand, dit sèchement Miranda.

— Mais je ne vous connais pas assez bien pour vous appeler par votre nom, dit Simon doucement, son attention apparemment toujours fixée sur les cartes étalées devant lui.

Ne faites pas l'enfant, Miranda. Qui vous a présentée au général Brindley.

La question était si inattendue que, pendant un instant, Miranda se demanda si elle n'avait pas mal compris. Simon la regarda dans les yeux.

— Je... Je ne me rappelle pas. Robert, je suppose, ou Stella. Non, c'était le colonel Leslie. Je m'en souviens maintenant, c'était dans la voiture-restaurant du train venant de Hoek van Holland. Il était assis en face de Leslie et j'étais à côté de lui parce que, comme c'étaient des tables de quatre et que Mademoiselle et Lottie étaient avec Stella et Robert, j'étais à la table voisine.

— Avez-vous eu l'impression qu'ils se connaissaient déjà ou qu'ils venaient seulement de se rencontrer?

— Je ne sais pas vraiment. C'est très difficile à dire, parce que les officiers ont tant de relations communes et sont si souvent passés par les mêmes endroits qu'ils donnent l'impression de bien se connaître même s'ils viennent tout juste de se rencontrer. Mrs. Leslie devait l'avoir vu auparavant, parce qu'elle a dit que Stella...

Miranda s'arrêta, fronçant les sourcils.

— Non, ce n'est pas ça, bien sûr.

— Qu'est-ce que vous voulez dire?

— Rien, vraiment. Seulement quelque chose que j'avais mal compris. Je croyais qu'elle voulait parler du général, mais il s'agissait de Johnnie.

— Qui voulait dire quoi? Et qui est Johnnie? demanda Simon patiemment.

— Johnnie Radley, le premier mari de Stella, qui a été tué à Tobrouk.

Soudain, Miranda s'aperçut qu'elle était en train de raconter à Simon cette curieuse conversation du Kurfürstendamm. C'était peut-être l'effet naturel d'une bonne dose de whisky s'ajoutant au cognac que Simon lui avait donné; ou peut-être désirait-elle seulement parler pour ne pas penser au visage de Friedel sous la lune et à la sensation de ce corps mou et pesant dans ses bras, ne pas penser aussi au péril de sa propre situation.

Simon l'écoutait en silence, sans lever les yeux des cartes étalées devant lui. Il continua sa réussite et, quand il l'eut finie, il rassembla les cartes et remarqua d'un ton préoccupé qu'il en manquait deux.

On entendit un faible bruit de voix dans le hall ; Robert et le médecin descendaient l'escalier et entraient dans la salle à manger. Robert paraissait désorienté et furieux. Son beau visage était d'une pâleur inhabituelle. Il ignora Simon et demanda à Miranda pourquoi diable elle n'était pas couchée.

— Mademoiselle n'est pas encore rentrée, dit Miranda, fatiguée, et je pensais que Stella...

— Stella dort et il est largement temps que tu fasses comme elle. Dépêche-toi, maintenant, je veux parler avec Lang. Je m'occuperai de Mademoiselle.

Il se tourna vers le médecin.

— Pouvez-vous lui donner quelque chose ? Pas de quoi l'assommer, mais seulement pour l'aider à dormir.

— Elle n'en aura pas besoin, dit Simon sèchement. Il lui suffira de deux comprimés d'aspirine pour éviter une gueule de bois.

Robert l'interrogea avec colère :

— Que diable voulez-vous dire par là ?

— Seulement que cette gosse a avalé une quinzaine de centilitres de whisky et de cognac, répondit Simon tranquillement et, comme elle semble ne pas avoir l'habitude de l'alcool, cela devrait suffire comme somnifère.

Le médecin tendit en silence les deux cachets d'aspirine. Miranda les avala docilement et se leva. Robert entoura ses épaules de son bras.

— Je vais te conduire à ta chambre.

Miranda eut un sourire un peu contraint et dit :

— Je suis très bien.

Tournant la tête, elle vit que Simon s'était levé lui aussi et la surveillait. Elle pensa qu'elle n'avait jamais vu un visage si dénué d'expression — sauf pourtant dans le regard qui rencontrait le sien avec tant de fermeté, un intérêt intense et, oui, de la colère... Elle se dégagea doucement du bras de Robert et sortit.

Elle ne parvint à s'endormir que bien après minuit. Elle ne s'était même pas déshabillée. Assise sur le bord du lit, le menton dans les mains et regardant droit devant elle, elle écoutait le murmure des voix dans la salle à manger. Elle avait entendu Mademoiselle rentrer, et protester violemment : quand la gouvernante était énervée, ses paroles devenaient un torrent mélangé d'anglais et du franco-allemand de Saint-Gall.

Miranda eut un petit frisson de répugnance. Mademoiselle produisait sur elle à peu près la même impression que les chats sur tante Hetty. Et l'odeur des graines de cumin que Mademoiselle grignotait entre ses fortes dents jaunâtres lui mettait les nerfs en pelote.

Mademoiselle était chez Stella depuis trois ans ; à son arrivée, Lottie avait cinq ans. Elle s'était révélée capable de travailler dur, aidant volontiers au ménage, aux raccommodages et à la lessive ; elle semblait ne jamais prendre de vacances, n'avait pas de proches parents. A une époque où il était difficile de trouver des aides ménagères fiables, elle valait au moins le quadruple de ses modestes gages. Stella disait souvent qu'elle ne pourrait pas s'en passer, et bénissait la chance qui l'avait amenée à leur porte.

Trois ans plus tôt, Miranda, qui venait de quitter l'école, et avait trouvé du travail dans une agence de mannequins, vivait à Londres dans un home de jeunes filles. Puis, dès qu'elle gagna régulièrement sa vie, elle loua un petit appartement avec une fille de son âge, élève de l'Académie royale d'art dramatique. Elle avait donc peu vu Stella et très peu Mademoiselle, jusqu'au jour où elle avait accepté l'invitation des Melville d'aller à Berlin, et avait rencontré la famille dans le salon de l'hôtel de la Gare à Liverpool Street. Depuis, la première impression désagréable de Miranda vis-à-vis de la vieille fille suisse avec ses cheveux teints, ses yeux vairons et sa perpétuelle odeur de cumin, était devenue de l'aversion. Ce soir-là, assise dans sa chambre, sa tête douloureuse entre les mains, Miranda écoutait les récriminations de Mademoiselle dans le hall et frissonnait de répugnance.

Mademoiselle était rentrée peu après dans sa chambre, puis

Robert avait traversé le hall, accompagné du docteur et de Simon Lang. Miranda ne comprenait pas ce qu'ils disaient, mais la voix de Robert semblait fatiguée et furieuse, celle du médecin apaisante, celle de Simon insupportablement placide.

Il était plus d'une heure du matin quand Miranda enleva enfin la robe couleur de topaze tachée du sang de Friedel et, épuisée, sombra dans un sommeil troublé. Elle ne descendit dans le hall que vers le milieu de la matinée.

Elle entendit la voix de Stella derrière la porte fermée du salon et hésita à entrer. Quelqu'un traversa alors le palier de l'étage et descendit rapidement l'escalier. C'était Mrs. Leslie, chapeautée et gantée, portant une petite valise. Elle s'arrêta en voyant Miranda et parut surprise.

— Salut, ma chère. On m'a dit que vous dormiez. Avez-vous pris votre petit déjeuner ? On l'a mis au chaud pour vous. J'ai aidé la gouvernante à faire la valise.

— Faire la valise ? Est-ce qu'elle s'en va ? demanda Miranda, tout en souhaitant ne pas avoir autant mal à la tête.

— Oh non, seulement l'enfant. Lottie va passer un jour ou deux chez les Lawrence jusqu'à ce que cette horrible affaire soit arrangée. Katy Lawrence m'a téléphoné ce matin et m'a demandé de s'en occuper. Elle préférait ne pas téléphoner ici, pensant que Mrs. Melville ou vous dormiez encore. Donc je suis venue et j'ai arrangé les choses avec Robert. Cela s'imposait, il fallait éloigner Lottie. La gouvernante couchera ici et, tous les matins, ira à bicyclette chez les Lawrence pour s'occuper de Lottie pendant la journée. Ce n'est pas loin du tout.

Miranda l'interrogea :

— A qui parle Stella ?

— Au capitaine Lang, ou à un autre membre de l'équivalent local de la Gestapo, dit Mrs. Leslie d'un ton quelque peu acide. Ce matin, ça grouillait de policiers dans toute la maison, y compris des Allemands. Avant le petit déjeuner, ils ont posé des tas de questions idiotes à Edward et à moi, aux domestiques et à l'ordonnance ! Ils voulaient même la liste de nos hôtes d'hier soir et leur ordre d'arrivée. Je n'ai jamais entendu de telles bêtises. Je vais dire à la cuisinière que vous êtes levée et qu'elle peut vous apporter votre petit déjeuner dans la salle à manger.

— Je ne veux rien, dit Miranda, révulsée à la seule idée de manger.

— C'est idiot ! Vous vous sentirez bien mieux quand vous aurez mangé quelque chose et bu du café chaud, dit Mrs. Leslie, voulant la réconforter. Vous avez l'air d'une épave. Vous paraissez au moins vingt-quatre ans !

Miranda sourit et Mrs. Leslie ajouta :

— Cela vaut mieux.

Elle se dirigea vers la cuisine pour parler brièvement et avec autorité à Frau Herbach.

— Stupide, cette femme ! dit Mrs. Leslie à son retour. Elle est complètement affolée et veut s'en aller. Elle dit qu'elle sera la prochaine victime. La voilà la nation qui... ! Peu importe. Ah, c'est le café, buvez-en au moins un peu. Je vais transporter les valises chez moi.

— Est-ce que Lottie est déjà chez les Lawrence ? demanda Miranda, en suivant Frau Herbach et le plateau dans la salle à manger.

— Non, elle est chez moi, elle joue avec ce gosse au visage taché de son qui était dans le train avec nous. Katy Lawrence ira la chercher plus tard. J'espère vous voir bientôt. Du nerf !

Elle s'éloigna, laissant Miranda en face de son petit déjeuner tardif.

Quelqu'un avait oublié d'arrêter le chauffage central dans la salle à manger. Comme il y faisait très chaud à cause du soleil, Miranda ouvrit la fenêtre la plus proche. Celles du salon, distantes d'environ un mètre, étaient également ouvertes et l'on percevait clairement la voix cassée de Stella, comme si elle avait pleuré.

— ... Oh, je sais que je me suis comportée comme une imbécile. Mais je *devais* savoir. Je ne pouvais supporter l'ignorance. Voyez-vous, il l'avait connue en Egypte et je sais qu'elle lui avait écrit.

Simon Lang posa une question, mais Miranda ne put comprendre ce qu'il disait de sa voix calme.

Stella reprit.

— C'était Mrs. Marson. Elle était là aussi, chez les Lawrence — je crois que toutes les femmes d'officiers y étaient — et elle a dit à Sally — Mrs. Page — qu'elle était seule ce soir parce que son mari dînait à un mess de la zone américaine. Mrs. Bradley a alors demandé à Sally de venir dîner chez elle, mais Sally a répondu qu'elle avait déjà un rendez-vous. Mrs. Bradley a ri, et elle a dit : « On peut compter sur vous pour ça. » Et... et... quand Robert, mon mari, a téléphoné pour me prévenir qu'il ne rentrerait pas dîner parce qu'il devait travailler tard sur un projet, je...

Il y eut une brève pause, comme si Stella essayait de se contrôler. Quand elle parla à nouveau, c'était d'une voix unie.

— Je n'avais pas l'intention de faire des bêtises. C'était seulement que je ne voulais pas rentrer à la maison, parce que... (sa voix trembla un instant) parce que Miranda y était, et que je voulais être seule pour réfléchir. J'ai donc téléphoné que je ne rentrerais pas, j'ai pris la voiture et suis allée la parquer près de la piscine. J'ai fait une petite promenade à pied en réfléchissant à tous mes problèmes. Puis j'ai décidé subitement d'appeler le bureau pour être sûre. Je suis allée en voiture jusqu'au club des officiers et j'ai téléphoné de là, mais le bureau de Robert ne répondait pas, et il n'était pas au mess non plus.

Simon Lang devait s'être rapproché de la fenêtre, car cette fois Miranda l'entendit dire :

— Quelle heure était-il ?

— Juste un peu plus de sept heures et demie.

— Vous êtes tout à fait sûre ?

— Oui. J'ai regardé l'heure quand j'ai eu fini de téléphoner, il était à peu près une minute après la demie.

— Et alors ?

— Alors je suis sortie, j'ai repris la voiture et je me suis dirigée vers l'avenue où habitent les Page, dit Stella d'une voix dure, provocante. J'ai parqué la voiture à un endroit d'où je pouvais surveiller leur entrée. Et j'ai vu Sally — Mrs. Page — sortir et prendre un taxi. J'ai suivi le taxi, mais je l'ai perdu à un feu rouge.

— Avez-vous attendu longtemps ?

La voix de Simon était absolument neutre, comme s'il parlait de la pluie et du beau temps, ce qui eut évidemment pour effet de calmer Stella, car sa voix devint moins tendue.

— Non, seulement une minute ou deux. Ce n'est pas loin du club, donc il devait être environ huit heures moins vingt.

— Mrs. Page dînait chez les Leslie, dit Simon. Donc, d'après votre calcul, elle doit être arrivée chez eux au plus tard à huit heures moins dix.

— Je sais, dit Stella d'une voix misérable. J'ai joué les idiotes ! Je le comprends maintenant.

— Qu'est-ce que vous avez fait après avoir perdu de vue le taxi ?

— J'ai parqué ma voiture dans une rue latérale et je suis restée là.

— Pendant combien de temps ?

— Je ne sais pas. Cela ne m'a pas semblé très long, mais ça a peut-être duré une heure... ou deux ! (Elle eut un petit rire lugubre.) Ensuite j'ai mangé quelque chose dans un café de l'une des petites rues, je suis rentrée à la maison et... vous savez la suite.

Simon demanda encore :

— Avez-vous rencontré quelqu'un de votre connaissance ? Ou quelqu'un qui pourrait vous identifier, entre le moment où vous avez quitté le club et huit heures ? C'est à peu près le seul moment qui nous intéresse.

— Non, dit Stella, d'une voix lasse. Personne. Je n'ai pas d'alibi, capitaine Lang...

— C'est exact.

— Est-ce que Robert va savoir tout cela ?

— Non, à moins que vous ne le lui disiez vous-même, répondit Simon. Après tout, cela pourrait ne pas être une mauvaise idée, suggéra-t-il, d'un ton gentiment réprobateur.

— Je ne peux pas !

La voix de Stella était devenue dure.

— Il m'a posé la question ce matin et je lui ai dit que j'avais tout simplement décidé de voir Berlin et de dîner dans un café allemand, pour le plaisir ! A vous je n'ai tout raconté que parce que...

Elle s'arrêta et reprit d'une voix perplexe et un peu fâchée :

— Je ne sais pas pourquoi je vous ai dit tout cela.

« Parce que les gens lui disent des choses », pensa Miranda avec une ironie désabusée. Des choses qu'ils n'avaient pas l'intention de lui dire...

Elle se pencha à la fenêtre et regarda la partie ensoleillée de la pelouse. La pluie de la nuit précédente avait secoué les cerisiers, le sol était parsemé de pétales tombés, mais déjà de nouveaux bourgeons s'ouvraient pour prendre leur place. Le jardin semblait frais, propre et presque un peu trop ordonné. Il ne semblait pas possible qu'une femme y fût morte de mort violente quelques heures auparavant.

Mademoiselle, poussant sa bicyclette, tourna le coin de la maison et, voyant Miranda à la fenêtre, s'arrêta pour lui demander si elle avait bien dormi. Elle-même n'avait pas fermé l'œil, tant elle était inquiète et tant elle avait de peine pour cette pauvre, pauvre femme, si ignoblement tuée — sans aucun doute par des agents soviétiques. A Berlin, il y avait constamment des meurtres et des enlèvements du fait des Russes, on le lui avait dit pas plus tard que la veille.

Elle fut interrompue par Stella qui se pencha à la fenêtre pour lui demander si elle était sûre de connaître le chemin pour aller chez les Lawrence.

Oui, dit Mademoiselle. Elle le connaissait très bien et serait partie plus tôt si elle n'avait pas perdu du temps à répondre aux questions stupides des non moins stupides policiers. Mademoiselle acheva son discours en reniflant avec violence et partit en poussant sa bicyclette. Stella se tourna vers Miranda.

— Salut, Randa. Je ne savais pas que tu étais levée. Comment te sens-tu ?

— Terriblement mal ! Viens prendre une tasse de café.

— Je ne peux pas, dit Stella, en essayant de sourire. On est en train de me cuisiner.

— Veux-tu dire que ces stupides policiers n'ont pas encore

fini de poser leurs questions stupides ? demanda Miranda, haussant volontairement la voix.

Stella fronça les sourcils et répondit d'un ton acerbe :

— Ne sois pas sotte, Miranda !

Elle rentra la tête, Miranda entendit rire Simon Lang, puis la fenêtre fut fermée avec violence.

Miranda se versa une autre tasse de café qu'elle but lentement, tout en essayant de faire le point sur certaines choses. Elle, Miranda, s'était pendant un moment conduite comme ces personnages de roman qui jouent le jeu de l'assassin, en dissimulant les indices au lieu de crier au secours. Ce qui se comprenait puisqu'elle avait, après tout, reçu une série de chocs violents, et on pouvait lui pardonner d'y réagir de façon quelque peu extravagante.

Une chose restait incompréhensible : pourquoi, dans la brillante lumière du matin, ressentait-elle toujours cette panique qui lui avait fait arracher la robe tachée, et entendait-elle encore à son oreille le mot *présomption*. Bien entendu, c'était absurde. Il était impossible de la soupçonner, à moins de la croire atteinte de manie homicide, pour la simple raison qu'elle n'avait pas l'ombre d'un motif pour tuer le général Brindley ou Friedel Schultz, ni aucune relation avec l'un ou l'autre. Et poutant elle avait encore peur. Pourquoi ?

A cause de Simon Lang ! La réponse vint à son esprit comme si quelqu'un l'avait prononcée tout haut.

Il était possible que Simon Lang ait une bonne raison de la croire coupable de deux crimes, une raison qui avait échappé à Miranda, mais qui néanmoins était plausible, car il était peu vraisemblable que Simon perdît son temps sur des impossibilités. Il s'ensuivait donc qu'il y avait quelque part une relation entre le général Brindley, Friedel et elle, et un motif plausible pour qu'elle les ait assassinés l'un et l'autre !

Elle entendit la porte du salon s'ouvrir, Stella traverser rapidement le hall, monter l'escalier en courant, puis, un instant plus tard, fermer sa porte avec violence. Miranda posa sa tasse et se dirigea résolument vers le salon.

Simon Lang était appuyé contre le châssis de la fenêtre, les mains enfoncées dans ses poches, regardant le jardin. Il tourna la tête quand elle entra et lui adressa ce qui pouvait à la rigueur passer pour un sourire. Comme elle ne parlait pas, il reprit sa contemplation.

Miranda semblait avoir soudain oublié ce qu'elle voulait lui dire. Elle traversa la pièce lentement et, debout à côté de lui, regarda la pelouse sous le soleil, cherchant à retrouver l'aspect qu'elle avait le soir précédent et reprendrait quand le coucher du soleil en ferait à nouveau un endroit sombre, plein de mystère.

Quelque chose d'analogue devait aussi traverser l'esprit de Simon Lang, car il dit, à mi-voix : « Est-ce qu'il fait beau ? *Pourtant le jour deviendra le soir...* » Il ne finit pas la citation et Miranda, presque sans s'en apercevoir, continua : « *Et bientôt son soleil aura disparu, l'obscurité viendra et cela ne sera plus qu'une petite demeure.* »

Simon se tourna pour la regarder, les sourcils levés et un étrange éclat dans les yeux.

Miranda frissonna malgré le soleil brillant et remarqua :

— Ce jardin a vraiment l'air si banal et si calme. Il semble impossible qu'une telle chose puisse être arrivée ici.

— Vous avez oublié le premier vers de ce poème.

— Non, c'est vous qui l'avez omis : *Passant, prends garde !* J'étais le passant, mais comment aurais-je pu le savoir ?

Simon ne répondit pas et la pièce fut à nouveau silencieuse, autant que le jardin tranquille au-dehors.

Miranda soupira et s'écarta de la fenêtre.

— Je voulais vous demander quelque chose, dit-elle lentement : un mobile plausible pour que j'aie assassiné deux personnes qui m'étaient totalement étrangères.

Elle regarda Simon Lang en face, mais dans l'éclat du soleil, le visage de Lang semblait étrangement flou et, une fois de plus, complètement dénué d'expression, comme s'il portait un masque. Il ne prit pas la peine de confirmer ou d'infirmer ce qu'elle avait dit, mais se remit à regarder tranquillement le jardin.

— Quelle raison pourrais-je bien avoir eue ? insista Miranda. Je ne les connaissais ni l'un ni l'autre.

Simon observa tranquillement :

— Cela pourrait n'avoir pas été nécessaire.
— Je ne comprends pas.
— Vous ne comprenez pas ? Ça m'étonne.
Simon resta quelque temps silencieux, puis parla d'un ton méditatif :
— Les hommes assassinent pour diverses raisons, mais, en général, dans le cas des femmes, il n'y en a que deux. Il est tout juste concevable — seulement tout juste — que ces raisons puissent s'appliquer dans votre cas.
— Je ne comprends pas, répéta Miranda en colère.
— Si vous ne comprenez pas, vous n'avez pas besoin de vous faire du souci.
— Mais, je vous assure, je n'avais jamais même vu le général Brindley avant cet après-midi dans le train, insista Miranda.
— En effet, je ne le crois pas, dit Simon de façon inattendue.
— Et voilà ! Quant à Friedel, je n'avais pas échangé avec elle plus d'une douzaine de mots.
Simon la regarda quelque temps d'un air méditatif, puis annonça tranquillement :
— L'assassin du général pouvait ne le connaître que depuis quelques heures.
— Et Friedel ?
— Je crois que c'était une erreur, dit Simon.
Il regarda sa montre, ajouta « Il faut que je parte », et se dirigea vers la porte.
Miranda courut après lui et le prit par le bras.
— Mais vous n'avez pas répondu à ma question !
Simon regarda les doigts fins qui s'agrippaient à sa manche.
— Non, dit-il d'un air réfléchi, je ne crois pas avoir répondu.
Il détacha très doucement les doigts de Miranda, comme s'il écartait un objet fragile qu'il ne voulait pas abîmer. La porte du hall se ferma sans bruit derrière lui.
Miranda émit un son qui aurait pu être le cri d'un chaton furieux et effrayé. Tournant le dos à la porte, elle courut trouver Stella dans sa chambre.

# 13

Miranda frappa doucement. N'entendant aucune réponse, elle essaya d'ouvrir la porte et constata qu'elle était fermée à clé.

Une voix qu'elle ne reconnut pas tout de suite comme celle de Stella dit sèchement :

— Qui est là ?

— C'est moi. Je voulais seulement savoir comment tu allais.

Une clé tourna dans la serrure et la porte s'ouvrit.

— Excuse-moi, je ne t'ai pas entendue frapper. Entre. Est-ce que le capitaine Lang est parti ?

— Oui, répondit Miranda d'un ton peu communicatif.

Stella s'assit devant sa coiffeuse et commença à tripoter au hasard flacons et brosses. La regardant dans le miroir, Miranda vit, presque avec horreur, combien elle paraissait vieille : hagarde, désespérée, le teint cireux. Stella leva les yeux, rencontra le visage de Miranda dans la glace et eut un violent sursaut, renversant un flacon qui déversa un filet de lotion parfumée sur la coiffeuse. Miranda courut à elle et la prit dans ses bras.

— Qu'y a-t-il, Stel ?

Stella tressaillit, puis resta immobile, sans chercher à se dégager de l'étreinte, mais Miranda sentait que son corps était tendu et tremblant, et que Stella regardait son image dans le miroir comme si elle voyait celle d'une étrangère. Elle murmura d'un ton rauque :

— J'ai peur, Randa, *j'ai peur.*

Miranda resserra son étreinte et chercha le moyen de la convaincre que Robert ne la quitterait jamais pour Sally Page ou pour n'importe qui. Pour gagner du temps, elle demanda :

— De quoi peux-tu bien avoir peur, chérie ?

— D'être assassinée, murmura Stella.

Sous le choc de cette réponse inattendue, Miranda fit un pas en arrière.

— Que diable veux-tu dire ?

Les mains de Stella se crispèrent sur le bord de la coiffeuse.

— Quelqu'un voulait me tuer, me tuer *moi,* pas Friedel !

Miranda ouvrit la bouche pour s'exclamer : « Ne sois pas ridicule ! », mais, tout à coup, le souvenir de ce que Simon lui avait dit quelques minutes auparavant arrêta les mots sur ses lèvres. Sur le moment, préoccupée par ses propres pensées, elle ne s'était pas demandé ce qu'il avait voulu dire, en affirmant que Friedel avait sans doute été tuée par erreur.

Au bout d'un instant, elle parvint enfin à dire : « Ne sois pas sotte ! », mais elle parlait sans conviction.

— Je ne suis pas sotte, répliqua Stella. Il faisait nuit et elle portait mon manteau. Ne comprends-tu pas : quelqu'un a cru que c'était moi ! *Toi-même,* tu l'as cru. Tu aurais dû être sortie, c'est Mrs. Leslie qui me l'a dit, mais moi, j'aurais dû être là. Je te le répète, quelqu'un voulait me tuer, Randa !

— Mais, chérie, pourquoi ? Sois raisonnable ! Pourquoi quelqu'un voudrait-il te tuer ? Il est clair que quelqu'un en voulait à cette malheureuse femme et le fait qu'elle avait emprunté ton manteau n'a rien à voir avec cela.

Elle essayait de raisonner et de réconforter Stella, mais ne croyait pas elle-même ce qu'elle disait, car, si Lang pensait que Friedel avait été tuée par erreur, il devait avoir une bonne raison pour le faire. Mais qui voudrait tuer Stella ? Pour vouloir tuer quelqu'un, il faut le haïr d'une façon extraordinaire. Simon avait dit que les femmes tuaient en général pour l'une ou l'autre de deux raisons, qu'il n'avait pas spécifiées. La haine était-elle l'une de ces raisons ? Qui haïssait Stella ? Qui voulait l'éliminer ?

En un éclair, Miranda pensa : « Norah Leslie et Sally Page... »

— Non ! dit-elle. *Non !*

— Tu peux croire ce que tu veux, dit Stella d'une voix

tremblante, mais je sais que quelqu'un voulait me tuer. Je te répète que *je le sais*.

Miranda avait pensé tout haut, à Sally Page, jeune, jolie, un peu follette, qui s'imaginait être amoureuse du mari de Stella, ou à Norah Leslie qui haïssait Stella pour une raison inconnue. Mais ni l'une ni l'autre n'était capable de meurtre, et l'idée que Friedel eût été tuée par erreur était absurde. Cela *devait* l'être ! Simon s'était trompé, et Friedel avait été tuée pour une raison sans rapport avec Sally ou Norah.

Miranda chercha à le faire admettre à Stella, mais celle-ci était terrorisée au point de ne plus pouvoir entendre raison. Elle était au bord de la dépression totale, sous l'influence combinée de son aversion insulaire envers les étrangers, de sa jalousie à l'égard de Sally Page et du choc des deux meurtres. Elle se bornait à répéter « Je sais que c'était moi qu'on visait » en réponse à tous les arguments de Miranda.

Miranda, patiente, fit une nouvelle tentative :

— Comment peux-tu être si certaine ? Connais-tu une raison pour que quelqu'un veuille te tuer ?

— *Oui...*, murmura-t-elle si bas que Miranda put tout juste l'entendre. Stella ne la regardait même pas, elle regardait devant elle comme si elle voyait quelqu'un ou quelque chose d'invisible pour Miranda. Il y avait dans ses yeux une telle terreur que le cœur de Miranda s'arrêta un instant.

Elle ajouta rapidement :

— Si tu penses à Sally Page... je crois...

— *Sally ?* interrompit Stella, regardant à nouveau Miranda. Que diable vient faire Sally Page dans tout cela ?

Elle semblait réellement très surprise.

— Rien, dit Miranda en hâte. Stel, cette raison que tu connais, cette raison pour que quelqu'un puisse vouloir te tuer, qu'est-ce que c'est ?

Le visage de Stella perdit toute expression. Ses yeux d'un bleu violacé n'exprimèrent plus la terreur, mais la prudence. Elle resta un moment silencieuse, puis, prenant une houppette sur la coiffeuse, répondit à Miranda par-dessus son épaule.

— Mais non, je ne connais aucune raison. Comment le

pourrais-je ? C'est seulement parce que cette femme portait mon manteau. N'en parlons plus, pour l'amour du ciel, Randa. Mon Dieu, de quoi j'ai l'air ! Il faut que je m'arrange avant le retour de Robert !

— Où est-il ? demanda Miranda, trop heureuse de changer de sujet.

— Il voit des tas de gens à propos de cette histoire. Il rentrera déjeuner ; tu pourrais descendre voir si la cuisinière s'en occupe ? Elle s'est conduite d'une façon très bizarre. Je me demande où les Allemands ont acquis leur réputation de solidité. Ils me semblent s'effondrer en larmes et faire des crises de nerfs pour la moindre chose ! Oh, je crois que je ne peux plus parler de tout ça. Va voir, s'il te plaît, chérie. Robert doit rentrer d'une minute à l'autre.

Robert était déjà là ; Miranda le trouva dans le salon avec Harry et Elsa Marson. Ils conversaient debout à voix basse, mais s'arrêtèrent à son entrée et se tournèrent tout de suite vers elle.

Miranda leur trouva une curieuse ressemblance malgré leur aspect différent. Un instant perplexe, elle se rendit compte que leur trait commun était en fait la tension nerveuse. Ils s'étaient tournés en même temps vers elle et ces trois visages qui lui faisaient face avaient la même expression de fatigue et de prudence. Cela ne dura qu'un instant, puis l'atmosphère se détendit et Robert intervint :

— Oh, c'est toi, Randa. Je pensais...

Il ne finit pas sa phrase et se tourna vers Mrs. Marson :

— Elsa, prenez un cognac à l'eau de Seltz au lieu de ce sherry. Vous avez l'air d'en avoir besoin. Nous en avons tous besoin.

— Non, merci, dit Mrs. Marson. Je crois qu'il est temps de partir.

« Elle paraît très malade », pensa Miranda. Son visage avait changé depuis leur première rencontre pendant ce fatal voyage vers Berlin. Il semblait vieilli, comme celui de Stella, mais ce n'était pas tout : il paraissait plus mince, d'une certaine façon moins anglais. Elsa s'était généreusement maquillée comme pour dissimuler ce changement, mais les plaques de rouge sur ses joues ne servaient qu'à accentuer leur maigreur et la curieuse couleur grisâtre de sa peau. Aucun maquillage n'aurait pu dissimuler les cernes sous ses yeux brillants de fièvre. Elle donnait la même impression que Stella : hagarde, peinturlurée et effrayée. « Et moi, se dit Miranda, ai-je l'air aussi terrorisée ? »

Harry Marson s'adressa à elle :

— Salut, Miranda. C'est une foutue histoire, n'est-ce pas ? (Il acheva son verre d'un trait.) Depuis l'aurore, ça grouille ici de policiers, ou tout au moins nous en avons l'impression : Polizei, F.B.I., gendarmes français, et le vieil oncle Cantrell — Sherlock Holmes. Toutes les polices alliées paraissent s'intéresser au décès de votre ancienne femme de chambre, et il est probable que, dans quelque temps, nous serons tous interrogés par une équipe de camarades du N.K.V.D. !

Robert dit, très aimablement :

— La ferme, Harry !

Harry Marson lui jeta un rapide regard et rougit sous son hâle. Mal à l'aise, il s'éclaircit la gorge et proposa :

— Je pense que nous ferions mieux de partir. Je vous conduirai au bureau après le déjeuner.

— Vers trois heures, dit Robert.

— O.K. Viens, Elsa.

Ils sortirent par la porte-fenêtre et coupèrent au plus court à travers le jardin des Leslie pour rentrer chez eux.

Au déjeuner, Stella parut calme et soignée, au moins en apparence. Il semblait impossible que ce fût la même femme qui, si peu de temps auparavant, s'était effondrée devant son miroir, hystérique et terrifiée. Elle portait maintenant un tailleur couleur feuille morte qui mettait en valeur les reflets cuivrés de ses cheveux blonds. Elle s'était maquillée consciencieusement, mais ses mains tremblaient encore un peu et le rimmel appliqué avec soin ne pouvait cacher qu'elle avait les yeux rouges.

Robert alla à sa rencontre au pied de l'escalier. Il la prit dans ses bras et la serra contre lui un instant, tout en la regardant dans les yeux. Il l'embrassa doucement et la lâcha.

— Très réussi, chérie, fit-il d'un ton approbateur.

Un peu de couleur monta aux joues de Stella. Son corps et son visage semblèrent se détendre. Elle lui sourit avec chaleur et tendresse. Ils se dirigèrent vers la salle à manger, bras dessus, bras dessous.

Peu après trois heures, il y eut un coup de klaxon.

— C'est Harry, dit Robert. Chérie, je vais encore rentrer tard ce soir. Je regrette, c'est particulièrement pénible en ce moment, mais on s'affole quelque peu dans les milieux internationaux ; le chef a du travail et des soucis par-dessus la tête. Je reviendrai dès que je pourrai, mais ce ne sera peut-être pas avant huit heures. Au revoir, ma douce. Essaie de ne pas te faire trop de soucis. Tout ira bien et, dès qu'on ne parlera plus de cette histoire, je verrai si je ne peux pas obtenir une petite permission ; nous irions passer dix jours en Italie. Aimerais-tu ça ?

— Non, répondit Stella avec un pauvre sourire. Franchement, chéri, j'aimerais mieux dix jours dans une pension de famille à Blackpool, ou dans un agréable chalet d'un village de vacances Butlin[1]. Cette brave Grande-Bretagne me suffit et j'ai l'impression que, de toute ma vie, je n'aurai pas envie de revoir une étrangère hystérique.

Robert rit et se baissa pour l'embrasser :

— Eh bien, ce sera Butlin. Si j'étais riche, au lieu d'être un type impécunieux qui n'a pas encore droit au minimum de pension, je quitterais l'armée demain et me mettrais à élever des porcs. Ça ne fait rien, ma douce, un jour je prendrai ma retraite et nous irons dans une gentille maison desservie par une ligne d'autobus, loin de tout danger. Et nous aurons des poules au fond du jardin.

— Cela serait le paradis, dit Stella en riant. Mais pourquoi une nouvelle maison ? Pourquoi pas Mallow ?

— Ma chère petite, expliqua Robert, en prenant sa casquette, d'ici à ce que je puisse me permettre de demander ma retraite, ou à ce que je sois fichu à la porte, la commission du logement de la commune aura exproprié Mallow en vertu d'un règlement ou d'un autre, et l'aura transformé en

1. Homologue anglais du Club Méditerranée. (N.d.T.)

logements ouvriers. Et ce serait une bonne chose ! Au coût actuel de la vie, Mallow revient aussi cher qu'un éléphant blanc.

Harry, impatienté, klaxonna à nouveau. Robert attira Stella contre lui, l'embrassa encore, tenant un moment sa joue contre la sienne. Il jeta un coup d'œil anxieux à Miranda et lui recommanda :

— Aie soin d'elle, Randa.

Stella se dégagea avec un petit rire.

— C'est Miranda qui a besoin qu'on s'occupe d'elle, chéri, pas moi. Randa s'est trouvée en plein dans l'affaire.

— Eh bien, alors, ayez soin l'une de l'autre.

Il tendit le bras, ébouriffa affectueusement les cheveux de Miranda, l'embrassa sur la joue et partit.

L'après-midi, deux hommes vinrent interroger Stella : le colonel Cantrell, que Miranda avait vu pour la première fois dans la salle d'attente de la gare de Charlottenburg, et un policier allemand. Mais ils ne demandèrent pas à voir Miranda, qui retourna dans le jardin et s'assit à côté du tas de sable où jouait Lottie, surveillant avec anxiété les fenêtres du salon.

Pourquoi tracassaient-ils ainsi à nouveau Stella ? Etait-ce parce qu'elle n'avait aucun alibi pour la soirée précédente ? Mais Stella ne pouvait évidemment pas avoir tué quelqu'un qu'elle aurait pris pour elle-même ! A moins que Simon ne se soit trompé et qu'il n'y ait pas eu erreur. Peut-être aussi pensaient-ils que Stella pouvait avoir assassiné Friedel, et eu l'idée brillante de lui passer son propre manteau pour donner l'impression d'une erreur sur la personne ; elle se serait ainsi fourni une espèce d'alibi, puisqu'elle ne pouvait rien prouver quant à son emploi du temps. Peut être raisonneraient-ils comme cela, mais c'est qu'ils n'avaient pas vu Stella ce matin dans sa chambre, comme Miranda l'avait vue. Stella avait peur. Terriblement peur de mourir. Sa peur était authentique. Et, malgré sa dénégation, il était tout à fait évident qu'elle avait pour cela une raison particulière qu'elle gardait secrète.

Marson... ? Etait-ce Elsa Marson qui avait parlé à Friedel sur le palier de l'hôtel, pendant cette première matinée passée à Berlin ?

Où avait-elle été hier soir, et qu'avait-elle fait dans le Jardin du Souvenir soviétique ? Miranda soupira et abandonna le problème, nostalgique une fois de plus à la pensée de son petit appartement confortable près de Sloane Street.

Le colonel Cantrell et le policier allemand ne restèrent qu'une demi-heure et, vers cinq heures, Stella suggéra d'aller à la piscine du stade, où Lottie et les enfants Lawrence prenaient une leçon de natation. Elle n'avait pas parlé de l'interrogatoire, mais ses yeux étaient trop brillants et ses joues trop rouges, ce qui inquiéta Miranda. Stella faisait évidemment un effort pour paraître normale, et se montrer gaie et bavarde ; elle s'était contentée de se livrer à une satire des femmes d'officiers chez les Lawrence.

— Je me demande s'il nous faut de l'essence ? dit Stella en faisant démarrer la voiture et en la sortant avec précaution. Je crois qu'il y a un bidon de réserve quelque part.

Miranda se pencha pour regarder la jauge.

— Non, tu as plus de dix litres dans le réservoir. Ce n'est pas loin, n'est-ce pas ?

— Trois kilomètres tout au plus, je crois.

Stella soupira et ajouta :

— Te rappelles-tu quand nous avons acheté cette voiture ? C'était en 1950, Robert avait eu une permission. Nous sommes allés dans le Dorset. Oh, ces chemins et ces haies anglaises paisibles ! Et me voici conduisant sur une autoroute berlinoise. Cela semble tout à fait étrange.

— Ne t'en fais pas, chérie, dit Miranda. Un jour, tu la conduiras à nouveau sur les chemins anglais. Elle y a déjà fait un bon nombre de milles, dix-sept mille trois cent trente-deux exactement. Je ne vois donc pas de raison pour qu'elle ne roule pas un peu sur les autoroutes allemandes avant de retrouver les haies d'Angleterre.

— Il n'y aura pas de haies anglaises, dit Stella d'un air sombre. Ce sera une foutue forêt de bambous ou une plantation de caoutchouc, et je suppose que nous devrons peindre la bagnole d'une triste couleur vert jungle.

De l'entrée est du stade — où avaient eu lieu les réunions de la jeunesse hitlérienne et les jeux Olympiques pendant la période nazie —, la route contournait un vaste amphithéâtre puis longeait des terrains de sport gazonnés, jusqu'au grand bâtiment où se trouvait la piscine intérieure.

Stella parqua la voiture. Elles franchirent de hautes grilles, suivirent un large chemin, puis descendirent quelques marches près d'une grande piscine en plein air, aux trois quarts pleine d'une eau stagnante et sombre, que flanquaient un taureau et une vache de bronze, et atteignirent enfin la grande piscine couverte.

Après l'air vif du soir, l'atmosphère leur parut intolérablement humide et étouffante dans la piscine chauffée. Elles la supportèrent pendant une heure, après quoi Mrs. Lawrence, qui assistait aussi à la leçon de natation de sa progéniture dans la piscine réservée aux débutants, les invita à prendre un verre chez elle pour que Stella puisse dire bonsoir à Lottie.

La maison se trouvait à moins d'un kilomètre de l'entrée ouest du stade, dans une avenue tranquille bordée d'arbres. Elles y arrivèrent peu après six heures et demie et furent accueillies au salon par Katy Lawrence, qui envoya les enfants dîner sous la surveillance de Mademoiselle et s'excusa de l'absence du colonel.

— La vie n'est pas drôle pour lui en ce moment, expliqua-t-elle en servant le sherry. Les problèmes internationaux sont très aigus en ce moment. George pense que je n'en sais absolument rien, mais bien entendu il se trompe. Ils doivent tous assister ce soir à une conférence, ce qu'ils appellent un « briefing », de quelqu'un de l'état-major, Toddy Pilcher, que j'ai toujours considéré comme un petit bonhomme prétentieux. Et puis, il y aura une allocution du commandant en chef demain soir. George dit que Toddy a insisté pour avoir un projecteur dans la salle. Des diapositives, quelle idée ! Pour moi, cela fait terriblement scolaire. On n'a pas sonné ? Espérons que c'est enfin Monica Bradley, avec ses trucs pour la vente de charité !

C'était Sally Page, introduite par une ordonnance en veste blanche ; elle avait le même air tendu et fatigué que Miranda avait vu sur le visage de Stella et de Mrs. Marson, et aussi sur le sien quand elle se regardait dans une glace. Pourtant, cela n'enlaidissait ni ne vieillissait Sally ; elle paraissait seulement fragile, enfantine et pitoyable ; les légers cernes sous les yeux bleu myosotis ne faisaient que les mettre en valeur.

Sally était seulement venue pour prévenir qu'elle ne pourrait pas aider à la vente de charité la semaine suivante, mais qu'elle avait permuté avec Esmé Carroll. Mrs. Lawrence y voyait-elle un inconvénient ? Elle prit le temps de boire un verre de sherry et demanda à Stella et Miranda de venir chez elle le soir même.

— Dites que vous viendrez ! supplia Sally. Je désire tant que vous voyiez mon appartement et Andy sera content de vous montrer les photos qu'il a prises de moi. Et puis je vais faire peindre le salon et je voudrais votre avis sur la couleur. J'ai entendu dire que le vôtre est ravissant, Mrs. Melville. Vous viendrez, n'est-ce pas ?

Miranda vit Stella pâlir et sa bouche se crisper. Sa voix était nettement métallique quand elle répondit d'un ton acerbe :

— Je suis sûre que Miranda sera ravie d'y aller, mais moi, je ne suis pas libre ce soir, je le regrette.

Miranda accepta — elle ne pouvait guère faire autrement après ce que Stella venait de dire. Sally lui adressa un sourire désarmant et, ayant obtenu ce qu'elle voulait, se mit à parler du meurtre de Friedel. Stella se leva soudain et prétexta qu'elle devait aller dire bonsoir à Lottie pour sortir. Miranda essaya de changer le sujet de la conversation, mais sans succès, car son hôtesse était bien trop intéressée pour abandonner un thème aussi passionnant.

— Nous avons reçu la visite de la police ce matin, raconta Sally, à la fin d'une longue et enthousiaste dissertation sur le meurtre. Non, pas tout à fait la police, je suppose, mais ce Lang qui est si gentil, et un autre homme qui est resté assis sans ouvrir la bouche, un assez beau garçon avec des cheveux bruns. Ils voulaient savoir ce que nous faisions hier soir. Vraiment ! Comme si l'un de nous était susceptible de passer son temps à frapper des femmes de chambre allemandes avec des tisonniers. Après tout, ça pourrait être une bonne chose, parce que vous n'avez pas idée de la créature que la Bourse du travail nous a envoyée.

— Elle prétend s'appeler Sonia, et je suis tout à fait sûre

que c'est une espionne soviétique. Elle se trimballe toute la journée avec ses grosses bottes russes et ne se lave *jamais*. Elle est censée être cuisinière, mais n'est même pas capable de cuire une pomme de terre et, quand je m'en suis plainte, elle a rétorqué qu'elle ne connaissait pas la cuisine anglaise, seulement la cuisine allemande. Bien entendu, je lui ai dit : « Eh bien, nous mangerons de la cuisine allemande, j'aime beaucoup goûter des plats étrangers. » Mais il semble que sa cuisine allemande soit comme sa cuisine anglaise, en pis. Je veux dire qu'elle se contente de déverser des quantités de graisse sur tous les plats, et c'est tout.

Elle s'arrêta pour reprendre haleine et Miranda, craignant que la conversation ne revienne sur le meurtre, se hâta d'enchaîner :

— Eh bien, personnellement, je pense que vous avez bien de la chance d'avoir des domestiques. S'il y a une chose que je déteste, c'est peler des pommes de terre et laver de la vaisselle grasse.

Mais Mrs. Lawrence n'était pas disposée à se laisser entraîner dans une discussion sur les domestiques. Elle ramena la conversation au sujet qui l'intéressait.

— Mais pourquoi vous a-t-on interrogés à propos d'hier soir ? Est-ce qu'ils vous l'ont expliqué ?

— Oh oui, mais ce n'était vraiment pas grand-chose. Seulement pour savoir si l'un de nous avait vu quelqu'un rôder aux alentours ou remarqué une voiture arrêtée au bout de l'avenue. Des trucs comme ça. Et les alibis, bien entendu. Simon Lang a dit que les choses seraient plus claires si chacun de nous pouvait fournir un alibi.

— Pourquoi « chacun » ? demanda Mrs. Lawrence, intriguée. Andy était certainement à dîner dans la zone américaine ?

— Non, dit Sally, c'est vraiment *trop* bête : je me demande comment il a pu faire une erreur aussi stupide — mais il s'est trompé de jour, il est rentré se coucher.

— Cela signifie qu'il n'a pas d'alibi ?

— Oh non, je crains que lui et moi soyons rayés de la liste des suspects, dit Sally, à regret.

Sally, qui semblait ne lire que de la littérature d'évasion, aurait visiblement aimé être témoin dans une affaire de meurtre, pensa Miranda avec irritation en remarquant le ton de sa voix ; elle se voyait probablement dans le rôle d'une frêle et délicate héroïne de roman policier, et aurait trouvé agréablement excitant d'être soupçonnée.

— Andy ne parvenait pas à faire fonctionner l'ascenseur, expliqua Sally. Il est allé chercher le concierge, un vieux bonhomme bien gentil, qui l'a dépanné. Andy lui a offert un verre de bière et, heureusement, a remarqué qu'il était juste huit heures à l'horloge de notre salle à manger. Il a même raconté au concierge qu'il ne m'avait manquée que d'environ un quart d'heure, et qu'il serait obligé de préparer son dîner.

— Et vous ? demanda Mrs. Lawrence. Avez-vous dû fournir un alibi ?

— Oh oui ! Le mien est parfait. Je suis arrivée chez les Leslie à huit heures moins dix et j'ai dit : « J'espère que je ne suis pas en retard. » Je ne pensais pas l'être, mais j'ai demandé ça comme ça, par politesse. Le colonel Leslie a regardé sa montre et a répondu : « Vous êtes presque exactement à l'heure, il est huit heures moins dix. » Le beau garçon aux cheveux bruns l'a noté dans un carnet et a dit : « Cela concorde avec la déposition du colonel Leslie. » Parce qu'ils ont aussi interrogé les Leslie.

— Mais *pourquoi* ? Comment pouvaient-ils croire que l'un de vous pourrait avoir une raison quelconque d'assassiner une domestique allemande inconnue ? C'est absurde !

— Je suis tout à fait d'accord, mais d'après Andy, la police — ou la Security and Intelligence Branch, ou le MI 5, ou l'organisme qui fait toutes ces histoires à propos du meurtre — pense qu'il y a un certain rapport avec l'assassinat du général.

— Parfaitement ridicule, énonça Mrs. Lawrence d'un ton ferme. Ils ne peuvent pas avoir une idée pareille !

— Alors pourquoi ont-ils interrogé les mêmes personnes ?

— Quelles personnes ?

— Le onze de cricket de Lang, glissa Miranda, qui regretta ses paroles l'instant d'après.

— Le onze de cricket de Lang ? Que voulez-vous dire ? Quel onze ?

— Rien, dit Miranda, mal à l'aise. Seulement qu'il y avait onze personnes qui auraient pu assassiner le général, juste de quoi former une équipe de cricket ; et la plupart d'entre elles semblent avoir été interrogées à nouveau au sujet du second meurtre.

— Pas la plupart d'entre elles, rectifia Sally Page, toutes.

— Comment le savez-vous ?

— Je me suis renseignée, tout simplement, dit Sally.

Elle les énuméra sur ses doigts de lycéenne.

— Andy et moi, Elsa et Harry Marson, les Leslie, Miranda et cette Suissesse, Mademoiselle quelque chose, et Mrs. Melville et Bob et...

— Bob... ?

Ce nom, qui ne lui était pas familier, intrigua Miranda. Sally rougit.

— Robert. Nous avions l'habitude de l'appeler Bob quand il était en Egypte. Il y a encore Mrs. Wilkin, bien sûr. Ils l'ont interrogée aussi, le croiriez-vous ?

Elle eut un joli rire frivole. Mrs. Lawrence s'enquit :

— Wilkin ? La mère de ce terrible gosse au visage taché de son ?

— Vous voulez parler de Wally, n'est-ce pas ? dit Miranda. Où l'avez-vous rencontré ?

— Ma chère, il a littéralement infesté ma maison toute la journée ! Il semble être le copain favori de Lottie. Mademoiselle a fait de son mieux pour l'expulser, mais je crois qu'il est revenu en escaladant le mur.

Des exclamations de désolation parvinrent de l'étage jusqu'au salon. Stella réapparut, l'air soucieux.

— C'est Lottie, dit-elle en s'excusant. Elle a oublié à la piscine son assommant petit ours en porcelaine, et elle ne veut pas s'endormir sans lui.

— Oh là là ! s'exclama Mrs. Lawrence, je crois que la voiture est partie chercher George. Je dirai au chauffeur d'aller à la piscine dès qu'il sera rentré.

— Ne vous donnez pas cette peine, je pouvais le faire, mais

Mademoiselle a proposé d'y aller elle-même à bicyclette. C'est vraiment à côté. Après tout, Mademoiselle aurait dû s'assurer que Lottie n'avait pas oublié son jouet, donc c'est à elle de le chercher, n'est-ce pas? Est-ce qu'on la laissera entrer?

— Bien sûr! on l'arrêtera probablement à la porte pour lui demander où elle va, mais on la connaît. Elle y a emmené les enfants en promenade cet après-midi, et George lui a donné un laissez-passer pour le cas où quelqu'un lui poserait des questions. Dans un mois ou deux, quand ils auront transporté au stade tous les bureaux, ils deviendront probablement enragés de sécurité, mais pour l'instant personne ne s'en préoccupe beaucoup. On arrête plutôt les voitures immatriculées en Allemagne, mais toutes nos voitures passent librement à cause de la plaque B.Z., qui veut dire British Zone.

— Alors tout va bien, heureusement, dit Stella. Je dois reconnaître que la dernière chose que j'aie envie de faire est de retourner à la piscine et de passer vingt minutes à chercher un petit jouet en porcelaine. Dieu merci, Mademoiselle est plus solide. J'espère seulement qu'elle a un phare pour sa bicyclette car le soir tombe. Randa, puisque tu vas voir Mrs. Page, je crois que je vais rentrer chez moi et prendre un bain chaud avant le retour de Robert. Bonsoir, Mrs. Lawrence, et merci encore pour avoir accepté Lottie. C'est vraiment très aimable à vous.

Mrs. Lawrence la reconduisit à la porte, tandis que Sally Page allait téléphoner à Andy pour le prévenir qu'elle ramenait Miranda. Cela prit un temps invraisemblable et, quand enfin elle revint, elle était rouge de colère. La raison en fut immédiatement évidente dès qu'elles arrivèrent chez Sally mais Miranda le comprit trop tard : l'objectif de Sally avait été de la faire servir de tampon entre elle et son mari. Il devait y avoir eu une grave dispute entre les Page mais, à cause de la présence de Miranda, Andy était obligé de jouer aimablement son rôle d'hôte, d'offrir à boire et de soutenir la conversation.

L'appartement était grand, sombre et déprimant. Sally

semblait n'avoir guère essayé de l'améliorer. Dans le salon, mal chauffé et peu confortable, on sentait une forte odeur de térébenthine.

— Les peintres sont venus, expliqua Andy d'un air mélancolique.

Sally insista pour que Miranda reste dîner avec eux ou les accompagne au Club, mais Andy ne confirma pas l'invitation, et quand Miranda refusa fermement, proposa tout de suite de la ramener, ajoutant d'un ton sec, que, comme c'était le jour de sortie de Sonia, Sally ferait mieux de s'occuper du dîner.

Pendant le trajet, il fut morose et taciturne et, au grand soulagement de Miranda, il refusa son invitation, faite du bout des lèvres, d'entrer prendre un verre. L'ayant déposée à la grille, il démarra à toute vitesse sans attendre de la voir atteindre la porte d'entrée.

Ce fut Robert qui répondit au coup de sonnette.

— Salut, Randa, tu arrives juste à temps pour dîner. Frau Herbach a insisté pour partir avant la nuit, et j'ai donc joué les cuisiniers. Ne t'inquiète pas, ce sera tout à fait mangeable, je me suis contenté de réchauffer ce qu'elle avait préparé. Dis à Stella de se dépêcher pendant que je remplis les plats.

Il disparut dans la direction de la cuisine. Miranda était au milieu de l'escalier quand elle se rappela qu'elle avait laissé son sac à main dans la voiture de Stella. Comme il contenait son rouge à lèvres et sa houppette à poudre, elle redescendit, prit la clef du garage accrochée près de la porte du hall et sortit, laissant la porte ouverte.

Une bouffée de vent secoua quelques secondes les branches des arbres devant le réverbère voisin de la barrière, projetant des ombres mouvantes sur la façade. L'avenue paraissait longue, obscure et déserte. Miranda frissonna et parcourut rapidement le petit chemin menant au garage.

Celui-ci était froid et sentait désagréablement le renfermé, l'essence et la moisissure. L'unique ampoule au plafond ne servait qu'à rendre plus obscur l'intérieur de la voiture. Miranda alluma le tableau de bord, mais son sac n'était pas là et elle comprit que Stella avait dû le prendre avec elle.

Ayant éteint le tableau de bord, elle claqua la portière de la voiture et crut, au même instant, entendre quelque chose derrière elle, un bruit rapide, furtif, comme un grattement. Elle se retourna, tenant toujours la poignée, écouta, tendue, mais la bouffée de vent avait cessé, la nuit était à nouveau calme et rien ne bougeait.

Dans l'ombre dense portée par la voiture, des caisses vides étaient empilées contre le mur du fond ; au-dessus, une petite fenêtre obscure, entourée de toiles d'araignées, contrastait avec le mur blanchi à la chaux. Au-delà de la porte ouverte, le chemin était sombre et vide. La lumière venant du garage éclairait les lilas des deux côtés de la petite rampe bétonnée qui allait jusqu'à la route. Leurs fleurs immobiles se découpaient sur l'obscurité environnante, comme des décors de théâtre éclairés par des projecteurs.

Miranda ne bougeait toujours pas. Ses doigts, crispés sur la poignée, étaient raidis comme par le froid. Son cœur battait d'une façon bizarre, irrégulière. Avait-elle réellement entendu quelque chose, ou seulement l'écho du bruit qu'elle avait fait en claquant la porte ? Y avait-il quelqu'un caché parmi les caisses vides, ou guettant dehors, derrière les lilas, qu'elle ait éteint la lumière et se soit retournée pour fermer la porte à clef ? L'attendait-on comme on avait attendu Friedel ? Le garage silencieux et la nuit calme au-dehors semblaient eux aussi attendre. Dans le silence, les battements de son cœur semblaient résonner.

Une ombre tremblotante passa rapidement sur le mur et la gorge de Miranda se serra, mais ce n'était qu'un gros moustique attiré par la lumière de l'ampoule nue. Puis soudain, l'étreinte de la terreur se desserra. Miranda respira profondément et, allant d'un pas rapide à la porte du garage, éteignit la lumière en tremblant. Fermant la porte derrière elle, elle s'enfuit vers la maison.

Stella descendait l'escalier du hall, mais elle s'arrêta à la vue du visage livide de Miranda, une main serrant la rampe, l'autre sur la gorge, les yeux agrandis de terreur.

— Qu'y a-t-il ? Qu'est-il arrivé ?

— Rien. Je... je suis allée au garage pour chercher mon sac à main dans la voiture, et j'ai cru entendre quelqu'un ou quelque chose. Ce n'était probablement qu'un chat ou un hibou, mais j'ai les nerfs dans un tel état ces jours-ci que j'ai été prise de panique et que j'ai bondi jusqu'à la maison. C'est tout.

Stella chancela ; Miranda courut à elle et l'enlaça.

— Je regrette, s'excusa Stella, mais j'ai eu peur en t'entendant rentrer au pas de course comme ça. J'ai cru pendant un instant qu'il était arrivé quelque chose de terrible.

— Il est arrivé quelque chose de terrible, annonça Robert, sortant brusquement de la cuisine : j'ai laissé la soupe déborder. Vous n'avez aucune idée des dégâts. Pour l'amour de Dieu, chérie, viens m'aider à remettre les choses en ordre !

La tension disparut du visage de Stella ; elle rit et, écartant le bras de Miranda, courut à lui.

— Nous dînerons dans la cuisine, comme cela nous pourrons tout servir dans les casseroles, cela économisera de la vaisselle.

— Non, dit Robert, il y a de la soupe brûlée sur tout le dessus de la cuisinière et l'odeur est abominable. Dînons dans la salle à manger.

— Cela sent horriblement mauvais, en effet, dit Miranda fronçant le nez. On dirait de l'essence.

— C'est moi, dit Robert, mais ce n'est pas de l'essence, c'est de la térébenthine. J'en ai renversé environ un quart de litre sur mon pantalon. Notre chère gouvernante l'emploie pour éloigner les mites, et j'ai renversé la bouteille mal bouchée qu'elle avait laissée dans la salle de bains, sur l'appui de la fenêtre.

— Cela va bien avec la soupe brûlée, commenta Miranda d'un ton léger en montant se faire une beauté pour le dîner.

Une certaine quantité de soupe devait avoir survécu, car, lorsqu'elle réapparut dans la salle à manger, Robert avais mis trois assiettes pleines sur la table et Stella était déjà en train de manger, avec précaution.

— Qu'est-ce qui t'a ainsi paniquée dans le garage, Miranda ? s'enquit Robert.

— Je cherchais mon sac à main. Je n'ai pas été paniquée, tout au moins pas beaucoup...

— Eh bien, la prochaine fois que tu voudras faire des recherches dans l'obscurité, appelle-moi d'abord et je t'accompagnerai comme garde du corps, armé du revolver qui est à présent caché dans mon armoire sous une pile de caleçons. Depuis hier soir, j'ai même pris la précaution de le charger.

Stella blêmit subitement.

— Robert ! Tu ne veux pas dire... tu ne penses pas vraiment...

— Bien sûr que non, chérie, c'était seulement une mauvaise tentative pour être drôle. Tout de même, je préférerais que vous cessiez toutes les deux de vagabonder la nuit, dans l'intérêt de vos nerfs en tout cas. As-tu trouvé ton sac, Randa ?

— Non, j'ai allumé le tableau de bord et j'ai cherché, mais...

— Je l'ai rapporté, interrompit Stella. Je voulais te le dire, mais je n'y ai plus pensé à cause de Robert et de sa soupe. Il est au salon.

— Je suis rassurée. Mon unique rouge à lèvres est dedans, ce qui explique pourquoi j'ai l'air plutôt pâlotte en ce moment.

— C'est absurde, affirma Robert, se tournant pour la regarder. Tu devrais savoir, ma chère Miranda, que ton visage est l'un des rares qui sont d'autant plus beaux qu'on y touche moins. Ce sont les plans, ou quelque chose... je suppose que c'est pour cela que tu es si photogénique. Quant au rouge à lèvres, tu n'en as pas besoin. Tu as une bouche comme cette belle préraphaélite de la Tate Gallery, Mona quelque chose. Celle qui est habillée de deux rideaux de brocart et de colliers rouges et qui tient un éventail de plumes hideux.

— Robert, c'est très inattendu de ta part, fit Miranda surprise. Je ne pensais pas que tu fréquentais la Tate...

— Je ne la fréquente pas, reconnut Robert enlevant les assiettes à soupe et commençant à découper le mouton froid. La comparaison n'est pas de moi. Je regardais vaguement une reproduction de ce chef-d'œuvre dans une publication plus ou moins artistique chez Katy Lawrence, et j'ai dit que cette personne me rappelait vaguement quelqu'un. C'est votre ami

Lang qui a remarqué alors qu'elle avait votre bouche. Il avait parfaitement raison !

Miranda rougit. Stella la regarda avec intérêt, mais ne dit rien.

— Ça me rappelle quelque chose, dit Robert tout en passant le mouton ; comment se fait-il que tu connaissais le numéro de téléphone de ce type, jeune Randa ? J'ai appris que tu l'avais appelé au secours.

— Il me l'avait donné, dit Miranda brièvement, se rendant compte avec colère qu'elle rougissait à nouveau.

Robert lui jeta un coup d'œil amusé et moqueur.

— Et tu l'as gardé serré dans ta main depuis, je suppose ?

— Non, rétorqua Miranda froidement. Je n'en avais pas besoin. J'ai une mémoire extraordinaire pour les chiffres. Si je les ai vus écrits, je peux les visualiser à nouveau comme si je les avais photographiés.

— Oh zut ! interrompit Stella. Voilà que j'ai renversé la mayonnaise. Vite, Robert, donne-moi un torchon.

Simon Lang fut oublié dans le tumulte qui s'ensuivit et Miranda, profondément reconnaissante envers Stella pour son interruption, se hâta de changer de sujet.

# 14

— Où est Mademoiselle ? demanda Robert en empilant les assiettes sales dans le passe-plat. Est-ce qu'elle dîne chez les Lawrence ? Je croyais qu'elle devait rentrer ?

— Oui, en effet, dit Stella. J'espère que tu lui as laissé un peu de soupe.

— Pas une goutte, à moins qu'elle ne se donne la peine d'en gratter sur le linoléum. Mais il reste des quantités de mouton froid et de salade.

Stella regarda l'heure et fronça les sourcils.

— Il est presque dix heures, remarqua-t-elle d'une voix troublée. Je ne m'étais pas rendu compte qu'il était si tard. Elle devrait être là maintenant. Elle est probablement dans la cuisine.

— Non, elle n'y est pas, répondit Robert, après y avoir jeté un coup d'œil par le passe-plat.

— Alors, je vais monter voir si elle est dans sa chambre. Vous savez comment elle boude parfois.

— J'y vais, dit Miranda. Allonge-toi sur le sofa pendant que Robert fait du café. Vous avez tous les deux l'air crevés.

Miranda frappa à la porte de Mademoiselle ; ne recevant pas de réponse, elle entra. La chambre était obscure. Elle alluma et regarda autour d'elle avec curiosité. La pièce était méticuleusement rangée, le couvre-lit bien tiré, sans un pli. Presque rien sur la coiffeuse, seulement une brosse à cheveux et un peigne strictement utilitaires, une pelote d'épingles et une petite boîte d'épingles à cheveux. Aucune photographie, aucun souvenir personnel, on eût dit une chambre d'hôtel.

Miranda éteignit la lumière et redescendit.

— Elle n'est pas là, annonça-t-elle.

— Je pense que je ferais peut-être mieux d'appeler les Lawrence, dit Stella, anxieuse.

Mademoiselle n'était pas chez les Lawrence. Elle n'y était pas retournée, et Lottie avait fini par s'endormir sans Rollerbear.

— Zut pour cette femme ! dit Robert, mécontent. Je suppose qu'elle a un pneu crevé ou quelque chose comme ça, et elle n'a pas eu le bon sens de nous téléphoner. Je crois que je ferais mieux d'aller à sa recherche.

Il prit un manteau dans le hall et se dirigea vers le garage. Il revint une heure plus tard, mais sans Mademoiselle. Les sentinelles allemandes placées aux portes du stade avaient été relevées à peu près au moment où elle aurait dû le quitter, et celles qui se trouvaient maintenant de garde ne se souvenaient pas d'avoir vu passer une femme à bicyclette.

— Elle a probablement rencontré une copine, ou été entendre une conférence, grogna Robert, irrité. Après tout, il n'y a pas de raison spéciale pour qu'elle rentre tôt aujourd'hui, maintenant que Lottie n'est plus là. Elle va probablement en profiter pour se donner congé tous les soirs !

— Mais Rollerbear ? rappela Stella d'un air malheureux. Elle sait combien Lottie y tient. Certainement elle l'aurait... Robert, ne crois-tu pas que nous devrions faire quelque chose ?

— Quoi, par exemple ? demanda Robert d'un ton sec.

— Je ne sais pas, répondit Stella impuissante. Peut-être téléphoner à l'hôpital. Elle pourrait avoir eu un accident ou... quelque chose.

— C'est absurde, dit Robert d'un ton acerbe. Si quoi que ce soit était arrivé, nous aurions été prévenus depuis longtemps. Non, cette sacrée bonne femme a certainement pris le large pour la soirée. Nous ne fermerons pas la porte d'entrée à clé. Et j'espère que tu lui feras bien comprendre demain que, la prochaine fois qu'elle sortira le soir sans prévenir, il faudra qu'elle nous donne au moins un coup de fil !

Le lendemain matin, la chambre de Mademoiselle était toujours vide et personne n'avait couché dans son lit. Mais le couvre-lit était froissé comme si quelqu'un s'y était assis. Sa brosse à cheveux, son peigne, sa brosse à dents et sa chemise de nuit avaient disparu. La porte du hall était maintenant fermée à clé. Mademoiselle devait donc être rentrée pendant la nuit, avoir pris quelques objets indispensables et être repartie aussi tranquillement qu'elle était venue. Elle avait d'ailleurs laissé une trace de son passage. Sur la coiffeuse, là où se trouvaient auparavant sa brosse à cheveux et son peigne, il y avait un petit ours en porcelaine.

Miranda vit quelque chose de blanc dans l'ombre, derrière la porte ; elle se baissa machinalement pour le ramasser, mais ce n'était qu'un morceau de papier à démaquiller très froissé. « Elizabeth Arden », nota-t-elle avec une certaine surprise. Elle n'avait jamais supposé que Mademoiselle eût des goûts de luxe. Elle se serait plutôt attendue à des gants de toilette et du savon phéniqué.

— Je ne comprends pas, dit Stella en colère. Si elle voulait partir, pourquoi ne nous a-t-elle pas prévenus ? Pourquoi n'a-t-elle rien expliqué ? Elle aurait pu au moins nous donner un mois de préavis au lieu de filer comme ça et de me laisser en panne. En plus, nous lui devons près de trois semaines. Robert, tu ne crois pas qu'il y a quelque chose là derrière ?

— Bien sûr qu'il y a quelque chose, approuva Robert d'un ton acerbe. Elle est fatiguée d'être interrogée par la police et quelqu'un lui a offert un meilleur travail bien mieux payé. Nous ne la payions pas beaucoup, et tu peux parier ton dernier dollar que l'une ou l'autre dame de la zone française ou américaine a passé une annonce demandant une gouvernante, en offrant le triple de ce qu'elle gagnait chez nous. La vieille sorcière l'a vue et a sauté sur l'occasion.

— Mais partir sans demander son dû !

— Ma chère, si elle t'avait dit qu'elle voulait partir, tu aurais très certainement exigé un mois de préavis et il est probable qu'elle ne pouvait pas attendre. Je n'ai aucune raison de la défendre, mais je puis comprendre son raisonnement.

— Eh bien, je pense que c'est vraiment un mauvais tour de sa part ! explosa Stella. Alors que nous lui avons payé le voyage jusqu'ici et tout ça ! Ne pouvons-nous pas signaler son départ à la police et au moins récupérer cet argent ?

— Je doute que nous puissions obtenir quoi que ce soit, constata Robert d'un ton morose. Aujourd'hui les salariés ont toujours raison. D'ailleurs, je n'ai pas l'intention de perdre du temps et de l'argent à lui faire un procès. Qu'elle parte et qu'elle aille au diable.

Il apparut bientôt que les autorités avaient un point de vue tout à fait différent.

Le lendemain, on sonna à la porte. Miranda se trouva en face de Simon Lang, qui entra sans cérémonie, jeta son chapeau sur la table du hall et questionna, sans préambule.

— Qu'est-ce que c'est que cette histoire, la gouvernante suisse des Melville a fichu le camp ?

Miranda se raidit.

— Ne feriez-vous pas mieux de vous adresser à mon cousin ? demanda-t-elle froidement.

— J'ai essayé, mais il était parti pour une conférence. J'aimerais voir Mrs. Melville, s'il vous plaît.

— Elle est sortie, l'informa brièvement Miranda.

— Alors, il faudra que vous la remplaciez. Est-il exact que la gouvernante ait disparu ?

Miranda répondit en pesant ses mots.

— Oui, Mlle Beljame est partie.

— Quand ?

Miranda hésita, fronçant les sourcils, et Simon ajouta avec une brusquerie inaccoutumée :

— Ne faites pas la sotte, Miranda ! C'est sérieux.

— Pourquoi ?

— *Pourquoi ?* Eh bien, entre autres, nous avons en ce moment sur les bras deux meurtres inexpliqués, et votre Mademoiselle Beljame est l'un des suspects possibles.

— Pensez-vous... pensez-vous réellement qu'elle pourrait être coupable ?

— Il ne s'agit pas de ce que je pense, dit Simon Lang. Pour le moment, je voudrais savoir quand Mlle Beljame est partie, où elle est et pourquoi diable sa disparition n'a pas été immédiatement signalée !

— Mais nous ne savons pas où elle est, expliqua Miranda haletante.

Elle se laissa tomber sur une chaise du hall et raconta ce qui s'était passé. Quand elle eut fini, Simon demanda à voir la chambre de Mademoiselle, mais elle avait été balayée le matin même, on avait enlevé les draps et la taie d'oreiller, et les couvertures avaient été repliées avec soin.

— Qui a rangé tout cela ? demanda Simon.

— Stella et moi. Nous faisons les chambres nous-mêmes maintenant que Friedel... jusqu'à ce que nous puissions retrouver une femme de chambre. Mademoiselle faisait sa chambre, bien entendu, mais comme elle n'était pas là, nous l'avons faite à sa place. Sa malle est sous le lit. J'ai pensé que nous devrions y mettre ses affaires, mais Stella m'a dit de les laisser en place et que, si elle les voulait, elle pouvait bien venir les emballer elle-même.

Simon ouvrit l'armoire, regarda dans les tiroirs, mais le peu que Mademoiselle possédait n'était guère révélateur.

— Pourquoi est-ce que vous n'avez pas signalé sa disparition ?

— Je crois simplement que nous n'y avons pas pensé, répondit Miranda avec candeur. Nous avons cru qu'elle nous avait quittés parce qu'elle avait entendu parler d'un meilleur emploi. Cela arrive assez souvent à Berlin, à ce que j'ai appris ; demandez à n'importe laquelle des femmes d'officier. Stella voulait faire une déclaration à la police, mais seulement parce qu'elle avait payé le voyage de Mademoiselle, elle n'a pas imaginé qu'il pouvait y avoir quelque chose de louche dans cette histoire.

Simon resta silencieux. Il s'assit sur le bord du lit et examina la pièce, les sourcils un peu froncés. Au bout d'un certain temps il remarqua :

— Si elle est allée au stade cette nuit, nous devrions pouvoir déterminer à quelle heure elle est entrée et à quelle heure elle est sortie, grâce aux sentinelles. Il est vrai qu'il est possible — quoique bougrement difficile — d'en sortir sans passer par les portes, pourvu qu'on ne craigne pas de s'écorcher un peu la peau.

Il se leva.
— Où puis-je trouver Mrs. Melville ? J'aimerais la voir.
— Elle est sortie faire des achats au Naafi, lui expliqua Miranda, le suivant sur le palier et le regardant avec une sorte d'indignation fermer la porte derrière lui et mettre tranquillement la clef dans sa poche. Je crois qu'elle allait aussi chez les Lawrence, ajouta-t-elle après coup, au moment où ils atteignaient le hall. Vous pourriez peut-être l'y trouver.
— Merci.
Simon prit son chapeau. Il s'arrêta près de la porte du hall, regarda la serrure Yale et s'enquit :
— Combien d'autres issues y a-t-il dans cette maison ? Sans compter les fenêtres, bien entendu.
— Deux, la porte de service et la porte-fenêtre du salon, mais nous les fermons à clé tous les soirs.
Miranda observa son visage calme et ajouta dans un souffle :
— Mais si Mademoiselle est coupable — je veux dire coupable des meurtres —, elle ne pourra pas s'enfuir. Personne ne peut entrer dans Berlin ou en sortir sans des tas de passeports, de cartes d'identité et autres paperasses.
Simon Lang regarda Miranda.
— Vous avez oublié la zone russe. Elle fournit un magnifique refuge aux fripouilles de toute espèce.
— Alors, vous croyez qu'elle est à Berlin-Est ?
— Non, répondit Simon d'un air méditatif. Je crois qu'elle est... (Il s'arrêta, haussa un peu les épaules et acheva :) Peu importe.
Il ouvrit la porte, parcourut le petit chemin qui menait à la grille, prit sa voiture et partit.
Stella rentra juste avant le déjeuner. Elle avait vu Simon Lang chez les Lawrence ; elle semblait gaie, presque joyeuse.
Il croit que Mademoiselle peut avoir quelque chose à voir avec les meurtres, expliqua-t-elle, et qu'elle a pris peur et s'est enfuie. Pourvu que ce soit vrai !
— Pourquoi ? demanda Miranda surprise.
— Parce que si c'est elle, cela veut dire que ce n'est pas...
Stella s'arrêta brusquement et se mordit les lèvres.

— Je veux dire, reprit-elle en pesant ses mots, que si c'était Mademoiselle, toute l'affaire serait liquidée ; nous n'aurions plus ces horribles enquêtes de police et la maison pleine de gens posant des questions. Cela veut dire que tout serait fini et que nous pourrions respirer et nous amuser, que plus rien d'effrayant ne pourrait arriver.

Miranda dit rapidement :

— Pour l'amour de Dieu, croise les doigts quand tu dis des choses comme ça. Nous ne savons pas encore si c'est elle.

— Ce doit être elle, insista Stella avec passion. Il faut que ce soit elle ! Sinon, pourquoi s'est-elle sauvée ?

— Peut-être parce qu'elle a entendu parler d'un meilleur travail, comme Robert l'a suggéré. Cela pourrait bien être ça, tu sais.

— Je ne crois pas, dit Stella, obstinée. Evidemment c'est elle, l'assassin. Pourquoi ne veux-tu pas que ce soit elle ?

— Je le voudrais bien, reconnut Miranda, tout au moins s'il faut que ce soit quelqu'un d'entre nous. Il n'y a personne d'autre que je préférerais comme coupable. Je n'ai jamais aimé Mademoiselle. Elle me donne la chair de poule, je ne sais pas pourquoi. Comme les araignées ! Toute la maison semble plus agréable maintenant qu'elle en est partie. Ces affreuses graines de cumin ! Te rappelles-tu le jour où ta mère m'avait donné une tranche de gâteau au cumin, j'avais environ douze ans — le jour où nous avons été pique-niquer dans le camp romain — et j'ai immédiatement vomi sur les éclairs au chocolat ?

Stella fit une grimace et rit :

— Oui, je me souviens, vilaine petite fille ! Mais cela se passait des années avant l'arrivée de Mademoiselle, je n'avais pas encore épousé Robert et Lottie n'était pas née.

— Oh, je sais ! Je ne voulais pas dire que c'était à cause de Mademoiselle que je n'aimais pas les graines de cumin, mais que c'était probablement à cause des graines de cumin que je n'aimais pas Mademoiselle. J'espère qu'elle a disparu dans la zone russe et que nous n'entendrons plus jamais parler d'elle. Grand bien leur fasse, aux Russes ! Quand même, nous apprendrons peut-être qu'elle continue ce travail de gouvernante dans quelque famille inoffensive de la zone américaine. Dans ce cas nous revenons à la case départ et nous sommes encore suspects.

A l'heure du thé, on n'avait encore trouvé aucune trace de la gouvernante disparue. Un représentant de la KRIPO, la police allemande, parlant un anglais correct mais hésitant, vint encore poser des questions et interroger Frau Herbach, la cuisinière.

Robert rentra peu après, de mauvaise humeur. Il n'avait pas vu Simon Lang, mais avait reçu à son bureau un coup de téléphone du colonel Cantrell, l'Army Provost Marshall [1] qui lui avait sévèrement reproché de ne pas avoir signalé la disparition de Mlle Beljame. Robert était normalement quelqu'un d'humeur égale, facile à vivre, mais après les violentes observations du colonel Cantrell, il se sentait vexé et maussade. Miranda se hâta d'accepter une invitation des Leslie pour aller nager, espérant qu'à son retour l'atmosphère serait moins électrique.

Il y avait peu de monde à la piscine intérieure car, bien que l'eau fût maintenue à une température confortable et le grand bâtiment entièrement chauffé, il était encore trop tôt dans l'année et il faisait trop froid.

Sally Page, son joli corps avantagé par un maillot de bain en satin blanc, très réduit, était assise au bout de la piscine, ses pieds trempant dans l'eau ; elle parlait à Elsa Marson.

Mrs. Marson, portant un maillot de bain aux couleurs vives et un bonnet écarlate, était évidemment de meilleure humeur. Miranda s'aperçut que c'était la première fois qu'elle l'entendait rire. Elsa Marson avait toujours semblé pâle et anxieuse mais, ce soir, la couleur était revenue à ses joues, ses yeux brillaient, et elle semblait débarrassée d'une certaine angoisse. Voyant Mrs. Leslie et Miranda, elle leur fit signe et nagea jusqu'à elles.

— Comment est l'eau ? demanda Norah Leslie l'examinant avec prudence par-dessus le bord.

— Trop chaude, ironisa Elsa.

1. Prévôt, officier de gendarmerie en pays occupé. (N.d.T.)

Elle se tourna vers Miranda :

— Sally prétend que c'est la gouvernante suisse des Melville qui est coupable des meurtres, et qu'elle a pris la fuite pour se cacher à Berlin-Est. Est-ce vrai ?

Mrs. Leslie sursauta.

— Qu'est-ce que c'est que cette histoire ? dit-elle d'une voix sèche.

Elle regarda Miranda, qui demandait d'un ton acerbe où Sally Page avait eu cette information, et ne se laissa pas démonter.

— Est-ce vrai ? insista-t-elle. Est-ce que cette femme est réellement une meurtrière ? Qui l'a dit ? Comment ont-ils découvert ça ?

— Nous ne savons pas si c'est vraiment elle, répondit Miranda brièvement. Ce n'est qu'une hypothèse de Sally.

— Alors, elle a disparu ?

— Oui, reconnut Miranda à regret, mais nous pensons qu'elle a tout simplement pris un emploi mieux payé. Vous savez comment ça se passe à Berlin. Malgré ce qu'on raconte sur le chômage, tout ceux qui entendent parler d'un meilleur emploi ou à qui on a reproché une bagatelle partent sans aucun préavis. Et leur employeur ne s'en aperçoit que lorsque la cuisinière, ou la femme de chambre, ou la nurse, sont absentes. Mademoiselle peut avoir été victime de la contagion.

Mais elle a bien disparu ? insista Mrs. Leslie.

Miranda ne répondit pas. Elle regardait de l'autre côté de la piscine Sally Page qui laissait tremper ses jolis pieds dans l'eau bleue, et se demandait d'où venait l'information. Il était facile de le savoir.

Elle recula un peu, prit deux pas d'élan et plongea. Sally ne semblait pas vouloir lui parler car, lorsque Miranda revint à la surface, elle s'était déjà levée, et courait le long de la piscine vers les tremplins. Miranda nagea jusqu'au bord et la regarda grimper les échelles les unes après les autres jusqu'au tremplin de dix mètres. Sa haute et mince silhouette semblait absurdement petite, vue d'en bas. Miranda, qui était sujette au vertige, frissonna et se sentit mal à l'aise, tandis que la jeune

Mrs. Page marchait tranquillement sur le tremplin, regardant l'eau bleue, les mains sur les hanches.

Sally essaya l'élasticité du tremplin et attendit, volontairement sembla-t-il, que l'attention de tous les autres baigneurs fût concentrée sur elle. Elle fit demi-tour pour prendre de l'élan et effectua un impeccable saut périlleux, suivi d'un saut de l'ange. Son corps entra dans l'eau comme une flèche d'argent, presque sans éclaboussures et un ou deux spectateurs applaudirent énergiquement.

C'était une performance surprenante, et Miranda se sentit pleine d'admiration. Elle était assez bonne nageuse elle-même et ne plongeait pas mal, mais savait bien qu'elle n'aurait jamais osé marcher sur cette mince planche si près du plafond, et n'aurait eu ni le cran ni le jugement ni la coordination du cerveau et des muscles nécessaires pour un tel plongeon.

Sally remonta à la surface, se secoua, regagna sans effort le bord de la piscine et se dirigea rapidement vers les vestiaires.

Le colonel Leslie, dans une brasse traditionnelle, traversa la piscine jusqu'à Miranda et s'arrêta à ses côtés, pédalant pour rester à la surface.

— Norah me dit que la gouvernante de votre cousin a pris la fuite, dit-il. Très bonne chose, je crois que cela nous innocente tous. Eh bien, personne ne pourra dire que tout ça n'a pas été intéressant.

— Qu'est-ce qui a été intéressant ? demanda Miranda d'un air sombre.

— Etre soupçonné d'un meurtre.

— Je ne pense pas qu'ils soient sûrs que c'est elle l'assassin.

— Non, mais, si elle ne réapparaît pas, on le croira. Les diverses polices de cette ville sont assez efficaces, ma chère et, comme elles ont été jusqu'ici incapables de la retrouver, nous pouvons être raisonnablement sûrs que Mademoiselle est bien derrière le rideau de fer.

Miranda le regarda, quelque peu surprise, mais il ne paraissait pas se rendre compte de l'étrangeté de ses paroles. Car s'il était vrai qu'il venait seulement d'apprendre la disparition de Mademoiselle, comment pouvait-il savoir qu'elle n'était pas retrouvée ? Cependant, comme elle n'avait pas envie de parler de Mademoiselle, elle se contenta de répondre d'une voix incolore : « Je le crois. » Mrs. Leslie traversa la piscine pour se joindre à eux et, après quelques minutes de banalités, proposa à Miranda une course sur une longueur de piscine. Ayant perdu de près de deux mètres, elle sortit de l'eau et partit avec son mari parler à des amis sur les marches, à l'autre extrémité du bassin.

Environ une heure plus tard Miranda, qui avait entamé une partie de water-polo, sortit des vestiaires. Les Leslie étaient allés chercher leur voiture, parquée assez loin, proposant à Miranda de la prendre à l'entrée de la piscine. L'air paraissait très froid après l'atmosphère surchauffée du bâtiment. La claire soirée printanière sentait vaguement les fleurs et l'essence.

Près de la piscine en plein air se trouvait un nu couché en bronze, beaucoup plus grand que nature, contre un angle du mur. Le mot HERREN, qui s'y étalait en grosses lettres, signalait un escalier et une porte située derrière. Le bronze, comme le mur et le dallage, était criblé de marques de balles. Miranda y jeta au passage un coup d'œil critique : tout le stade était plein de statues tout aussi abîmées, et elle réfléchissait à la passion des nazis pour ces nus masculins et féminins colossaux. Elle eut la surprise de voir que les Leslie n'avaient pas dépassé l'autre bord de la piscine — celui qui était flanqué du troupeau des bronzes — et qu'ils semblaient y avoir été harponnés par l'un des maîtres nageurs, un M. Kroll.

Ce dernier parlait avec agitation, serrant le bras du colonel d'une main et gesticulant de l'autre. Puis tous trois se baissèrent pour sonder du regard les profondeurs stagnantes de l'eau. Miranda entendit le colonel Leslie : « C'est absurde », et la réponse de M. Kroll : « *Nein !* Je vous dis que non ! Ce n'est pas absurde ! » Elle pensa que le maître nageur était en train d'expliquer comment les carreaux vert de mer de la piscine étaient en hiver protégés des fissures par des bottes de paille entrecroisées, chacune grosse comme le corps d'un homme, disposées à la surface où elles remuaient un peu à chaque bouffée de vent, ce qui empêchait la formation de glaçons. Peut-être aussi leur racontait-il une histoire que Miranda avait déjà entendue de la bouche de Harry Marson : quand les Russes étaient arrivés à Berlin et avaient employé certains des bâtiments voisins comme écuries pour leurs chevaux, ils n'avaient pas trouvé de meilleure utilisation pour cette immense piscine que de la transformer en dépôt de crottin.

Un dernier rayon de soleil couchant dorait les flancs et les longues cornes incurvées des statues de bronze. De l'autre côté de l'eau verdâtre et obscure, les colonnes en ruine d'une partie détruite du bâtiment lui donnaient des allures de temple égyptien. Miranda accéléra le pas et, rejoignant le groupe près de la piscine, leur demanda pourquoi tout ce remue-ménage.

Le colonel Leslie, qui s'était penché vers l'eau, la scrutant de ses yeux myopes, se redressa et expliqua d'un ton impatient :

— M. Kroll pense qu'il y a quelque chose là-dedans, un corps humain ou quoi que ce soit de tout aussi ridicule. Il jure avoir vu un visage. Eh bien, même s'il l'a vu, il n'y en a pas, car que je sois damné si je peux voir quoi que ce soit. Viens, Norah.

— Non, attends un instant, Ted. Je crois que je puis... *là !* Je suis sûre que je...

Mrs. Leslie saisit le bras de Miranda et montra : « Regardez là-bas, juste au-dessous de ce..., non, ce n'est pas de la paille. Curieux, j'aurais juré que, moi aussi, je voyais un visage.

— Probablement ta propre image, grogna son mari, se penchant à nouveau, les mains sur les genoux et regardant vers la direction indiquée. Vos yeux sont meilleurs que les miens, Miranda. Regardez si vous pouvez voir quelque chose.

Le soleil descendit derrière l'horizon, une petite brise se leva et soupira à travers les branches d'un bouquet de pins juste derrière eux, près du bord de la pelouse, agitant la surface tranquille de l'eau. Une botte de paille à demi submergée, immédiatement au-dessous de Miranda, dériva un peu, découvrant sa propre image semblable à celle de Narcisse.

La brise tomba, l'eau retrouva son calme... mais c'était maintenant un autre visage qui la regardait, un fantôme du passé obscur. Une face pâle, la bouche ouverte, avec deux grands yeux qui la contemplaient fixement, et des cheveux raides, couleur de paille. Un visage subitement, horriblement familier...

Une seconde bouffée de vent traversa la piscine, déplaçant les cheveux blonds qui redevinrent de la paille. Au-dessous, le visage gris et les maigres mèches noires de Mlle Marie Beljame.

Miranda ne sut jamais combien de temps elle était restée là, contemplant ce visage de noyée. Le passé lui était revenu ; elle était à nouveau une enfant, éloignée de Berlin d'un millier de kilomètres et de quinze années.

Dans ce soir paisible, elle percevait tous les sons avec une clarté anormale, mais maintenant chacun d'eux prenait un autre sens, terrifiant. Les cris étouffés et les rires des quelques rares personnes qui étaient encore dans la piscine intérieure, c'étaient les hurlements de gens pris de panique qui fuyaient. Le murmure de la brise dans les branches des pins, c'était le chuchotement d'un homme effrayé donnant des ordres dans l'ombre d'ajoncs enveloppés de brouillard. Le bruit d'une voiture qui passait était celui d'un bombardier ennemi, et le léger clapotis de l'eau contre le carrelage vert de la grande piscine, était celui des vagues sur une plage de galets...

Elle finit par se rendre compte de ce qui se passait. Le maître nageur criait : « Vous voyez maintenant que j'avais raison. » Le colonel Leslie jurait, et sa femme poussa un cri perçant, un seul heureusement. Les autres baigneurs, quittant la piscine, se hâtaient de grossir le groupe et d'ajouter leurs voix aux discussions.

Derrière les hauts mâts en treillis de la station de radio, le ciel était maintenant vert tacheté d'or et les statues de bronze semblaient des silhouettes sombres dans le crépuscule.

Miranda s'écarta enfin du bord de la piscine, avançant avec précaution comme si elle était sur de la glace. Se faufilant à travers la foule qui grossissait rapidement, elle atteignit le haut des marches dallées, et prit le large sentier qui conduisait à la grille, longeant les ruines parsemées de jeunes arbres, autour d'un petit carré de béton blanc qui était un poste d'incendie récemment construit.

Une voiture arrivait, longeant le terrain de hockey et, quand elle atteignit la bifurcation de la route devant la barrière et ralentit pour prendre le virage, Miranda se mit à courir.

Simon Lang écrasa les freins et, après un rapide coup d'œil au visage de Miranda, ouvrit la portière ; elle monta en trébuchant et s'effondra auprès de lui.

Il ne posa pas de questions. Il referma la porte et engagea sa voiture sur la route longeant le Centre des sports, puis s'arrêta à quelques mètres de l'entrée de la piscine, le moteur toujours en marche.

On entendait des voix confuses au-delà de la grille. Quand les Leslie et une femme de haute taille en manteau d'astrakan apparurent, Miranda remarqua impassible :

— Ils me cherchent.

Il y eut un sifflement bizarre dans ses oreilles ; elle avait froid et se sentait étrangement légère. Elle se rendit compte que Simon criait par la fenêtre qu'il la ramenait chez elle. La voiture redémarra avant qu'elle ait pu entendre une réponse.

Simon dit d'un ton léger :

— J'imagine, d'après leurs expressions, qu'ils croient tous que je vous ai arrêtée.

Bientôt, il stoppa et coupa le moteur. Se tournant vers elle, il l'interrogea tout à coup.

— Avez-vous envie de vomir ?

Miranda secoua la tête. L'or avait disparu du ciel et l'obscurité croissait sur les pelouses, les jardins, les bâtiments du stade. Simon alluma une cigarette et resta silencieux, appuyé contre le dossier usé du siège, laissant à Miranda tout son temps. Au bout d'un instant, elle articula, d'un ton saccadé :

— Mlle Beljame...

Il tourna la tête et la regarda. Le visage de Simon était indistinct dans le crépuscule et ses yeux tranquilles réfléchissaient la faible lueur de sa cigarette.

— Je la connaissais avant, murmura Miranda. Je ne sais pas pourquoi je ne l'avais pas reconnue. Je crois que c'est la couleur des cheveux, et puis elle paraissait si vieille et... et je n'y ai jamais pensé. Je savais seulement que je ne l'aimais pas, sans doute à cause du passé...

Elle s'arrêta et, après quelque temps, Simon demanda, d'un ton tranquille :

— Qui était-ce ?

— Je ne sais pas. Il y a des années, quand j'étais enfant, mes parents ont été tués en Belgique alors que nous essayions d'atteindre la côte. Nous avons été bombardés, la voiture a été touchée, mais j'ai probablement été éjectée. Je ne me souviens pas de grand-chose d'autre... sauf de ma mère et... et de mon père. J'étais très jeune, mais je savais qu'ils étaient morts. Il y avait beaucoup d'autres morts. Au milieu de la route, une tête, une tête toute seule, les yeux ouverts et me regardant. C'est curieux que j'aie oublié cela jusqu'à maintenant. Je croyais... je croyais que je ne m'en souvenais pas, mais c'est revenu.

« La tête m'a effrayée ; j'ai ramassé ma poupée et je me suis sauvée en criant. Quelque temps plus tard, ou peut-être quelques jours, je ne m'en souviens pas, une femme m'a parlé français. Il y avait un homme avec elle, ils m'ont emmenée, m'ont donné à manger et la femme a dit, montrant ma poupée : “ C'est grâce à elle que nous le ferons... ” Je pensais qu'elle voulait me la prendre, mais elle n'en a rien fait. J'avais peur d'eux, mais il n'y avait personne d'autre. Je crois que nous avons marché longtemps, mais seulement pendant la nuit, nous nous cachions le jour. Puis, nous nous sommes joints à un groupe et, une nuit, nous sommes montés dans un bateau ; j'ai entendu beaucoup de coups de feu. Il faisait noir et brumeux. La femme n'a pas pu monter...

« Quand nous sommes arrivés en Angleterre, l'homme était malade et je suis restée seule. J'ai entendu des gens parler anglais, alors je leur ai répondu en anglais. Je me souviens de quelqu'un disant : « Mon Dieu... la petite fille est anglaise. » Je n'ai plus revu l'homme qui m'avait emmenée en Belgique. Je crois qu'il est mort. J'avais oublié la femme, mais... mais maintenant je me souviens, c'était Mlle Beljame.

— Pourquoi vous en êtes-vous souvenue maintenant? demanda Simon d'un ton tranquille.

— Ses cheveux, murmura Miranda. Elle avait une épaisse chevelure jaunâtre qu'elle portait en bandeau sur le front, alors que Mademoiselle avait les cheveux tirés et teints en noir. La paille ressemblait à des cheveux et... et son visage était enflé et paraissait moins vieux. Et puis, je me suis souvenue de l'endroit où j'avais vu des yeux semblables, des yeux vairons. Je ne sais pas comment j'ai pu avoir oublié ça! Quelqu'un, l'autre jour, a dit qu'on n'oubliait jamais un défaut physique. Pourtant j'en avais perdu le souvenir jusqu'à... jusqu'à maintenant.

— Où est-elle?

Le visage de Miranda, qui s'était tourné pour regarder Simon, n'était plus qu'une petite tache blanche indistincte, dans l'ombre. Elle essaya en vain de parler.

Simon posa sa main chaude sur les deux mains froides si étroitement serrées contre les genoux de Miranda, et la jeune fille s'y accrocha désespérément. Il reprit :

— Dites-le-moi.

— Elle est... dans la piscine en plein air, près de la piscine couverte.

Simon tressaillit soudain involontairement — Miranda le sentit plutôt qu'elle ne le vit — mais sa main resta ferme et sa voix calme.

— Elle est morte, donc.

Ce n'était pas une question mais une affirmation.

Miranda acquiesça d'un signe et, quand elle parla, il dut baisser la tête pour l'entendre.

— C'est le maître nageur, M. Kroll, qui l'a trouvée ou... ou peut-être Mrs. Leslie, je ne sais plus. Ils discutaient et montraient l'eau du doigt. Le colonel Leslie m'a demandé si je pouvais voir quelque chose... et... au début je croyais que ce n'était que mon propre reflet ; mais alors le vent a déplacé un peu de paille et... et j'ai vu son visage...

Simon ne posa plus de questions. Il lâcha les mains de Miranda et démarra ; dans la lumière soudaine des phares, le crépuscule violet devint obscurité totale, tandis que la voiture suivait une longue route incurvée bordée d'arbres, puis tournait en direction de la Herrstrasse.

La vitesse était strictement limitée à Berlin, mais Simon n'en tint sans doute pas compte car ils furent chez les Melville en un temps étonnamment bref. Il n'avait rien dit pendant le trajet, mais en arrivant il se tourna vers Miranda. Son visage était d'une sévérité inaccoutumée dans la lumière réfléchie des phares.

— Ne dites à personne que vous l'avez reconnue. Absolument à personne. D'accord ?

Miranda acquiesça d'un signe de tête. Il étudia son visage un instant et fut évidemment satisfait, car il lui toucha la joue du dos de la main — un geste bref d'une certaine façon plus intime qu'un baiser — puis il ouvrit la portière.

— Autre chose, dit-il. Ne sortez pas de la maison tant que je ne vous aurai pas revue. Peu importe qui vous le demanderait. Si, pour une raison quelconque vous restez seule, enfermez-vous dans votre chambre. Compris ?

Miranda fit un nouveau signe de tête et sortit de la voiture. Simon lui indiqua du geste la direction de la grille :

— Allez-y. Je veux m'assurer que vous êtes en sécurité.

Une fois de plus, ce fut Robert qui ouvrit la porte d'entrée ; se retournant, Miranda vit la voiture s'éloigner.

— Qui était-ce ? demanda Robert, fermant la porte derrière elle. Ce n'était pas la voiture des Leslie, n'est-ce pas ?

— Non, dit Miranda, paraissant curieusement abasourdie. Le capitaine Lang m'a ramenée. Il... il voulait me poser quelques questions.

Robert rit. Il paraissait avoir retrouvé sa bonne humeur :

— Tu es toujours le suspect numéro un, n'est-ce pas ? Ne t'en fais pas, ma chère ! Je suppose que Lang se sert de cette histoire comme d'une excuse pour avoir le plaisir de ta compagnie. Et qui pourrait l'en blâmer ? Courage, Randa.

Il posa un bras sur ses épaules et l'étreignit amicalement, tandis que Stella, penchée sur la balustrade du palier, voulait savoir si Miranda avait amené les Leslie pour prendre un verre.

— Non, dit Miranda.

La sonnerie du téléphone lui évita de donner des explications. Robert relâcha son étreinte et alla répondre. Miranda vit son visage se durcir, puis, rapidement, se détendre à nouveau. Elle entendit : « Oui, elle est là » et Robert lui tendit le récepteur.

— C'est pour toi.

« C'est Simon, pensa Miranda dont les mains se mirent à trembler, mais il ne peut pas être arrivé aussi vite, il ne peut pas l'avoir déjà trouvée ! »

Elle prit le récepteur et fit un effort pour parler d'une voix posée, heureuse que Robert se soit rapidement éloigné. Ce n'était que Sally Page demandant si Miranda voulait faire la quatrième pour aller dîner et danser dans une boîte de nuit de la Grünewaldstrasse avec Andy, elle, et un jeune Américain ; on pourrait venir la chercher dans vingt minutes environ.

Miranda, affaiblie par le choc et la réaction émotive, murmura des excuses et des remerciements, et raccrocha. Elle se coucha tôt ce soir-là, mais ne put dormir. Le passé qu'elle avait profondément enterré dans l'oubli pendant si longtemps lui était revenu, et quand enfin un sommeil troublé la gagna, ce fut pour rêver d'une femme blonde aux yeux bizarres, qui sentait le cumin et la tirait par la main à travers le brouillard, sur une longue route parsemée de trous d'obus...

# 15

— *Psitt !*

Il y eut un bruissement dans les buissons sous la fenêtre du salon. Une branche d'arbre lancée avec précision toucha le journal qui cachait le visage de Miranda.

Elle l'abaissa en hâte.

— *Psitt !* dit Wally Wilkin, sa chevelure ardente et ses yeux excités apparaissant un instant au-dessus de l'appui de la fenêtre.

— Salut, inspecteur. A nouveau sur la piste ? demanda Miranda en repliant son journal.

— *Chut !* supplia Wally avec frénésie, jetant un regard angoissé vers la porte du hall qui était entrouverte.

Miranda alla la fermer.

— Eh bien, Sherlock Holmes, qu'y a-t-il maintenant ?

— C'te gouvernante, siffla Wally. Ils l'ont trouvée !

Les mains de Miranda se crispèrent sur le rebord de la fenêtre.

— Qui te l'a dit ? Comment le sais-tu ?

— Pasque j'étais là ! Dans l'eau, qu'elle était. Je les ais vus l'en sortir. Ça alors, c'était chic !

— Wally, *non !*

— Papa m'a emmené voir le match de hockey et il croit que je suis rentré dans l'autre car, mais j'ai couru me baigner. Alors arrive un type qui dit à tout le monde de filer, je vois qu'il y a une sentinelle à la grille et que le détective est là avec ses gars, alors j' me cache et j' les vois la sortir. Noyée, qu'elle était, et tout emmêlée dans cette paille, et sa bécane aussi. J'écoute... Je sais qui l'a fait pasque je...

On entendit des voix de femmes dans le hall. Wally disparut à la vitesse d'un avion en piqué, au moment où la porte du salon s'ouvrait pour laisser entrer Elsa Marson, suivie de Stella, portant une gerbe de lilas blancs et de branches de cerisiers en fleur.

— Regarde, Randa. Ne sont-elles pas magnifiques? Mrs. Marson vient de les apporter. Comme c'est gentil de sa part. Veux-tu être un ange et les mettre dans l'eau pour moi ? Elle a offert de m'emmener chez les Lawrence, parce que Robert a pris la voiture ce matin, et que je dois apporter des vêtements propres à Lottie.

Elsa Marson regarda curieusement Miranda, puis la fenêtre, avec des yeux à la fois grands ouverts et circonspects. Elle traversa rapidement la pièce pour se pencher sur l'appui de la fenêtre et regarder dans le jardin ; puis elle lança, en essayant de rire :

— Je vois que j'ai apporté de l'eau à la rivière. Je ne savais pas que vous aviez des cerisiers dans votre jardin.

— Mais pas de lilas blancs, remarqua Stella. Nos lilas n'ont pas encore fleuri, et nous ne pourrons en cueillir avant plusieurs jours. Votre jardin doit être plus ensoleillé que le nôtre.

— Peut-être, dit Elsa Marson, son regard balayant rapidement le jardin. Miranda y jeta un coup d'œil, mais Wally avait disparu et les feuilles étaient immobiles dans le soleil du matin.

Une sonnerie retentit dans le hall. Stella posa ses fleurs sur la table du petit déjeuner.

— Si nous avons de la chance, ce doit être une nouvelle femme de chambre qui téléphone. La Bourse du Travail a juré de nous envoyer quelques candidates convenables. Mais peut-être va-t-on nous demander simplement d'expédier les affaires de Mademoiselle ?

Stella passa dans le hall, fermant la porte derrière elle. Elsa Marson observa, sur le ton de la conversation :

— Vous savez, j'avais réellement l'impression que vous parliez à quelqu'un quand nous sommes entrées.

— Vraiment ?

La voix de Miranda n'exprimait qu'un intérêt poli. Mrs. Marson rougit et s'éloigna de la fenêtre pour errer au hasard dans la pièce, maniant des photos ou des bibelots, parlant du temps qu'il faisait et d'un Allemand de Berlin-Ouest qui venait d'être enlevé par la police russe.

— Les journaux disent qu'ils ont des agents partout, dans toute la ville. Pourquoi ne faisons-nous rien ? Pourquoi n'arrivons-nous pas à protéger ces gens ? *Pourquoi ?*

Sa voix montait sans naturel. Un petit cheval de porcelaine qu'elle avait tripoté glissa de ses doigts et s'écrasa sur le parquet. Mrs. Marson le regarda avec horreur et se jeta à genoux pour ramasser les morceaux.

La porte s'ouvrit et Stella rentra, pâle et énervée. Mrs. Marson commençait à s'excuser de sa maladresse, mais elle l'interrompit :

— Le cheval ? Ça n'a pas d'importance. Et, regardant Miranda à l'autre bout de la pièce, elle ajouta :

— Le capitaine Lang est là.

Simon n'avait pas dormi depuis plus de vingt-quatre heures, mais cela n'apparaissait ni sur son visage, ni dans ses façons. Stella s'exclama :

— Il dit qu'on a retrouvé Mademoiselle.

Mrs. Marson laissa retomber les débris de porcelaine qu'elle avait ramassés.

Simon proposa :

— Puis-je vous aider ? Il s'approcha d'elle, se baissa et ramassa les débris, son visage reflétant un intérêt poli.

Stella insista :

— Où est-elle, capitaine ? Nous sommes sur des charbons ardents. A-t-elle seulement pris un autre emploi ? Ou bien s'est-elle enfuie en zone russe ?

Simon se redressa, plaça avec soin les petits morceaux de porcelaine dans un cendrier.

— Elle est morte, dit-il laconiquement.

Stella s'écria :

— Non ! Oh non !

Elle pressa une main contre sa bouche comme pour s'empêcher de hurler sans remarquer que Miranda n'avait pas paru surprise.

— Pourquoi ne faites-vous rien ? cria Elsa Marson d'une

voix hystérique. Pourquoi n'y a-t-il aucune protection ? Ce sont les Russes, je vous dis ! *Les Russes !*

Stella écarta la main de sa bouche et dit désespérément :

— Ne criez pas tant, s'il vous plaît, Mrs. Marson !

Elle se tourna vers Simon Lang :

— Comment est-elle... morte ?

— Elle s'est noyée.

Le corps de Stella se détendit.

— Oh, Dieu merci ! s'exclama-t-elle, avec un long soupir de soulagement.

Elle se dirigea d'un pas mal assuré vers le fauteuil le plus proche et s'y effondra, le visage dans les mains. Au bout d'un instant, elle les laissa retomber et leva la tête :

— Je regrette, c'était abominable de parler comme ça, mais ce que je voulais dire, c'est que pendant une minute j'ai pensé que c'était encore un meurtre.

— C'était un meurtre, fit Simon Lang brièvement.

Les mains de Stella se crispèrent sur les accoudoirs du fauteuil au point que les articulations blanchirent, mais elle ne bougea pas et ne dit rien.

Simon ajouta :

— Elle a été frappée sur la tête avec quelque chose comme une clé à molette, puis elle est tombée ou a été poussée à l'eau, dans la soirée ou dans la nuit de mardi.

Il se détourna pour examiner d'un air absorbé une excellente reproduction du tableau de Vélasquez, *La Dame à l'éventail,* accrochée au mur près de lui. Il reprit, comme s'il venait seulement d'y penser :

— Ses mains étaient couvertes de peinture verte.

Pendant un instant, personne ne dit rien. Puis, tout à coup, Mrs. Marson se mit à rire en se balançant à droite et à gauche. Son rire aigu, hystérique, écorchait de façon effroyable les nerfs à vif de toutes les perseonnes présentes. Et cela continuait, continuait...

Stella, bondissant sur ses pieds, alla la prendre par les épaules et la secoua. Mrs. Marson, le souffle coupé, fondit en larmes. Stella l'entoura de ses bras, pâle comme une morte et, les yeux brillants, dit d'un air de défi à Simon Lang :

— Je vais la ramener chez elle.

— Excellente idée, répondit Simon poliment. Peut-être pourriez-vous aussi rester avec elle jusqu'à ce que son mari ou quelqu'un de responsable puisse la surveiller? Ensuite, j'aimerais vous revoir parce que, malheureusement, nous devrons à nouveau examiner en détail la soirée de mardi.

— Bien sûr. Venez, ma chère, je vous ramène chez vous.

Stella emmena Mrs. Marson sanglotante et la porte se ferma derrière elles.

Miranda bredouilla d'une voix tremblante :

— Qu'est-ce que tout cela veut dire?

— Qu'est-ce qui veut dire quoi?

— La peinture verte. Pourquoi est-ce que ça l'a tant effrayée?

— Parce qu'il y a un bidon de peinture verte dans le garage du major Marson. Ils étaient en train de repeindre leurs meubles de jardin.

Miranda se sentit désespérée : « Je ne comprends pas », et s'assit sur l'appui de la fenêtre, comme si ses jambes ne pouvaient plus la porter.

— Simon, de quoi s'agit-il? Dites-le-moi, je vous en prie! Vous savez, vous, n'est-ce pas?

— Oui, dit Simon lentement, je sais. Pas encore tout, mais assez pour continuer.

Il la regarda d'un air pensif pendant un temps qui lui sembla long. Ses yeux étaient mi-clos et son visage avait une expression qui intrigua Miranda. Pourtant, elle était sans doute familière au lieutenant Hank Decker de l'armée des Etats-Unis, et aux autres passionnés de poker.

Au bout d'un certain temps, il vint s'asseoir à côté d'elle, les mains dans les poches et demanda :

— Qu'est-ce que vous voulez savoir? Je vais essayer de répondre, au moins à certaines questions.

— Mademoiselle. Je n'ai fait que penser à elle. J'en ai même rêvé la nuit dernière! Etait-elle réellement la femme que j'ai cru reconnaître ou est-ce que je l'ai seulement imaginé?

— Non, c'était bien la même femme.

— Comment le savez-vous ? Peut-être... peut-être me suis-je trompée ?

Simon secoua la tête.

— Non, vous ne vous êtes pas trompée. Nous avons passé la plus grande partie de la nuit dernière et de la matinée à fouiller dans d'innombrables dossiers et documents. En fait, tout était étonnamment simple et on se demande pourquoi diable personne n'y a pensé plus tôt. Vous souvenez-vous de ce que le général Brindley a raconté à Bad Oeynhausen ?

— A propos du couple nazi qui a assassiné ses domestiques et a pris la fuite avec des diamants valant des millions de livres sterling ?

— Les Ridder, oui. Mais ce ne sont pas les Ridder qui ont assassiné leurs domestiques, ce sont au contraire la cuisinière et le valet de chambre, Karl et Greta Schumacher, qui ont assassiné les Ridder. Ils ont probablement mis des semaines à échafauder leur plan. Nous ne le saurons jamais, mais il est probable que la construction du nouveau garage et la fosse à chaux au fond du jardin leur en ont donné l'idée...

« Lorsque Willi Ridder rentre à Berlin avec les diamants, il est tué le soir même par les Schumacher. Mme Ridder est probablement déjà morte, et ses bijoux et les autres objets de valeur disponibles placés dans une petite valise. Les Schumacher habillent les cadavres avec certains de leurs vêtements — ils étaient à peu près de la même taille —, s'assurant qu'ils contiennent quelques objets métalliques identifiables, par exemple les boutons du gilet et le bracelet-montre de l'homme, un médaillon, une chaîne et une bague de la femme, plus un ou deux objets analogues que le temps ne détruira pas. Il est même probable que Greta Schumacher a rasé la tête de Mme Ridder et enterré une mèche de ses propres cheveux avec le corps.

« Ensuite, ils ensevelissent les cadavres dans la chaux vive et prennent la fuite. Une fois que la chaux a détruit les chairs, la main de Mme Ridder n'est plus déformée, puisque les os, eux, étaient normaux. Même alors, l'imposture aurait très bien pu être découverte si l'époque n'avait pas été réellement troublée. L'armée britannique était en pleine retraite, la

Belgique demandait l'armistice et la France s'effondrait. Les autorités étaient très occupées !

— D'après le général Brindley il y avait un enfant. Est-ce qu'ils l'ont tué aussi ?

— Personne ne le sait. Rien ne prouve que cet enfant était à Berlin à cette époque. Son corps n'a jamais été retrouvé. Personnellement je crois que les assassins ont pu l'emmener et qu'il est mort ou a été tué en chemin, raison pour laquelle ils l'ont remplacé par un enfant recueilli sur la route. Ils avaient peut-être besoin d'un enfant, cela faisait partie de leur plan.

Miranda intervint :

— Donc, c'était le valet, Karl Schumacher. Comment se sont-ils enfuis ?

— Je crois que personne ne le saura jamais. Il est possible que le chauffeur ait fait partie du complot. Ils peuvent aussi l'avoir menacé d'un pistolet, ou avoir préparé un mensonge vraisemblable. Ils voulaient sans doute traverser l'Europe jusqu'à Lisbonne, puis passer en Amérique du Sud ; mais ils ont trouvé que c'était trop dangereux et ont finalement décidé d'essayer l'Angleterre. Je ne crois pas qu'ils se soient jamais rendu compte que vous étiez britannique. Vous avez dit que la femme vous avait parlé en français, donc vous avez sans doute répondu dans la même langue.

Miranda approuva d'un signe de tête.

— A cette époque, je parlais l'allemand et le français plus que l'anglais.

— Alors, voilà la réponse : vous étiez bien la petite fille perdue dont ils avaient besoin, car votre principal avantage était sans aucun doute que vous teniez une grande poupée. Quel meilleur moyen de cacher des bijoux volés que de les mettre dans un jouet d'enfant ?

– Et les diamants ? dit Miranda.

— Personne ne sait ce qu'ils sont devenus, ou même s'ils en connaissaient l'existence. Les bijoux volés étaient un butin bien assez formidable pour eux ! Voilà tout. Il s'agit en partie d'hypothèses, mais il y a pas mal de présomptions concordantes. Ça ne vous gêne pas si je fume ?

Simon sortit un porte-cigarettes en or et le présenta à

Miranda, qui secoua la tête. Il alluma une cigarette et jeta l'allumette brûlée par la fenêtre.

— Continuez, dit Miranda impatiemment, ce n'est pas tout...

— Vous m'avez dit vous-même une partie du reste. Greta Schumacher a été abandonnée sur la plage, tandis que son mari et vous avez réussi à traverser la Manche. Karl Schumacher est mort d'une pneumonie double, et personne n'a établi un rapport entre un réfugié moribond et une enfant que l'on reconnut être anglaise. Ce n'est que plus tard que l'on découvrit les bijoux et l'argent et, quand on parvint à identifier leur propriétaire, la piste était froide et l'on n'a pas songé à établir un lien entre vous, les Ridder et un mort inconnu. Vous avez apparemment affirmé que la poupée était la vôtre et que personne ne l'avait touchée. A la fin on a conclu que les Ridder avaient fait pendant un certain temps partie du groupe de réfugiés, avaient caché leur butin provisoirement, avec l'intention de le reprendre plus tard, mais qu'ils avaient dû être tués dans un bombardement. On a suivi diverses pistes, mais aucune n'a mené nulle part.

— Mais Mademoiselle... Frau Schumacher? comment a-t-elle... Que lui est-il arrivé?

— Jusqu'à présent, nous n'avons pas découvert grand-chose, avoua Simon. Nous croyons savoir qu'elle a abouti dans une prison où l'une de ses compagnes de cellule était une Suissesse appelée Beljame, qui mourut, ou qu'on aida à mourir. Plus tard, Mademoiselle — Frau Schumacher — arriva en Angleterre avec des papiers au nom de cette Beljame, et se fit appeler ainsi. Naturellement, elle cherchait son mari et une petite fille avec une poupée bourrée de bijoux. Peut-être aussi une fortune en diamants. Elle doit avoir fini par trouver une piste chez votre cousin Robert. Car il raconte qu'elle s'est présentée chez lui en prétendant avoir entendu dire qu'ils avaient besoin d'une gouvernante-aide ménagère.

— Et s'ils n'en avaient pas eu besoin?

— Les domestiques étaient plutôt rares à cette époque, dit Simon. Elle a agi comme un joueur de poker tirant une carte dans l'espoir qu'elle complétera sa séquence.

— Elle travaillait très bien, dit Miranda lentement. S'ils l'ont gardée, c'est surtout parce qu'ils la payaient très peu.

— Quand l'avez-vous rencontrée pour la première fois... en tant que Mademoiselle ? demanda Simon.

Miranda fronça les sourcils, essayant de se souvenir.

— Il y a seulement deux ans, je crois. Et très brièvement. Je lui ai à peine parlé. Je travaillais à Londres et je n'allais pas souvent à Mallow... Je ne l'ai jamais aimée. Elle avait alors un aspect très différent, maigre, vieille avec des cheveux noirs. Je n'aurais pu la reconnaître. Mais elle continuait à manger des graines de cumin et je suppose que leur odeur m'a rappelé, inconsciemment, une terrible époque. Ce n'est que quand je suis partie pour Berlin que j'ai vraiment commencé à me sentir nerveuse et... oh, je ne sais pas !

— Façon tante Hetty ? proposa Simon avec un sourire.

— Oui !

Miranda le regarda, surprise.

— Comment savez-vous cela ?

— Vous m'avez déjà expliqué l'expression, répondit Simon, et je trouve qu'elle vous convient très bien.

— Oui, c'est vrai. Je n'avais pas établi de rapport entre cette nervosité et Mademoiselle. Je savais seulement que pour une raison ou pour une autre je me sentais à vif... et effrayée. C'était horrible. Je suppose que de rester enfermée si longtemps avec elle, mon inconscient se sentait mal à l'aise. Mais comment pouvais-je prévoir une coïncidence aussi fantastique ?

— Ce n'était pas une coïncidence, souligna Simon. C'était organisé avec soin par Mlle Beljame, alias Greta Schumacher. Ce que nous ne *savons pas,* c'est pourquoi elle est restée chez les Melville après avoir découvert, sans doute assez vite, que les bijoux avaient disparu. La réponse est probablement que c'était un emploi et que, n'ayant aucun autre endroit où aller, elle pouvait aussi bien vivre comme ça. C'est la suite qui est une fantastique coïncidence. Votre cousin Robert rencontre un homme qui, ayant connu son père, l'invite à dîner avec tout le groupe à l'hôtel des Familles. Et pendant tout le repas le général Brindley, qui avait logé chez les Ridder, raconte probablement pour la cinq centième fois l'histoire des diamants disparus.

Miranda frissonna, malgré le chaud soleil printanier.

— Et elle a été obligée de rester là et d'écouter toute l'histoire, murmura-t-elle.

— Oui, ça n'a pas dû être très agréable, mais le pis était encore à venir. Le général a raconté que Frau Ridder avait un certain défaut physique, et il a ajouté que c'était quelque chose qu'on n'oubliait pas.

— Oui, dit Miranda, mais il avait tort. J'en ai bien oublié un autre.

— Vous n'étiez qu'une enfant et terriblement effrayée : pour vous, ce n'était qu'un détail sans importance parmi tant de choses horribles. Mais je crois que l'ex-gouvernante a pensé que la remarque du général la visait. Rappelez-vous, elle l'avait vu et lui avait parlé chez les Ridder. Elle a pu supposer qu'il l'avait reconnue. Ou même avoir cru qu'il racontait l'histoire pour surprendre une réaction de sa part. C'est pourquoi elle a décidé d'agir sur-le-champ pour l'empêcher de la dénoncer quand elle arriverait à Berlin, et l'occasion s'est présentée quand il a parlé de son somnifère.

Miranda s'exclama :

— Alors, c'est bien Mademoiselle qui l'a tué !

— Je le crois, dit Simon lentement. Vous m'avez tous dit que le général, Mrs. Melville et elle-même avaient pris des somnifères. Mais, quoique beaucoup de gens aient vu le général et Mrs. Melville les avaler, personne ne semble avoir vu la gouvernante en faire autant. Je suppose qu'elle a mis le somnifère dans le lait chaud qu'elle a donné à Lottie, pour être sûre que la petite fille dormirait profondément.

— Mais... Friedel ? demanda Miranda. Pourquoi Friedel ? Il n'y avait aucune raison.

— La raison, je ne la connais pas encore, reconnut Simon. Il est tout à fait possible qu'elle l'ait assassinée, mais qu'elle l'ait tuée par erreur, la prenant pour quelqu'un d'autre.

— Stella, souffla Miranda.

— Peut-être. Mais aussi — toujours en supposant qu'elle soit l'assassin —, elle peut l'avoir prise pour vous.

— *Moi ?*

Miranda sursauta et pâlit.

— Mais pourquoi moi ? Vous plaisantez !

— Cela ne me paraît pas matière à plaisanterie, observa gravement Simon.

— Mais pourquoi moi ? Cela n'a pas de sens !

— Vous possédez peut-être un objet dont elle — ou quelqu'un d'autre — voulait s'emparer. *Ça...* (Simon toucha le bracelet de Miranda.) La croix ansée. Elle était dans votre poupée, vous vous en souvenez peut-être. Je ne crois pas que Mlle Beljame ait su que vous l'aviez jusqu'au moment où vous avez vous-même attiré l'attention dessus.

Miranda eut un coup d'œil de répulsion pour le petit porte-bonheur en métal.

— Mais pourquoi le voudrait-elle ?

— Je ne sais pas, je ne suis même pas sûr de ce que j'avance. Pour l'instant, ce n'est qu'une hypothèse, mais je m'intéresse à ce porte-bonheur parce que vous ne portiez pas le bracelet quand vous êtes arrivée à Berlin, ni quand je vous ai parlé l'après-midi à l'hôtel des Familles.

Miranda fronça les sourcils.

— Je devais l'avoir ! Je le porte toujours. Non... vous avez raison, je ne parvenais pas à faire fonctionner le fermoir, qui est dur, et j'ai mis le bracelet dans ma poche.

— Quelqu'un a remarqué que vous ne le portiez pas et a fouillé votre chambre à sa recherche.

— Comment pouvez-vous le savoir ?

— Je ne le sais pas, ce n'est qu'une idée. Mais puisque j'étais sûr qu'il n'y avait pas eu de perquisition officielle dans votre chambre, j'ai compris que vous possédiez sûrement une chose que quelqu'un voulait désespérément. Ayant entendu au moins une demi-douzaine de versions de l'histoire du général et de ce qui s'est ensuivi, j'ai deviné ce que c'était.

Le regard de Miranda se porta sur le visage de Simon, puis revint au bracelet.

— Ce n'est pas possible ! Pourquoi essayer de me tuer quand il aurait été bien plus simple de voler le bracelet ?

— Peut-être n'était-il pas si facile que cela à voler, suggéra

Simon. Vous venez de me dire que vous le portiez tout le temps. Peut-être aussi y avait-il urgence.

Miranda répondit :

— Non, ce n'est pas possible. Vous avez oublié le manteau. Friedel portait le manteau de Stella.

— Oui, je sais, mais votre manteau est en petit-gris, n'est-ce pas ? Au clair de lune, la différence de couleur est négligeable. Il y a un autre point que personne ne semble avoir remarqué : Friedel et vous êtes brunes, mais Mrs. Melville est blonde.

Miranda rappela à voix basse :

— Stella croyait que quelqu'un avait voulu la tuer.

— Je le sais. Elle était presque folle d'inquiétude, n'est-ce pas ? Je m'en suis rendu compte, mais il valait mieux la laisser dans cet état pour que l'assassin croie que nous étions partis sur une fausse piste.

— Elle a dit qu'il y avait une raison...

Miranda s'arrêta. Simon leva les yeux rapidement :

— Qu'est-ce que c'est ? Qu'a-t-elle dit ?

— Presque rien, répondit Miranda lentement. Que quelqu'un avait voulu la tuer. Et quand je lui ai demandé de ne pas faire la sotte et de me dire si elle connaissait une raison quelconque pour qu'on veuille l'assassiner... elle a murmuré : oui.

— Vous en êtes sûre ? demanda Simon.

— Tout à fait ; elle parlait très bas, comme pour elle-même. Après, elle a prétendu n'avoir rien dit de ce genre, mais c'était faux, je l'ai entendue. Elle n'était pas seulement effrayée, elle était terrifiée !

Simon Lang murmura : « Oh ! » d'un ton préoccupé. Il resta un instant silencieux, contemplant la mince spirale de fumée qui montait de sa cigarette ; puis Miranda ajouta :

— Si c'est Mademoiselle qui a tué le général et Friedel, l'affaire est terminée !

— C'est là que vous vous trompez, puisque maintenant Mademoiselle elle-même a été assassinée.

— Je l'avais oublié, dit Miranda d'une voix triste. Elle se tourna pour regarder par la fenêtre et demanda brusquement :

— Serait-ce Elsa Marson ?

— Pourquoi dites-vous ça? interrogea Simon d'une voix bizarre.

Miranda se tourna pour lui faire face :

— Parce que je l'ai vue à l'hôtel le jour de notre arrivée ; elle parlait allemand avec Friedel. Je n'en étais pas sûre à ce moment-là — mais maintenant je sais que c'était Mrs. Marson. Et je l'ai revue au cimetière russe ; elle y était allée pour rencontrer quelqu'un, n'est-ce pas?

— Oui, dit Simon lentement. C'est pour cela que le meurtre de Friedel n'a peut-être aucun rapport avec celui du général, et qu'il a peut-être été commis par un assassin qui savait fort bien qui elle était.

— Qui donc était-elle ?

— C'était la sœur de Mrs. Marson, dit Simon.

— Sa *sœur !*

Miranda, stupéfaite, le regarda bouche ouverte.

— Depuis combien de temps le savez-vous ? Est-ce elle qui vous l'a dit ?

— Depuis hier. Mrs. Marson nous a tout expliqué. Sa mère était française et son père allemand. Ils se sont séparés en 1938 ; la mère a eu la garde de la fille cadette et a repris son nom de jeune fille. L'aînée et le fils sont restés en Allemagne avec leur père. Au début de la guerre, sa famille maternelle a fourni à Elsa de faux papiers d'identité indiquant un père français décédé, et l'a fait passer avec sa mère en Angleterre. La mère est morte pendant la dernière année de la guerre ; et Elsa est devenue secrétaire du directeur d'une entreprise d'import-export.

« Quand le major Marson l'a épousée, il croyait qu'elle était française et enfant unique. Elle n'a pas osé lui dire que son père était non seulement allemand, mais nazi. Puis, l'année dernière, le régiment ayant été envoyé à Berlin, Friedel a rencontré Elsa par hasard, et a été frappée de sa ressemblance avec leur mère et leur frère aîné. Un beau jour, elle a interpellé Elsa dans la rue et lui a dit la vérité. Elsa a perdu la tête et a avoué, alors Friedel l'a fait chanter.

— Elle a menacé de le dire à Harry, je suppose. Quelle ordure !

— Oui. Après avoir versé plusieurs petites sommes d'argent, Mrs. Marson a contracté un emprunt et remis à Friedel une grosse somme en échange de la promesse de quitter Berlin ; mais, quand les Marson sont rentrés de permission, Friedel était encore là. Elle a téléphoné à Mrs. Marson et organisé un rendez-vous à l'hôtel ; c'est à ce moment que vous les avez vues. Vous les avez interrompues et Friedel, qui travaillait chez Mrs. Melville, a reporté le rendez-vous à la soirée. Alors elle a raconté à sa sœur que leur frère était en zone russe où, ayant joué le jeu avec les communistes, il avait atteint une position assez importante, mais il était un peu louche. Alors il a commencé à avoir peur et à vouloir passer en zone occidentale. Seulement il fallait de l'argent, beaucoup plus qu'Elsa ne pouvait en fournir. Son frère croyait savoir comment s'en procurer : il avait quelque chose à vendre que, pensait-il, les Américains ou nous-mêmes serions disposés à payer cher. Et il avait raison ! ajouta Simon d'un air mécontent.

— Qu'est-ce que c'était ? demanda Miranda.

— Ça, ma chère Miranda, c'est encore top secret et le restera probablement. Mais je crois que vous avez vu Mrs. Marson le prendre.

— Oui, j'ai cru qu'elle faisait un peu de marché noir. Mais pourquoi se donner tant de mal ? Pourquoi son frère n'est-il pas tout simplement sorti de la zone russe ? Il semble très facile de passer d'une zone à l'autre.

— Parce qu'il n'osait pas, dit Simon. Par chance, et grâce à un talent pour ouvrir les serrures qui confinait au génie, il avait pu se procurer quelque chose qui était de la dynamite. Il n'avait pas peur d'entrer dans Berlin-Ouest les mains vides, mais il avait peur de pire que la mort s'il était pris avec ce paquet sur lui. Et je ne peux pas dire que je le blâme. Sa sœur et lui ont conclu un accord avec Mrs. Marson. Elle devait participer à une visite guidée, ramasser l'objet et le passer à Friedel. Nous surveillions Elsa Marson parce que nous pensions qu'elle pouvait travailler pour les Russes. Cela avait bien l'air d'être le cas et nous voulions voir qui était son contact.

Miranda raconta :

— Je crois avoir vu quelqu'un le soir où nous regardions tous les ruines de la maison des Ridder. Etait-ce l'un de vos hommes qui la surveillait ?

— Je le pense, répondit Simon, sans paraître davantage intéressé. Quand Friedel a été assassinée, Mrs. Marson a perdu la tête et a tout avoué. Il se fait que son frère et elle nous ont rendu un signalé service.

— Alors, il est passé ?

— Non, pas jusqu'à présent, ce qui me conduit à croire qu'il a été liquidé.

— Pauvre Elsa, quel enfer elle a dû traverser ! Donc, finalement, elle n'avait rien à voir avec Mademoiselle ni avec les Ridder ?

— Non, sauf qu'elle a compliqué le problème.

Miranda ajouta :

— Il y a bien quelque chose d'autre, n'est-ce pas ? Cette fameuse peinture verte. Sinon, vous ne l'auriez pas brusquement mise sur le tapis comme ça.

— Comme quoi ? demanda Simon d'une voix douce.

— Vous en avez parlé exprès, affirma Miranda d'un ton accusateur. N'est-ce pas ? Vous vouliez savoir ce qu'Elsa ferait.

— En vieillissant, je dois devenir plus facile à pénétrer, dit Simon à regret. Ou bien vous êtes trop perspicace pour votre jeune âge.

— Alors j'ai raison ?

— Presque. Vous voyez cette reproduction ? (Simon indiqua d'un mouvement de sa cigarette le sombre Vélasquez.) Cela fait un excellent miroir : on exprime plus facilement ses émotions quand on ne se croit pas observé. Mrs. Marson commençait à penser que les Russes pourraient avoir entendu parler de son rôle dans la sortie du paquet de Berlin-Est. L'allusion à la peinture verte à propos de Mademoiselle lui a immédiatement suggéré que la gouvernante et son assassin avaient rôdé autour de sa maison. Je ne m'intéressais pas aux réactions de Mrs. Marson, mais *beaucoup* à celles de Mrs. Melville. Je voulais savoir si la peinture verte signifiait quelque chose pour elle. C'était le cas.

— C'est absurde ! s'exclama Miranda d'un ton acerbe. Vous vous imaginez des choses !

— Vraiment ? dit Simon avec douceur. Je ne crois pas.

Miranda se leva tout à coup.

— Qu'est-ce que vous insinuez ? demanda-t-elle en haletant.

Simon se pencha sur l'appui de la fenêtre et jeta son mégot dans les buissons.

— Ce n'était pas une insinuation, c'était l'énoncé d'un fait. Il appuya sa tête contre le châssis de la fenêtre et regarda Miranda, les mains au fond de ses poches.

— La peinture verte signifiait quelque chose pour Mrs. Melville. Cela lui donnait un indice au sujet de quelque chose qui l'avait intriguée, et cela l'a beaucoup effrayée. Au point que j'ai cru un instant qu'elle allait s'évanouir, mais elle l'a très bien dissimulé. La crise de nerfs de Mrs. Marson l'y a aidée et je ne doute pas que Mrs. Melville, si j'avais été en face d'elle, aurait mieux contrôlé son visage. Mais je lui tournais le dos ; et votre regard et celui de Mrs. Marson étaient dirigés vers moi, non vers elle.

Miranda se mit en colère.

— Pourquoi essayez-vous de la faire passer pour une hypocrite ?

— Ma chère Miranda, dit Simon d'une voix douce, il y a une grande différence entre une actrice et une hypocrite. Beaucoup d'hommes et de femmes peuvent très bien jouer un rôle si c'est nécessaire. Certains sont meilleurs que d'autres, c'est tout.

— Vous ne connaissez pas Stella ! dit Miranda d'une voix brève.

— Je me demande si *vous* la connaissez. Asseyez-vous et soyez raisonnable. (Simon la prit par le poignet et la ramena vers la fenêtre.) Comment pouvez-vous être sûre que vous connaissez quelqu'un assez bien pour savoir ce dont il ou elle serait capable sous certaines pressions ? Je n'accuse votre Stella de rien. Je souligne seulement qu'elle sait quelque chose, ou croit savoir quelque chose, à propos de la peinture verte sur la main de Mademoiselle. Elle se décidera peut-être à le dire, je ne puis que l'espérer. Avoir connaissance d'un indice d'importance vitale au sujet d'un meurtre peut être très dangereux. Après tout, un assassin n'est pendu qu'une seule fois.

Miranda, toute pâle, le regarda fixement.

— Vous voulez dire que... que tous ceux qui savent quelque chose pouvant permettre d'identifier un assassin risquent d'être assassinés à leur tour? C'est cela que vous voulez dire, n'est-ce pas?

— Bien sûr. Cela arrive dans presque tous les romans policiers et vous seriez étonnée d'apprendre que cela arrive très souvent dans la vie réelle.

Miranda saisit la manche de Simon d'une main tremblante.

— Wally! souffla-t-elle, le souffle coupé.

Simon fronça brusquement les sourcils.

— Le gosse des Wilkin? Et alors?

— Il était là ce matin. Il m'a dit avoir vu le corps sorti de la piscine hier soir...

— Je sais qu'il l'a vu, dit Simon d'un air mécontent. Et la bicyclette aussi! Elle avait les poignées de guidon en caoutchouc vert marquées de peinture fraîche... Le travail de Wally! Il avait fait cela pour se venger de Mademoiselle, qui l'avait surpris rôdant autour de la maison des Lawrence le soir où elle a disparu. Il cherchait Lottie, semble-t-il, et Mademoiselle, qui avait aussi une ou deux choses à régler avec lui, l'a poursuivi un bâton à la main, et l'a évidemment touché plusieurs fois. La peinture était la vengeance de Wally.

— Alors, pourquoi ne l'avez-vous pas dit tout de suite, au lieu d'affoler Stella et la pauvre Elsa Marson avec vos insinuations sinistres? demanda Miranda avec feu.

— Je vous ai déjà répondu, dit Simon avec patience. Je voulais savoir si par hasard la peinture verte signifiait quelque chose pour l'une des personnes présentes. En principe, cela n'aurait pas dû être, puisque seule la police — et Wally bien entendu — connaissait cette fameuse peinture. Voyez-vous, cette peinture, elle n'a été appliquée que dans la soirée du jour où Mademoiselle a disparu. Comme il faisait noir quand elle est allée chercher l'ours en porcelaine de Lottie à la piscine, elle ne l'a pas remarquée. Une fois en selle, elle a dû se rendre compte qu'il y avait quelque chose de collant sur les poignées, mais le caoutchouc devient souvent poisseux en vieillissant ; elle a probablement cru que c'était cela ou, si elle s'est aperçue que c'était de la peinture, elle a sans doute décidé de ne s'en occuper qu'en rentrant. Malheureusement, elle n'est jamais rentrée.

— Je ne vois toujours pas pourquoi Stel...

— Servez-vous de vos petites cellules grises, Miranda ! interrompit Simon avec brusquerie. Personne, sauf Wally, Mademoiselle et l'assassin — qui a vraisemblablement touché aux poignées quand il a jeté la machine dans la piscine —, ne pouvait savoir quoi que ce soit au sujet de cette peinture. A moins que quelqu'un d'autre ne l'ait touchée par accident, soit quand la bicyclette était arrêtée chez les Lawrence, soit en passant par la grille d'entrée de la piscine.

— Wally pourrait en avoir parlé à quelqu'un.

— J'en doute. J'ai surpris ce jeune démon alors qu'il regardait extraire le corps de la piscine. A ce moment-là il a accepté de parler de la peinture, il ne pouvait faire autrement car ses vêtements étaient couverts de taches. Je lui ai bien sonné les cloches et je lui ai dit que, s'il prononçait un seul mot à propos de cette affaire, il serait pendu !

— Il ne m'en a pas parlé, assura Miranda, mais il a dit qu'il savait qui avait tué Mademoiselle. Supposons qu'il se cachait également là mardi soir... Supposons...

Simon se leva comme mû par un ressort et sa voix tranquille avait pris une dureté inhabituelle.

— Vous a-t-il donné un nom ?

— Non, dit Miranda, d'une voix mal assurée. Nous avons été interrompus et il s'est enfui.

Simon proféra un juron qui marquait une telle rage concentrée que Miranda tressaillit et ouvrit de grands yeux. Il semblait cependant que la fureur de Simon s'était dirigée ni contre elle, ni contre le jeune Wilkin, mais contre lui-même.

— Pourquoi n'y ai-je pas pensé ? J'aurais dû comprendre

qu'il devait y avoir une raison particulière pour que ce gosse s'intéresse à la piscine, pour qu'il se trouve traîner par là. J'aurais dû l'enjôler, au lieu de l'effrayer au point qu'il s'est fermé comme une huître. Je devrais être pendu et écartelé !

— Mais vous ne pouvez pas..., mais vous ne croyez pas qu'il savait *réellement,* n'est-ce pas ? di Miranda d'une voix tremblante.

— Nous pourrons toujours savoir ce qu'il en est, conclut brièvement Simon.

Il traversa rapidement la pièce mais, arrivé à la porte, s'arrêta net et revint à Miranda.

— Ce que je vous ai dit hier soir est toujours valable. Vous ne devez rien dire à personne de tout cela.

— Bien sûr, dit Miranda d'une voix hésitante.

Il la regarda, son visage normalement sans expression exprimant un bizarre mélange de doute et d'irrésolution. Il murmura quelque chose si bas que Miranda ne put le comprendre, fit demi-tour et la laissa seule.

# 16

Stella rentra, pâle et paraissant épuisée, cinq minutes au plus après le départ de Simon. Elle parut surprise :

— Je croyais qu'il voulait me voir, dit-elle, en s'effondrant sur le sofa. Elle appuya la tête sur sa main et ferma les yeux.

— Tu devrais prendre deux comprimés d'aspirine et passer la journée au lit, suggéra Miranda. Tu as l'air d'un fantôme.

— Vraiment ?

Stella se leva et alla se regarder dans un petit miroir de Venise placé sur la cheminée.

— J'ai l'air d'avoir vieilli, n'est-ce pas ? J'ai l'impression d'avoir pris dix ans depuis que je suis arrivée à Berlin. Oh là là, cette Marson !

— Comment va-t-elle ?

— J'ai téléphoné à son malheureux mari et il est venu tout de suite. Je penserais volontiers que le colonel Lawrence doit être en train de devenir cinglé, avec ces enquêtes de police qui prennent le temps de ses officiers, et ces femmes hystériques.

— Est-ce qu'elle a été très ennuyeuse ?

— Terrible ! dit Stella avec conviction. Elle semble avoir la phobie des espions soviétiques. Elle croit que Mademoiselle en était peut-être un. Elle croit aussi que les Russes veulent la tuer pour se venger de je ne sais quoi. Je crois qu'elle est un peu folle !

Fatiguée, elle s'appuya à la cheminée, tournant le dos à Miranda, et ajouta :

— C'est à cause de la peinture verte. Le capitaine Lang a dit quelque chose à ce sujet et, d'après Mrs. Marson, cela prouverait que Mademoiselle a été fureter autour de leur maison.

Elle racontait tout cela sur le ton de la conversation, mais

Miranda, surprise et choquée, se rendit soudain compte que Stella la regardait dans le miroir de Venise avec une attention inexplicable et furtive. Elle rougit violemment et détourna son regard. C'était donc vrai ce que Simon avait dit ! Stella savait quelque chose à propos de cette peinture verte, et elle voulait se rendre compte si Miranda, elle aussi, savait. Elle en avait parlé exprès tout en regardant le visage de Miranda dans le miroir, comme Simon Lang l'avait regardée dans le Vélasquez sous verre.

Stella... Miranda regarda sans voir par la fenêtre, et pensa à ce qu'elle savait d'elle. Elle avait dit avec tant de confiance à Simon : « Vous ne connaissez pas Stella » et il avait répondu : « Et vous ? » Elle avait fréquenté Stella pendant si longtemps, mais jusqu'à quel point la connaissait-elle vraiment ?

Pendant l'enfance et l'adolescence de Miranda, Stella avait fait partie de son cadre de vie, cela allait de soi. C'était, de bien des points de vue, une personne curieusement infantile, une enfant charmante, quelque peu gâtée, simple, directe et pas très intelligente. Elle était gaie et enjouée quand tout allait bien, pleurnicharde et révoltée par l'injustice de la vie lorsque les choses allaient mal. Elle était jolie sans être belle, et toujours très bien habillée : calme, parfumée et brillante. Devenue veuve, elle avait de nouveau épousé un militaire, alors qu'elle haïssait la vie de l'armée et la perspective de vivre à l'étranger. Elle adorait l'Angleterre et Mallow... et Robert.

Une idée s'ancra soudain dans l'esprit de Miranda et devint vite une certitude. Robert ! Stella aimait passionnément Robert. Elle mourrait pour lui si c'était nécessaire. Pour lui, elle accepterait certainement de mentir, de combattre, de ruser, pour le protéger. Simon avait dit que la plupart des gens pouvaient simuler si les circonstances les y obligeaient ; Miranda avait pensé alors, avec mépris : « Pas Stella ! » Mais même un oiseau fera semblant d'avoir une aile brisée, jouera son rôle à la perfection, boitant et battant des ailes, pour écarter un ennemi de son nid.

Pour quelque obscure raison, Stella craignait pour Robert, bien plus que pour elle-même. Elle s'était convaincue que quelqu'un avait voulu la tuer, provoquant chez elle une terreur qui la rendait frissonnante et impuissante. Mais maintenant elle n'était plus du tout impuissante ; elle était prudente, vigilante, en arrêt.

La térébenthine ! pensa tout à coup Miranda. Robert en avait renversé ! Quand était-ce ?... Mardi soir bien sûr ! Etait-ce à cela que Stella avait pensé ? Avait-elle été intriguée ? Quand on avait parlé de peinture verte, avait-elle pensé que Robert avait peut-être employé la térébenthine pour enlever des taches de ses vêtements ? Que savait Stella, ou que croyait-elle savoir ?

De toute façon, elle avait tort ! Il était impossible que Robert ait été impliqué dans le meurtre de Mademoiselle, pour une très simple raison : il n'avait aucun moyen de savoir que Mademoiselle serait à la piscine en fin de soirée, puisque sa présence y était purement fortuite. Il avait assisté à une conférence qui ne s'était terminée que vers sept heures et demie ; Harry Marson l'avait ramené chez lui et, à partir de ce moment jusqu'au coucher, il était resté en compagnie de Stella, de Miranda, ou des deux.

Même si Robert n'avait pas eu d'alibi, ayant été vu près de la piscine ce soir-là, Miranda aurait quand même su qu'il ne pouvait avoir assassiné Mademoiselle. Ce n'était pas une question de preuve, mais d'instinct. Il n'y avait rien de dur en Robert. Il était charmant et attirant ; malgré une crise de colère de temps à autre, c'était essentiellement quelqu'un de facile à vivre — elle ne voulait pas employer le mot faible, même en pensée.

Robert n'attachait pas assez d'importance aux choses pour commettre un meurtre, pensa Miranda, essayant de s'expliquer à elle-même sa conviction. Il éviterait toujours n'importe quel désagrément plutôt que d'y faire face, si cela devait impliquer une action énergique. Il aimait Stella, mais pas comme Stella l'aimait : il se laissait aimer. Il attendait toujours que les choses arrivent, ne faisant jamais rien pour les provoquer. « Comment se fait-il que je peux m'en rendre compte, se dit Miranda, mais pas Stella ? » La réponse se présenta à son esprit presque avant la question : c'était parce que Stella était amoureuse de lui, et que l'amour est aveugle. Elle ne pouvait pas raisonner mais seulement sentir.

La voix acerbe de Stella rompit le silence.

— A quoi penses-tu, Miranda ?

Miranda se retourna rapidement et répondit avec quelque confusion :

— A rien. Je veux dire que je pensais à toute cette affreuse histoire et...

Un bruit de voix et de rires dans le hall l'interrompit. Elle s'aperçut avec plaisir que Robert était rentré ; il devait être plus tard qu'elle ne l'avait cru.

— J'espère seulement qu'il reste de la bière, dit Stella d'une voix anxieuse. Il doit avoir ramené quelqu'un avec lui. Je me demande...

Elle s'arrêta net et Miranda la vit se raidir. Le colonel et Mrs. Leslie, Robert et les Page entrèrent.

Robert embrassa légèrement sa femme et demanda :

— Stella, ma chérie, avons-nous un bidon d'essence en réserve ? Andy m'a très gentiment proposé de m'emmener, puis est tombé en panne sèche à environ quatre cents mètres. Nous avons été obligés d'abandonner la voiture, et le colonel Leslie nous a ramenés. Il y a un bidon de dix litres dans le garage, n'est-ce pas ?

— Oui, je crois.

— Bon, prenons d'abord un verre. Un demi, mon colonel ? Il y a aussi du gin si vous préférez. Du sherry pour vous, Norah ?

— Merci.

Mrs. Leslie regarda Stella.

— Je dois m'excuser pour cette invasion, mais votre mari a insisté.

Stella eut un sourire contraint qui n'atteignait pas ses yeux, et murmura une formule de politesse. Norah Leslie accepta une cigarette et s'assit sur le sofa. Sally Page se percha gracieusement sur l'accoudoir d'un fauteuil, balançant une jambe longue et mince. Elle s'adressa à Stella avec un sourire charmeur :

— C'est vraiment notre faute, Mrs. Melville. Je ne peux

pas obtenir d'Andy qu'il fasse réparer la jauge d'essence, et des pannes de ce genre se produisent constamment.

— C'est absurde, rétorqua Andy avec irritation. Cela ne s'est produit qu'une seule fois jusqu'ici, le jour où nous avons découvert que la jauge était détraquée. Je ne comprends pas comment cela a pu se reproduire. J'ai fait le plein il y a un jour ou deux. Ce sont toutes tes réceptions qui dévorent l'essence.

— Ou une fuite au réservoir, c'est bien plus probable, répliqua Sally. Il n'y a rien à attendre d'une pièce de musée comme cette bagnole.

Elle se tourna de nouveau vers Stella.

— Je passe mon temps à dire à Andy qu'une voiture d'avant-guerre de cinquième main est une mauvaise économie. Une voiture convenable coûterait pas mal plus cher à l'achat mais en fin de compte on y gagnerait ! ne croyez-vous pas, Mrs. Melville ?

L'arrivée inattendue de Harry Marson évita à Stella de répondre.

— Salut ! dit Harry, s'arrêtant à l'entrée et regardant autour de lui. Je crois que je suis en train de resquiller dans une réception.

— Pas du tout, fit Robert aimablement. Nous sommes réunis ici tout à fait par hasard. Plus on est de fous, plus on rit. Voulez-vous un demi ?

— Oui, merci. (Il se tourna vers Stella.) Elsa m'a envoyé demander si vous pourriez lui prêter quelque chose à lire, des magazines de préférence. Je l'ai expédiée au lit. Elle se sentait mal fichue.

— Bien sûr ; je n'ai pas grand-chose comme magazines, mais je peux lui donner tout ce que j'ai.

— C'est très aimable à vous, remercia Harry Marson, qui leva sa chope. Eh bien... à la santé du crime !

Il but une grande gorgée, sans paraître remarquer le silence tendu que ses paroles venaient tout à coup de provoquer.

Miranda jeta un coup d'œil sur la pièce. Sally, qui venait de s'immobiliser, ne balançait plus son petit pied dans sa jolie chaussure. Mrs. Leslie laissait tomber la cendre de sa cigarette sur sa jupe, sans s'en apercevoir. Andy Page tenait sa chope si serrée que ses phalanges se détachaient en blanc sur sa peau hâlée. Un petit muscle se contractait nerveusement à l'un des coins de la bouche du colonel Leslie, contrastant avec son expression habituelle d'ennui. Le regard effrayé de Stella s'était porté un instant sur Robert dont la belle bouche se crispait, puis s'en était écarté...

Mrs. Leslie rompit le silence qui commençait à devenir accablant.

— Vous renversez votre sherry sur le fauteuil, Sally, dit-elle brusquement.

Sally redressa le verre qu'elle tenait incliné, et se leva en hâte :

— Oh, là, là! Je regrette, Mrs. Melville. Comme c'est bête de ma part!

Elle tira de son sac à main un mouchoir en papier et frotta anxieusement la tache.

— Cela vous coûtera neuf pence, intervint Robert. Et si vous continuez à frotter, deux shillings de plus pour faire stopper le trou.

Sally rit et jeta le mouchoir froissé vers la cheminée. La tension avait diminué et les conversations reprirent, mais Miranda n'en fut pas dupe. Dans le bref silence qui avait suivi le toast porté mal à propos par Harry Marson, elle avait compris que les Page aussi savaient que Mademoiselle était morte; les Leslie devaient le leur avoir dit. Tout le monde cherchait à se comporter comme si rien ne s'était produit mais, pendant cette matinée, chacun avait appris qu'il y avait eu un troisième meurtre et chacun jouait son rôle, parlant de banalités d'une voix gaie, artificielle.

« Jouer de la lyre pendant que Rome brûle! » pensa Miranda exaspérée. Elle attaqua d'une voix claire et dure :

— Eh bien, que pensez-vous de notre dernier meurtre?

Sept visages se tournèrent aussitôt vers elle comme tirés par une même ficelle. Sept visages fermés, sans expression.

Stella intervint :

— Miranda, je t'en prie !

— Pourquoi ? demanda Miranda d'un ton cassant. Pourquoi n'en parlerions-nous pas ? C'est à cela que nous pensons tous, n'est-ce pas ?

Robert se leva rapidement et, s'approchant de Miranda, l'enlaça.

— Doucement, ma chérie. Nous savons tous ce que tu ressens et nous ressentons tous à peu près la même chose.

Miranda se dégagea avec colère.

— Je ne fais pas une crise de nerfs si c'est ça que tu veux dire. Je pense seulement qu'il est stupide de faire semblant quand... quand nous savons tous ce qui est arrivé.

Robert alla se rasseoir et se versa un autre verre de bière.

— Bien entendu, nous savons tous, dit-il posément. Nous avons tous été cuisinés une nouvelle fois séparément. Mais ce que tu ne comprends pas, Miranda, ma chérie, c'est qu'il y a une limite. Nous avons été saturés d'horreur ces derniers temps et ce troisième meurtre, c'est la goutte d'eau qui fait déborder le vase. Nous ne sommes pas des autruches enfonçant leur tête dans le sable, mais nous n'avons plus envie de parler de tout cela. Donc, ma chère, pour l'instant nous parlerons d'autre chose si tu veux bien.

— Très bien ! Très bien ! approuva Harry Marson. En ce qui me concerne, je réfléchis au point que mon cerveau est en train d'exploser. Je propose maintenant qu'on s'arrête une bonne fois, si Dieu et les flics le permettent.

Il acheva sa chope et la posa bruyamment.

— Je regrette, fit Miranda, contrite. Vous avez raison, bien sûr, c'est seulement que je... Elle fit un effort pour se taire.

— Oublie tout cela, ma chère, dit Robert d'un ton léger. Un peu de bière, Harry ?

— Non, merci. Il est temps que je rentre.

Stella dénicha quelques magazines et un roman pour Elsa Marson ; le groupe se dispersa : Harry et Mrs. Leslie sortant par le jardin, Robert accompagnant les Page au garage à la recherche d'essence.

Le colonel Leslie, qui avait offert de conduire les Page à leur voiture abandonnée, resta quelques instants dans le hall, attendant leur retour du garage et parlant avec bonté à Miranda :

— Courage, ma chère. Ne vous laissez pas abattre. C'est une terrible histoire, mais peut-être pas aussi terrible que Lang et son groupe et la Polizei semblent le croire. Mademoiselle a peut-être pris sa bicyclette avec elle, au lieu de l'abandonner dehors, et l'a poussée le long de la piscine. Alors elle a trébuché, ou la machine a dérapé et l'a entraînée avec elle ; elle a pu tomber sur la tête. Ces grandes bottes de paille l'auraient laissée entrer dans l'eau, mais l'auraient empêchée d'en sortir. Dommage que le maître nageur, Kroll, ne l'ait pas trouvée plus tôt ou plus tard après notre départ ! Il nous a appelés pour nous montrer le cadavre et, sans lui, nous n'aurions pas été impliqués. Et si nous ne vous avions pas demandé d'aller nager avec nous, *vous,* Miranda, ne l'auriez pas été non plus. Je regrette tout cela...

— Il n'y a pas de quoi, dit Miranda tristement. Nous aurions été mis en cause, même si elle avait été trouvée par le bourgmestre de Berlin et toute sa famille ! Parce qu'elle était la gouvernante de Lottie, employée par Robert et Stella et vivant avec nous dans cette maison !

— Je le crois aussi, reconnut le colonel. Quand même, c'est malheureux que... Ah ! je crois que voilà l'essence

Stella et Robert accompagnèrent l'équipe de secours jusqu'à la barrière. Miranda, laissée seule dans le hall vide, revint dans le salon. Il était tranquille et chaud ; dans le silence, on pouvait entendre par les fenêtres ouvertes les voix de Harry Marson et de Mrs. Leslie dans le jardin.

L'odeur des fleurs était lourde dans la pièce. Miranda regarda d'un air coupable la gerbe de lilas et de branches de cerisier, qui se fanait. Elle se rendit compte qu'elle avait tout à fait oublié le présent d'Elsa Marson. Les tiges avaient été entourées d'un mouchoir en papier humide, mais les fleurs de cerisier se fanaient faute d'eau et, quand elle les prit, une averse de pétales blancs tomba sur le tapis. Elle pensa, un peu irritée, que si Elsa Marson avait besoin d'un prétexte pour aller aux nouvelles chez les Melville, elle aurait pu s'abstenir d'apporter des branches de cerisier, puisqu'elle pouvait fort bien voir de chez elle que le jardin des Melville en était plein !

Miranda se baissa pour ramasser les pétales et s'arrêta, la main touchant presque le chenet.

Elle se releva lentement sans toucher aux pétales et, après avoir posé avec soin les fleurs sur la table, s'assit sur le sofa, une idée tourbillonnant dans sa tête. Elle se souvenait d'un incident qui avait eu lieu dans cette pièce pendant la dernière demi-heure, qu'elle avait remarqué inconsciemment, mais refoulé. Une théorie fantastique, impossible, commençait à se former dans son esprit.

Elle était assise, immobile, fixant un regard vide devant elle. Un petit incident négligé, puis un autre, puis un autre, se détachaient de ses souvenirs récents, et s'ajustaient comme les pièces d'un puzzle pour former une image.

« J'ai regardé les choses à l'envers, pensa Miranda. C'est comme regarder dans un miroir. On voit quelque chose très clairement mais on le voit à l'envers. »

Simon lui-même avait vu à l'envers. Non, ce n'était pas vrai, il avait vu dans les deux sens. Si la mort de Friedel était due à une erreur, la bonne hypothèse était que l'assassin voulait tuer Stella. Les diamants et le paquet qu'Elsa Marson avait sortis de la zone russe n'avaient fait qu'embrouiller le problème. Cela paraissait plus important et plus intéressant, de sorte qu'on avait négligé une chose plus ordinaire. Et, si c'était vrai, Mademoiselle avait seulement fourni l'excuse et l'occasion. Elle était morte maintenant et son histoire était finie, mais l'autre histoire n'était pas finie encore... « Il faut que je le dise à Simon, pensa Miranda, il faut qu'il soit mis au courant. »

Le hall était toujours silencieux, et la maison si tranquille que Miranda pouvait entendre un faible bruit de vaisselle dans la cuisine où Frau Herbach préparait le déjeuner.

Saisie d'une panique soudaine, elle bondit dans le hall et forma le numéro de Simon.

Une voix inconnue lui répondit. Non, le capitaine Lang n'était pas là et on n'avait aucune idée du moment où il rentrerait ; qui était à l'appareil ? Oh ! Miss Brand. Miss

Brand voudrait-elle avoir l'obligeance de laisser un message ? Miranda hésita. Elle entendait la voix de Robert dans le sentier, à côté des fenêtres du salon.

Elle dit en hâte : « Oui, dites-lui que je désire lui parler », et raccrocha.

# 17

L'après-midi s'étirait en longueur et Simon ne téléphonait toujours pas.

Stella feuilletait un magazine et Miranda s'obligeait à lire un livre en cherchant à ne pas penser à la théorie impossible qui lui était venue à l'esprit ce matin. « Je ne veux pas penser à cela ! se dit-elle désespérément, *je ne veux pas.* Je ne veux pas y penser avant l'arrivée de Simon. Il saura ce qu'il faut faire. »

Il était trois heures et demie quand une sonnerie stridente rompit le silence. Miranda jeta son livre et fut à la porte du salon avant que Stella ait pu se lever. « Je vais répondre », dit-elle rapidement. Elle traversa le hall au pas de course et décrocha le récepteur. Mais ce n'était pas Simon Lang.

— Qui était-ce ? lui demanda Stella quand elle revint au salon.

— Ce n'était pas le téléphone, répondit Miranda, c'était la sonnerie de la porte d'entrée, l'un des petits Wilkin demandant si nous avions vu Wally.

— Il joue probablement avec Lottie chez les Lawrence, dit Stella.

— C'est ce que j'ai répondu, dit Miranda en frissonnant.

Wally était-il réellement chez les Lawrence ? Où était-il... ? Elle retint ses pensées avec effroi au moment où elles atteignaient un gouffre béant dans lequel elle n'osait pas regarder. « Je ne veux pas penser à cela, se dit-elle affolée, je ne veux pas y penser, je ne veux pas y penser ! *Wally...* oh, pas Wally ! »

— Il n'y a que les Allemands, dit Stella avec amertume, pour avoir une sonnerie de porte d'entrée qu'il est pratiquement impossible de distinguer de celle du téléphone. Oh, que ne donnerais-je pour être chez moi ! Les jonquilles sont en fleur dans le verger à Mallow et les primevères...

Elle se leva subitement, sortit, et Miranda l'entendit claquer la porte de sa chambre derrière elle ; elle savait que Stella pleurait.

A quatre heures Miranda appela de nouveau Simon, mais il était encore sorti, et la même voix l'assura poliment que le capitaine Lang lui téléphonerait dès son retour.

Robert arriva une heure plus tard, annonçant à regret qu'il devrait dîner tôt et partir immédiatement après, pour écouter un *briefing* du commandant en chef du groupe d'armées du Nord sur « la stratégie des alliés en Europe ».

— J'aurais dû te le dire plus tôt, s'excusa Robert ; avec toutes ces histoires je l'avais complètement oublié. Le briefing est à huit heures et demie, donc je pourrai être rentré vers onze heures au plus tard, mais ne m'attendez pas.

Stella demanda :

— Est-ce que tu prends la voiture ou est-ce que quelqu'un vient te chercher ?

— Non, je ne prends certainement pas la voiture ! Je ne vois pas pourquoi diable je me servirais de ma propre essence. L'une des Volkswagen vient me chercher.

Il baisa les mains de Stella.

— Je regrette, mon amour, je n'aime pas être obligé de sortir et de vous laisser toutes les deux seules à la maison. Dieu merci, nous retrouverons notre ordonnance demain. Le médecin militaire dit que Davies est guéri et, tant que toutes ces affaires ne seront pas réglées, il pourra loger chez nous. Je me sentirai bien mieux quand je saurai qu'il y a ici un type de confiance costaud pour décourager les criminels éventuels quand je ne suis pas là !

Il se tourna vers Miranda et ajouta pour elle :

— Aie l'œil sur elle à ma place, Randa. Elle est presque à bout.

— Entendu.

Robert posa ses mains sur les épaules de Miranda et la fit tourner pour l'amener face à la lumière.

— Tu n'as pas l'air très en forme toi-même, dit-il en

fronçant les sourcils. Ces vacances ont été un enfer pour toi, n'est-ce pas, ma chérie ? Je voudrais que nous ne t'ayons pas entraînée dans toute cette terrible affaire.

— Ne sois pas bête, Robert, répondit Miranda d'un ton crispé. Personne n'aurait pu prévoir ce qui allait se passer ! Et, si je l'avais su, j'aurais probablement pensé que ce serait palpitant, et j'aurais insisté pour venir. Il faut être soi-même impliqué dans une affaire de meurtre pour se rendre compte que ce n'est pas palpitant du tout, mais terrifiant et abominable.

Robert reprit :

— Quand tout cela sera fini, Stella et toi vous ferez mieux de prendre le premier bateau pour l'Angleterre, et d'aller passer un mois ou deux de repos à la campagne dans un endroit sympathique, sans danger, où le seul problème du constable est de savoir qui a volé la courge du postier primée à la Fête des moissons.

Il embrassa Miranda avec affection et sortit dans la froide soirée de printemps.

Stella frissonna soudain.

— Tu as froid, chérie ? demanda Miranda. Pourquoi ne prendrais-tu pas un bain chaud avant d'aller te coucher ?

— Je n'ai pas froid. C'est comme si quelqu'un marchait sur ma tombe ; et, si je me couchais je ne pourrais pas dormir. A quoi cela servirait-il ?

Stella ferma la porte du hall et mit les verrous du haut et du bas. Miranda vit que ses mains tremblaient au point qu'elle pouvait à peine s'en servir, et que son visage était pâle et effrayé. Stella leva les yeux et voyant l'expression de Miranda sourit d'une façon quelque peu incertaine.

— Je sais que c'est stupide de ma part, mais je me sens mieux toutes portes closes. Robert a fermé les deux autres et toutes les fenêtres assez grandes pour laisser passer un chat. Si seulement j'avais su qu'il devait sortir, j'aurais invité deux personnes à venir jouer au bridge.

— Eh bien, faisons-le maintenant, suggéra Miranda. Allons chercher les Leslie.

— Non, dit Stella, frissonnant à nouveau. Rien ne pourrait

m'obliger à traverser le jardin et je n'ai pas l'intention de te laisser y aller, me laissant seule ici, même pour deux minutes. De toute façon, le colonel Leslie ira certainement à cette conférence et je ne pourrais pas supporter le bavardage de Mrs. Leslie en ce moment. Allumons tout dans le salon, et voyons si nous pouvons trouver un bon programme à la radio.

Le salon paraissait plus grand et moins sympathique, une fois toutes les lumières allumées. Quant à la radio, elle leur offrait un concerto mélancolique et gémissant qu'un compositeur avait écrit pour le grand public, un drame sur les racketteurs des quais de New York, une causerie à propos du « Double assassinat de la rue Morgue », une émission politique où divers messieurs excités déclamaient avec passion en français, en allemand, en italien et en russe.

Stella, impatientée, arrêta la radio et alla chercher un livre. Elle ne semblait pas désireuse de parler, mais Miranda remarqua que, bien qu'elle tînt le livre ouvert en le feuilletant de temps à autre, ses yeux étaient immobiles, comme tournés vers l'intérieur sur quelque vision mentale effrayante. De temps à autre, elle frissonnait comme si un courant d'air froid intermittent eût traversé la pièce bien chauffée.

La maison semblait étrangement vide depuis le départ de Robert, mais Miranda ne pouvait se débarrasser de la conviction qu'elles n'étaient pas seules et que, quelque part, tout près de là, une paire d'yeux invisible surveillait tous leurs mouvements. Cependant les rideaux étaient bien fermés et l'on ne voyait pas le jardin sous la lune. Pouvait-il y avoir quelqu'un dehors, derrière cette porte, attendant et écoutant? Non, c'était absurde! Tout était clos et il n'y avait personne dans la maison, sinon Stella et elle. Néanmoins, elle se surprit à écouter avec attention les bruits provenant de la maison vide ou du jardin. Stella semblait dans le même état, car par deux fois elle tourna la tête et jeta un regard inquiet par-dessus son épaule. Son état d'angoisse réagissait désagréablement sur les nerfs tendus de Miranda; les pensées qu'elle avait cherché à écarter pendant tant d'heures revenaient, tournant dans sa tête comme des vautours autour d'un cadavre.

Stella avait-elle remarqué la même chose que Miranda ? L'interprétait-elle de la même façon ? Se trouvait-elle devant l'image qui avait pris forme pour Miranda quelques heures auparavant ? Et la trouvait-elle également vraisemblable et effrayante ?

Pourquoi Simon n'avait-il pas téléphoné ? Avait-il reçu son message ? Si oui, seul un problème urgent et alarmant avait pu l'empêcher de prendre contact avec elle. Il était allé à la recherche de Wally... *Wally !* Elle avait complètement oublié Wally. Peut-être lui aussi avait-il... avait-il disparu ?

Miranda sentait que ses mains étaient froides et tremblantes. Il en était sans doute de même pour Stella, pensa-t-elle. « Nous sommes toutes deux assises ici faisant semblant de lire, et la peur nous rend peu à peu idiotes. C'est presque comme si nous attendions que quelque chose d'horrible survienne. » Elle leva la tête et vit Stella essayer en vain de sourire, son regard désespérément fixé sur elle.

Stella laissa tomber son livre et se leva brusquement.

— Inutile d'essayer de lire ce soir, dit-elle d'une voix aiguë, forcée. Je ne parviens pas à me concentrer. Je crois que je vais tricoter un peu, c'est une occupation agréable et calmante.

Elle sortit rapidement, laissant la porte entrouverte.

Miranda abaissa son livre et pensa : « Vais-je essayer de retéléphoner à Simon ? Non, à quoi bon ? J'ai fait tout ce que je pouvais. »

Elle entendait le pas de Stella dans le hall. Un faible courant d'air froid ouvrit un peu plus la porte du salon et remua les pages du journal sur l'appui de la fenêtre. Ce léger bruit de papier froissé résonna absurdement fort dans la pièce silencieuse. Miranda eut un sursaut violent, se mordit la langue et, fermant son livre avec une brusquerie impatiente, prit une cigarette. Elle fumait très rarement mais, pour l'instant, fumer une cigarette semblait, comme le tricot pour Stella, une occupation calmante.

La sonnerie aiguë du téléphone retentit dans le hall ; l'étui à cigarettes parut s'arracher de ses mains et tomba sur le sol, y répandant son contenu.

« Simon ! » pensa Miranda avec un soupir de soulagement.

Elle sauta sur ses pieds et courut vers la porte, mais Stella était déjà à l'appareil.

— Allô... oui, moi-même.

Miranda resta près de la porte entrouverte, espérant entendre Stella l'appeler, mais ce n'était pas Simon.

— *Qui est à l'appareil ?* (La voix de Stella semblait anormalement aiguë.) Oh ! oui, bien sûr, je me souviens.

Il y eut un halètement audible, suivi d'une longue minute de silence. Miranda savait qu'elle aurait dû fermer la porte et ne pas écouter une conversation privée, mais elle ne bougea pas. Il y avait quelque chose dans la voix de Stella qui l'effrayait. Maintenant, Stella parlait à nouveau :

— *Non !...* Non, je ne peux pas, pas à cette heure-ci !... Mais *pourquoi ?...* Pourquoi pas demain ?... Ce n'est pas la peine, je n'ose pas. Je vous dis que je n'ose pas... pas toute seule. Est-ce que Robert est là ?... Puis-je lui parler ? Oh ! je vois !

Il y eut une autre longue pause, puis la voix de Stella, aiguë et tremblante, absolument pas naturelle.

— Comment puis-je savoir que c'est vous ? Ce pourrait être n'importe qui... Oh !... très bien, je vous rappelle.

Miranda entendit Stella reposer le combiné, puis feuilleter l'annuaire et former un numéro.

— Allô ?... Oh ! c'est vous, je... devais être sûre... Très bien, alors, je le ferai... Oui, dès que je pourrai.

Elle raccrocha et revint d'un pas vif dans le salon. Son visage était blême, ses yeux brillaient de fièvre et sa respiration était irrégulière. Elle dit :

— Il faut que je sorte, je crois que je ne resterai pas très longtemps. Ça... ça ne te gêne pas de rester ici toute seule, n'est-ce pas ? Tu pourrais téléphoner à Mrs. Lawrence ou à quelqu'un d'autre.

— *Tu sors ?* Mais où ? Qui était à l'appareil ? Qu'est-il arrivé ? dit Miranda d'une voix que la crainte rendait plus aiguë.

— C'était le colonel Cantrell. Il dit qu'il doit me voir tout de suite. J'ai répondu que je n'irais pas, mais il affirme que c'est une question très importante et qui ne peut attendre. Il ne veut pas dire grand-chose au téléphone, mais Robert est là avec le capitaine Lang et, je crois, un ou deux autres. Il m'a dit que je devais prendre la voiture et venir tout de suite.

Miranda s'exclama :

— Mais *pourquoi ?* Qu'est-il arrivé ? Personne d'autre n'est mort, bien sûr ?

Elle entendait la note d'hystérie dans sa voix, mais ne parvenait pas à la contrôler.

— Je te dis que je ne sais pas ! J'essaierai de ne pas rester trop longtemps.

Stella se dirigea d'un pas rapide vers le vestiaire, Miranda sur ses talons. Elle décrocha un manteau de tweed, l'enfila nerveusement et prit la clé du garage.

Miranda vit que les mains de Stella tremblaient au point qu'elle ne parvenait pas à boutonner son manteau ; elle lui prit le bras.

— N'y va pas, Stel. Qu'ils viennent ici. Tu ne peux pas y aller toute seule ! C'est dangereux je te dis, c'est dangereux !

— Je dois, dit Stella d'une voix brève. Tout ira bien, Robert est là.

— Non, dit Miranda, *non !*

Stella ne devait pas sortir seule dans cette nuit obscure de printemps, c'était dangereux. Elle ne se rendait pas compte à quel point !

Stella s'arracha à la main qui l'avait saisie et se dirigea vers la porte.

Miranda renonça.

— Très bien, alors, mais je vais avec toi.

Stella se retourna, son visage pâle reflétant à la fois le soulagement et l'angoisse.

— Non, Randa, ne te mêle pas de ça. Robert avait raison, nous ne t'avons déjà que trop laissée te compromettre. Tu restes ici et tu t'enfermes en toute sécurité dans le salon jusqu'à mon retour.

— Ne dis pas de bêtises, répondit Miranda, enfilant rapidement un manteau. Si tu pars, je pars. Je ne vais pas te laisser seule, c'est trop dangereux. D'ailleurs, j'ai promis à

Robert que j'aurais soin de toi. Viens... avons-nous une lampe de poche ?

— Oui, mais...

— Je ne vais pas me mettre à discuter avec toi, chérie, interrompit Miranda d'un ton ferme, mais si tu as cru un seul instant que j'allais accepter de rester seule ici, tu es cinglée !

Stella eut un rire quelque peu hystérique.

— Très bien, alors, que cela retombe sur ta tête !

Elle ouvrit la porte et Miranda sentit sur sa joue un petit vent frais. Elle tourna la tête, intriguée, car la porte d'entrée était encore fermée et c'est seulement alors qu'elle remarqua que la petite fenêtre à côté était ouverte à l'air de la nuit.

Cette fenêtre n'était qu'une fente dans le mur, une étroite plaque de verre épais dans un cadre d'acier, qui s'ouvrait vers l'intérieur ; elle avait probablement été placée là pour qu'on puisse voir toute personne appuyant sur la sonnette. Les lettres, les petits paquets ou les messages pouvaient être reçus sans qu'il soit nécessaire d'ouvrir la porte. Cela avait peut-être été une précaution nécessaire pendant l'époque nazie et, même aujourd'hui, Frau Herbach la cuisinière, regardait anxieusement par cette fenêtre avant de laisser entrer un visiteur.

Elle demeurait rarement ouverte et elle ne l'était certainement pas quand Robert était parti. Miranda n'en pouvait douter, car elle avait regardé Stella fermer la porte ; ni l'une ni l'autre n'auraient pu négliger une fenêtre ouverte immédiatement à côté. Frau Herbach était partie avant la nuit, et il n'y avait dans la maison que Stella et elle-même. Alors, qui avait ouvert la fenêtre ?

Elle était trop étroite pour laisser passer même un tout petit enfant. Peut-être quelqu'un avait-il pensé qu'en y passant le bras on pourrait ouvrir la porte ? C'était impossible, car la fenêtre ouvrait vers la gauche et aucun bras ne pouvait atteindre même le bord de la porte ; mais quelqu'un se trouvant à l'extérieur pouvait ne pas le savoir...

Stella ouvrit le dernier verrou, et remarqua le regard fixe et effrayé de Miranda.

— Qu'y a-t-il ? Qu'est-ce que tu regardes ?

— La fenêtre, murmura Miranda en tremblant. L'as-tu ouverte ?

Stella fit non de la tête. Ses yeux étaient agrandis de terreur.

— Quelqu'un l'a ouverte. Elle ne l'était pas quand tu as fermé la porte après le départ de Robert.

Stella passa la langue sur ses lèvres sèches :

— Peut-être que la fermeture est lâche, et que la fenêtre a été ouverte par le vent.

Elle saisit le bras de Miranda.

— Randa, tu ne penses pas... tu ne penses pas... ?

Miranda reprit :

— Je ne sais pas. Referme cette porte et attends ici une minute.

Elle se retourna et traversa le hall en courant.

— Où vas-tu ? *Miranda ! Où vas-tu ?*

La voix de Stella devint un cri.

— Je vais chercher le revolver de Robert.

Une minute plus tard, elle était de retour, hors d'haleine, le gros revolver d'ordonnance à la main. Stella se recula à cette vue. Elle paraissait sur le point de s'évanouir :

— Qu'est-ce... qu'est-ce que tu vas en faire ? murmura-t-elle.

— Dieu seul le sait, mais cela peut être utile. Par exemple pour menacer quelqu'un qui nous paraît dangereux !

Stella regarda l'arme puis le visage de Miranda et éclata brusquement d'un rire hystérique. Ses yeux n'étaient plus terrifiés mais brillaient d'excitation.

— Je n'avais jamais pensé à ce revolver, dit elle. Oscrions-nous nous en servir si... si...

— Bien sûr, répondit Miranda avec une confiance qu'elle était loin de ressentir. N'importe quel imbécile peut appuyer sur une détente. Nous tirerons d'abord et poserons des questions ensuite. Le pire qui puisse arriver est d'être inculpées d'homicide justifiable ! Allons-y !

Il y avait un halo de brume autour de la lune. A nouveau, un petit vent frais dans les branches des arbres déplaçait lentement les ombres portées par le réverbère voisin sur les murs de la maison et le chemin conduisant au garage.

L'ombre épaisse des lilas obscurcissait la porte du garage et, au moment où Stella allumait la lampe de poche et mettait la clé dans la serrure, les buissons remuèrent avec bruit et une branche craqua nettement dans l'ombre. « Ce n'est que le vent, se dit Miranda, cherchant désespérément à se rassurer. Ce n'est que le vent. »

Elle tournait le dos à Stella et à la porte du garage, face aux buissons de lilas, le revolver de Robert à la main. Elle murmura avec impatience :

— Vite, Stella !

— Je vais aussi vite que je peux, c'est dur.

La clé grinça dans la serrure et, l'instant d'après, Stella ouvrit les portes en grand.

Une fois encore une branche craqua dans l'obscurité et une ombre qui n'était pas due au réverbère glissa à travers l'étroit sentier près de la maison puis se fondit dans l'ombre plus obscure des murs...

Stella ouvrit la portière et alluma les phares. Leur lumière emplit le garage et fit reculer l'obscurité autour des portes. Les petits bruits de la nuit étaient noyés dans celui du moteur.

— Monte, Randa.

La voiture s'engagea dans la rue et tourna vers la ville.

Lorsque le bruit du moteur eut disparu dans le lointain et que la rue fut redevenue silencieuse, une silhouette qui s'était dissimulée dans l'ombre noire d'un angle du mur courut légèrement dans le sentier vers la porte du hall. Elle s'arrêta un instant, regarda avec intérêt la fenêtre ouverte puis entra par la porte que Stella avait seulement poussée et la referma.

Un instant plus tard, s'il y avait eu quelqu'un dans la maison, il aurait pu entendre le léger bruit du téléphone soulevé doucement de sa fourchette, et celui d'une main formant un numéro.

Miranda se rejeta contre le dossier, respirant rapidement comme si elle avait couru. Les paumes de ses mains étaient moites. Elle posa soigneusement le revolver sur le siège à côté d'elle, et se frotta machinalement les mains sur son manteau.

Maintenant qu'elles avaient quitté la maison, elle se posait des questions, des questions stupides et effrayantes qui restaient sans réponse.

Qui avait ouvert la fenêtre à côté de la porte du hall et pourquoi ? Y avait-il réellement eu quelqu'un dans l'ombre des lilas, près du garage, ou était-ce seulement le vent — ou un chat ? Pourquoi le colonel Cantrell voulait-il voir Stella seule, et non Miranda ? Etait-ce réellement le colonel Cantrelle qui avait téléphoné, ou quelqu'un qui voulait amener Stella à sortir de la maison ? Elle aurait pu ne pas reconnaître la voix.

Miranda dit brusquement :

— Comment sais-tu que c'était le colonel Cantrell qui a téléphoné ? Ça pouvait être quelqu'un se faisant passer pour lui.

Stella la regarda et la voiture fit une légère embardée :

— Je n'en savais rien, c'est pourquoi je lui ai dit que je le rappellerais.

— En effet, je l'avais oublié. Donc, tout doit être O.K.

— Bien sûr, dit Stella impatientée, regardant à nouveau la route.

Mais était-ce vrai ? N'était-il pas possible que quelqu'un eût employé le téléphone du colonel, sachant qu'il n'était pas là. Mais, si on voulait faire sortir Stella de la maison, pourquoi la fenêtre avait-elle été ouverte ? Il devait s'agir plutôt de quelqu'un qui voulait entrer.

Une autre idée, une idée froide, horrible, vint à l'esprit de Miranda. Si Stella était partie, elle, Miranda, serait restée seule dans la maison vide. Etait-ce voulu, et avait-elle gâché quelque plan établi avec soin en insistant pour venir ?

Miranda frissonna et ferma les yeux très fort, comme si cela suffisait à éliminer les images atroces qui la tourmentaient. Elle revit encore, comme projetée sur un écran dans son cerveau, la fenêtre ouverte à côté de la porte du hall.

Cette fenêtre... Si seulement elle pouvait s'arrêter une minute d'avoir peur et penser avec clarté, cette fenêtre pourrait lui dire quelque chose. Elle ne savait pas pourquoi, mais elle en était certaine. Il y avait là quelque chose de simple et d'évident, quelque chose qui hurlait mais qu'elle ne pouvait entendre parce que l'angoisse allait et venait en elle comme chez un animal terrifié pris au piège.

Miranda, ouvrant les yeux, s'aperçut qu'elle était dans l'obscurité et constata que Stella avait éteint les phares et que la voiture roulait lentement dans une longue avenue bordée d'arbres, mal éclairée par deux réverbères qui ne donnaient que de petites taches de lumière dans cette longue étendue sous la lune.

Il n'y avait pas de fenêtre éclairée derrière les arbres, mais des murs en ruine et des fenêtres sans vitres se découpant sur un ciel nocturne à peine éclairé par le reflet des lumières de la ville.

La voiture s'arrêta doucement et, avant que Stella eût éteint les lanternes, Miranda eut juste le temps d'apercevoir des grilles de fer rouillé qui lui étaient vaguement familières. Le moteur s'arrêta ; les lumières du tableau de bord s'éteignirent, et les deux femmes se trouvèrent dans l'obscurité.

Miranda sentit Stella frissonner à côté d'elle, puis l'entendit ouvrir la portière et descendre doucement. Elle resta là un instant, à l'écoute, la lumière d'un réverbère éloigné formant une faible auréole dorée autour de sa tête blonde.

Miranda descendit à son tour :

— Où sommes-nous ?

Elle avait voulu parler tout haut, mais ses mots n'étaient qu'un murmure. Au même moment, elle reconnut l'endroit :

— C'est la maison des Ridder ! Stella... !

Stella tourna la tête.

— Je sais, c'est là que je dois aller.

Elle tourna la tête à nouveau, écoutant, essayant de voir dans la rue sous la lune et murmura d'un ton inquiet :

— Il n'y a personne, n'est-ce pas ? Peux-tu voir quelqu'un d'autre ? Une voiture ?

— Non.

Miranda saisit le bras de Stella.

— Revenons ! Je crois qu'il n'y a personne ici, c'est peut-être un piège. Stella, n'y va pas !

Stella dégagea son bras d'une secousse.

— Il m'a dit de ne pas avoir peur. Je dois suivre le chemin et entrer dans la maison, et alors je comprendrai. Tu peux rester ici si tu veux, mais moi j'y vais.

Elle se dirigea vers la grille. Miranda s'écria :

— Non... attends, Stella, attends-moi.

Elle chercha en vain dans la voiture obscure.

— Je ne trouve pas le revolver.

— C'est moi qui l'ai, murmura Stella, continuant à parler à voix basse.

La grille de fer s'ouvrit en grinçant sous la main de Stella. Miranda entra et vint se mettre à côté d'elle dans l'ombre noire des lauriers, luttant contre la conviction terrifiante qu'elles avaient été suivies.

La lune était maintenant cachée par des nuages, mais les ruines de la maison au-dessus d'elles se découpaient sur le ciel vaguement lumineux. Elles n'entendaient ni ne voyaient aucune trace de mouvement. Le jardin et la maison envahis par les herbes folles étaient silencieux et déserts. Une bouffée de vent agita les lauriers dont les feuilles remuèrent. Stella frissonnante saisit le bras de Miranda.

— En avant ! murmura-t-elle.

Sortant de l'ombre des lauriers, elles suivirent le chemin creux vers la maison, en trébuchant. Il semblait à Miranda que le vent était tombé, que la nuit retenait son haleine pour les écouter et que dans chaque coin d'ombre quelqu'un les surveillait...

Les nuages étaient maintenant moins épais ; un faible clair de lune éclairait le jardin quand Miranda atteignit le perron. Elle monta en hésitant une marche vers ce qui avait été la porte. Elle entendait les battements violents de son cœur et, derrière elle, le souffle rapide de Stella. Elle monta une deuxième marche, à tâtons. Ses yeux s'accoutumaient à la faible lumière et elle voyait clairement la façade de la maison. Derrière l'embrasure de la porte, c'était l'obscurité absolue ; à côté d'elle, un fragment de verre brisé avait un vague reflet sous la lune.

Miranda atteignit la dernière marche et sa main tâtonnante toucha un disque de métal rouillé avec, au centre, un bouton de porcelaine : la sonnette.

Pendant un bref moment d'affolement, elle se demanda ce qui arriverait si elle appuyait sur ce bouton. Est-ce qu'une sonnerie résonnerait dans les profondeurs obscures des ruines, et amènerait le fantôme d'une gouvernante appelée Greta Schumacher, qui s'était aussi appelée Mlle Beljame, et qui regarderait d'un air soupçonneux par cette petite fenêtre avant d'ouvrir la porte ?

*La fenêtre !*

La main de Miranda retomba et elle resta immobile.

La fenêtre ! Bien sûr, c'était là la réponse ! C'était cela qui avait harcelé son esprit. La fenêtre n'avait pas été ouverte de l'extérieur, c'était impossible, mais *de l'intérieur !* Cela ne pouvait signifier que...

Elle se retourna rapidement, le dos à l'embrasure obscure.

— Stella ! C'est *toi* qui as ouvert cette fenêtre, n'est-ce pas ? C'était pour cela qu'il y avait un courant d'air. Personne d'autre n'aurait pu le faire...

Elle entendit Stella sursauter et reprendre sa respiration.

— Quelle fenêtre ? Pourquoi l'aurais-je ouverte ?

— Pour atteindre la sonnette. Tu voulais atteindre la sonnette...

La voix de Miranda s'arrêta net. Son regard s'était fixé sur ce que Stella tenait à la main.

Cette main ne tremblait plus. La lune, dégagée des nuages, éclairait le canon du revolver de Robert.

Miranda leva lentement les yeux ; son regard rencontra le visage d'une étrangère : un masque livide, hagard, les lèvres retroussées découvrant les dents en un rictus animal, les yeux agrandis, trop brillants. Comme le jour où elle avait senti la haine dans le regard de Mrs. Leslie, elle comprit, sans erreur possible, ce que signifiait ce visage. *L'envie de meurtre.*

Stella rit. Un petit rire clair et gai, qui éveilla d'étranges échos dans la coque vide qu'était devenue la maison.

— Tu m'en as donné l'idée toi-même. Tu as cru que c'était la sonnerie du téléphone. J'aurais pu faire ça à la maison, mais il y aurait peut-être eu des traces. Tu es trop lourde à porter. C'est tellement plus simple ici !

Elle rit à nouveau et reprit :

— Je te connais si bien ! Je savais que, si je pouvais te faire entendre une conversation au téléphone, tu tomberais dans le piège. J'ai fait ça très bien, n'est-ce pas ? Si j'avais dit que quelqu'un voulait nous voir toutes les deux, tu aurais pu avoir des soupçons, mais, comme j'ai affirmé qu'il s'agissait de moi seule et que j'avais peur, tu t'es laissé avoir et je t'ai amenée ici sans difficulté !

Elle paraissait aussi naïvement satisfaite d'elle-même qu'un enfant exhibant ses premiers essais de travaux manuels.

Miranda essaya en vain de parler. Sa bouche était sèche et sa gorge serrée. Elle ne put que regarder ce masque étrange, couleur de cendre, qui l'hypnotisait.

Quelque chose dans son immobilité pétrifiée sembla mettre Stella en fureur. Elle cria d'une voix aiguë :

— Tu t'es crue très astucieuse, n'est-ce pas ? Tu as fait semblant d'oublier ton sac dans ma voiture pour pouvoir retourner au garage voir, d'après le compteur, combien de kilomètres j'avais faits. Toi et ta « mémoire extraordinaire des chiffres » ! Je ne savais pas avoir fait une tache de peinture verte sur la poignée de la portière, mais tu l'as vue, n'est-ce pas ? Tu m'espionnais dans ma propre maison ! Tu m'espionnais et tu essayais de m'enlever Robert. Tu l'as laissé t'embrasser devant moi ! Ça montre à quel point tu étais sûre de toi ! Eh bien, tu ne l'auras pas ! Ni toi, ni cette salope hypocrite de Sally Page ! Quand j'aurai l'argent, je pourrai lui faire quitter l'armée, ça l'éloignera d'elle. Personne ne saura jamais ce que tu es devenue. Tu auras tout simplement disparu et l'on croira que tu as pris la fuite de peur d'être arrêtée !

Elle se tut pour reprendre haleine, tremblante de rage. Un seul mot de cette incompréhensible tirade avait un sens pour Miranda.

Elle lutta contre une impression cauchemardesque de suffocation et articula d'une voix voilée :

— La peinture... alors c'est toi qui...

— Oh oui, affirma Stella avec désinvolture, d'un ton presque enfantin. Je l'ai noyée. Je l'ai attendue près de la piscine et je l'ai frappée avec une clé à molette. Il n'y avait personne, c'était très facile. Elle avait essayé de me tuer. Elle voulait garder tout l'argent pour elle. Elle méritait la mort.

— Quel argent ? articula péniblement Miranda.

— Les diamants, bien sûr, répondit Stella, impatientée. Ils sont ici, dans cette maison. C'est pour cela que j'ai dû t'amener ici, c'était plus facile si tu venais avec moi. Et c'est toi qui as voulu prendre un revolver !

Elle rit encore ; pendant un instant, le canon de l'arme oscilla, et Miranda fit un pas vers Stella.

— Oh non, pas ça, ordonna l'autre d'une voix sèche. Retourne-toi. Retourne-toi et entre dans la maison. Je ne veux pas te tuer à cette distance, donc n'essaie pas de faire des bêtises.

— Stella, tu ne peux pas, haleta Miranda. Ne comprends-tu pas ? C'est trop dangereux. Tu *sais* que l'entrée de ces maisons est interdite à tout le monde. Le colonel Leslie nous a prévenus... il a dit qu'elles peuvent s'effondrer à tout moment et qu'il était même dangereux de s'en approcher. Il a dit... il a dit...

— *Moi*, je t'ai dit d'y entrer, répliqua Stella, et tu feras ce que je t'ai dit !

Sa voix, aussi changée que l'expression de son visage, était celle d'une étrangère. Miranda obéit, fit demi-tour et, dépassant l'ouverture béante, entra dans la maison silencieuse. Plus rien n'avait aucun sens. Ce ne pouvait pas être la réalité ; ce n'était qu'un cauchemar fantastique et mélodramatique, dont elle allait bientôt s'éveiller.

Une lampe électrique s'alluma derrière elle, son mince faisceau de lumière jaunâtre éclairant l'espace jonché de décombres qui avait été un hall et, au-delà, un porche béant.

Miranda sentit le froid du métal sur sa nuque. Elle avança, suivant la lumière de la lampe que Stella tenait de la main gauche. Elles franchirent une autre entrée, puis une autre, pour arriver dans une pièce éclairée par la lune, le plafond et le toit ayant disparu. Un escalier tournant, rempli de décombres, descendait dans l'obscurité. Miranda s'y engagea à tâtons, suivant l'inexorable faisceau de lumière, et arriva dans ce qui paraissait être une partie d'une cave voûtée en ruine, donnant accès à d'autres caves.

Des briques, d'autres décombres et les débris d'une bombe glissaient sous leurs pieds. Chaque pas déclenchait une avalanche miniature, qui ne cessa pas quand les deux femmes atteignirent le bas de l'escalier. L'obscurité était remplie de tant d'échos qu'elles semblaient ne pas descendre seules, mais être suivies de dix ou douze personnes en file indienne.

La lumière froide de la lune faisait une petite tache au pied de l'escalier ; le reste paraissait plus noir encore autour du faisceau lumineux de la lampe.

Stella ordonna :

— Maintenant, enlève ce bracelet, et passe-le-moi. Non, ne te retourne pas.

Sa voix aiguë, haletante, éveillait des échos caverneux dans l'obscurité alentour. Comme dans les tragédies grecques, un chœur de voix fantomatiques répétait : « *Ne te retourne pas... retourne pas... tourne pas !* » Une fois de plus, il y eut un bruit inquiétant de chute de débris.

Miranda essayait d'ouvrir le fermoir. L'instinct de conservation était assez fort pour que sa voix reste calme et raisonnable :

— Tu ne peux pas te servir de ce revolver, parce que, si tu le fais, tu mourras toi aussi. La détonation, dans une ruine comme celle-ci, suffira pour que toute la maison s'effondre sur nous. Si tu tires, tu peux me tuer, mais toi, tu seras enterrée vivante.

C'était inutile. Stella était au-delà de toute raison. Elle avait certainement entendu des chutes de débris, porteuses de mort, mais son cerveau obsédé n'en tenait pas compte. Sa voix s'éleva.

— Si tu crois pouvoir m'effrayer, tu perds ton temps. Tais-toi et donne-moi ce bracelet.

« Si je me retourne très vite, pensa Miranda, j'arriverai

peut-être à lui enlever sa lampe... elle ne pourra rien faire dans l'obscurité ! Elle n'a jamais tiré au revolver de sa vie. Elle ne pourrait m'atteindre qu'à bout portant. Si la lampe s'éteignait, j'aurais une chance. »

C'était physiquement impossible. Elle semblait en proie à une inertie mortelle ; son corps ne pouvait obéir à sa volonté, mais seulement à cette voix aiguë, artificielle, qui, chose incroyable, était la voix de Stella.

Le bracelet glissa de son poignet. Elle le tendit derrière elle et sentit qu'on le lui prenait.

— Maintenant, va te mettre là.

Miranda avança puis se retourna, éblouie par la lumière de la lampe en plein dans les yeux.

— Je t'ai dit de ne pas te retourner, cria Stella d'une voix haut perchée. Je ne veux pas que tu me regardes ! Je ne peux pas le faire si tu me regardes !

Sa voix aiguë devint tout à coup un bredouillement.

— Ce n'est pas ma faute ! Je n'y peux rien ! Tu n'aurais pas dû m'espionner ! Je sais que tu aurais parlé. Sinon je ne t'aurais pas touchée. Et je ne veux pas être pendue à cause de Mademoiselle. Je ne veux pas ! Et tu as essayé d'avoir Robert, donc c'est bien fait pour toi !

Elle leva le revolver d'une main tremblante. A cet instant, Miranda perçut un mouvement dans l'obscurité derrière Stella.

Il y avait quelqu'un d'autre dans la cave. On les avait suivies... deux personnes, peut-être trois.

— Personne ne saura rien, bafouilla Stella. Personne n'a trouvé les diamants et personne ne te trouvera.

Elle affermit le revolver dans sa main ; mais une autre main, passant par-dessus son épaule, le lui arracha.

— Je prendrai ceci, s'il vous plaît, Mrs. Melville, dit Simon Lang avec douceur.

Stella hurla, un horrible hurlement aigu, comme le cri d'un lapin pris au piège. La lampe tomba et s'éteignit.

Quelqu'un bouscula un peu Miranda en passant, puis l'obscurité et le silence furent déchirés par un coup de feu dont le bruit se répercuta sur les murs.

Miranda entendit Simon : « *Foutu idiot !* », puis il y eut un autre bruit de pierres glissant les unes sur les autres.

L'atmosphère obscure fut soudain pleine de poussière et de faisceaux lumineux. Quelqu'un criait : « Montez l'escalier ! » Quelqu'un d'autre lui prit le bras et l'entraîna, courant en trébuchant sur le sol inégal, les marches disjointes et glissantes, puis à travers les pièces sans toit jonchées de décombres jusqu'à la sécurité du jardin sous la lune.

Le grondement devint un hurlement. La lugubre coque noire qui avait été une maison parut osciller, puis se dissoudre sur le fond de ciel noir. Un mur s'inclina vers l'intérieur, comme fatigué, et lentement, très lentement, s'effondra sur lui-même.

Le sol fut ébranlé comme par un tremblement de terre. Pendant une ou deux minutes, la poussière, les fragments de mortier et de pierre obscurcirent le clair de lune. Quand le jardin fut de nouveau silencieux, il ne restait plus qu'un seul mur debout et une voix haletante répétait encore et encore : « J'ai essayé de l'attraper, mon capitaine, mais elle m'a échappé et s'est enfuie. Elle m'a échappé et s'est enfuie. Elle m'a échappé et s'est enfuie. J'ai essayé de l'attraper... »

# 18

— C'était l'Allemand, bien sûr, dit Simon. J'aurais dû me rappeler qu'un flic continental a souvent la détente facile. Il s'est imaginé qu'elle pourrait s'enfuir et il lui a tiré dessus. Mais vous ne pouvez pas tirer un coup de feu dans un bâtiment comme celui-là sans courir au-devant de sérieux ennuis.

— Etait-elle... était-elle vivante ? demanda Miranda.

Simon, la regardant, saisit quelque chose de l'horreur tapie derrière ce petit visage livide.

Il détourna les yeux et parla d'un ton parfaitement neutre.

— Oui, assez longtemps pour faire une espèce de déclaration. Vous savez, pour elle, c'était la meilleure façon de s'en sortir. Elle aussi le savait. Ses derniers mots ont été : « Je n'aurais jamais cru que j'en viendrais à avoir de la reconnaissance pour un Allemand. »

La bouche de Miranda se tordit ; elle baissa en hâte la tête, derrière sa valise, pour cacher les larmes qui lui venaient aux yeux.

Plus de deux jours s'étaient écoulés depuis la mort de Stella. Miranda avait été interrogée à fond par diverses autorités, on lui avait demandé de signer des dépositions, mais elle n'avait pas parlé à Simon jusqu'à ce matin où, entrant à l'improviste dans sa chambre chez les Lawrence, il venait de la trouver à genoux sur le plancher, rangeant ses chaussures dans le fond d'une valise.

Simon dit sèchement :

— Il n'y a pas de quoi faire du sentiment sur son compte pour la seule raison qu'elle est morte. Elle n'avait rien d'admirable. Elle a été complice d'un meurtre, en a commis un second, et en aurait commis un troisième si nous ne l'avions pas empêchée. C'est son malheureux mari qui est à plaindre. Il en est presque assommé. Je crois qu'il l'aimait bien plus qu'elle ne l'imaginait. J'ai entendu dire qu'il partait en permission spéciale.

Miranda approuva de la tête, sans rien dire. Simon, regardant son front penché et ses mains tremblantes qui essayaient en vain d'envelopper une chaussure dans un mouchoir en papier, se rendit compte que parler pourrait réduire cette tension intolérable. Il s'assit sur le lit et demanda, d'un ton détaché :

— Quand avez-vous su que c'était Mrs. Melville ?

Miranda laissa tomber la chaussure et s'assit sur ses talons.

— A cause de la fenêtre, dit-elle. La petite fenêtre à côté de la porte d'entrée était ouverte, et je savais fort bien qu'elle ne l'était pas auparavant. J'ai été folle de peur car, sachant très bien qu'il n'y avait que Stella et moi dans la maison, j'ai cru que quelqu'un avait voulu entrer. Je ne pouvais cesser d'y penser. Alors, quand j'ai vu la fenêtre de la maison des Ridder, j'ai compris brusquement qu'elle ne pouvait avoir été ouverte que de l'intérieur, non de l'extérieur. Je savais exactement quand elle l'avait été, à cause du courant d'air qu'elle avait provoqué dans le salon. Mais Stella était dans le hall à ce moment et, s'il y avait eu quelqu'un, elle l'aurait vu. Donc elle l'avait ouverte elle-même. Tout d'un coup, je me suis rappelé que la sonnerie de la porte d'entrée et celle du téléphone se ressemblaient et je... je ne sais pas pourquoi, m'est venue à l'esprit l'image de Stella passant le bras par la fenêtre, appuyant sur le bouton, puis courant au téléphone. Je l'ai dit étourdiment et... Miranda se tut et eut un petit haussement d'épaules désespéré.

Elle ramassa une autre chaussure et se mit machinalement à l'envelopper, mais ses mains étaient plus fermes. Peu après, elle reprit, sans lever la tête :

— Simon, pourquoi a-t-il fallu que cela arrive ? Je ne comprends pas !

— Qu'est-ce que vous ne comprenez pas ?

— Je ne comprends rien ! Rien du tout ! C'est un si horrible fouillis.

— Plus maintenant, répondit Simon. Aujourd'hui, nous l'avons débrouillé ! (Les mains derrière la nuque, il appuya sa tête contre le chevet du lit.) Lottie nous y a aidés. Lottie et Wally.

*Lottie !*

Miranda se retourna rapidement.

— Comment a-t-elle pu...

— Chut ! Ne m'interrompez pas. Mademoiselle, Frau Schumacher, a pensé que le général Brindley l'avait peut-être reconnue. Quand il a pris des somnifères, elle a compris qu'elle avait une chance. Rappelez-vous, elle en a demandé un elle-même, avec l'intention, j'en suis presque sûr, de le donner à Lottie. Mais Lottie a profité d'une absence de quelques minutes de Mademoiselle pour verser son lait chaud dans le lavabo au lieu de le boire.

Miranda dit rapidement :

— Alors, elle ne dormait pas.

— Non, elle faisait seulement semblant. Elle ne dormait pas encore quand sa gouvernante a quitté le compartiment cette nuit-là et elle l'a vue revenir. Elle a aussi vu autre chose. Mademoiselle portait des gants noirs. Quand elle est rentrée dans le compartiment, elle les a lavés dans le lavabo. L'eau est devenue rouge.

Miranda eut du mal à reprendre sa respiration.

— Mais pourquoi ne l'a-t-elle pas dit ?

— Pour une raison très simple, du point de vue d'un enfant, répondit Simon. On lui a dit si souvent qu'un bol de lait chaud le soir la ferait dormir qu'elle n'a pas osé avouer qu'elle était éveillée, craignant que cela ne révèle qu'elle avait jeté son lait dans le lavabo au lieu de le boire. Elle en a quand même parlé à quelqu'un : Wally. Un peu plus tard, elle l'a dit à sa belle-mère ; c'était juste avant que Mrs. Melville entre dans votre chambre et surprenne sa gouvernante en train de fouiller vos valises.

— Vous aviez donc raison sur ce point. Etait-ce mon bracelet qu'elle voulait ?

— Oui, et pour une raison très bizarre. Nous pensions tous qu'elle et son mari n'avaient assassiné les Ridder que pour l'argent et les bijoux. Ils connaissaient l'existence d'un coffre-fort dans la cave, ils l'avaient vu une fois ouvert, mais ils croyaient qu'il ne contenait que de grands vins, sans soupçonner qu'un second coffre-fort était dissimulé derrière le premier.

« La nuit de son retour à Berlin, Willi Ridder a immédiatement annoncé qu'il avait pu se procurer du cognac Napoléon et l'a aussitôt descendu dans la cave. Ils l'ont sans doute tué au moment où il en sortait. Quand ils l'ont déshabillé, ils ont trouvé le bracelet avec le porte-bonheur égyptien.

— Pourquoi l'ont-ils gardé ? Croyaient-ils que c'était important ?

— Non. Ils l'ont mis avec le reste pour la seule raison qu'il fallait l'éliminer, puisque Willi Ridder l'avait porté et qu'on le savait. Karl Schumacher s'est enfui en Angleterre où il est mort ; sa femme Greta, restée en Belgique, a échoué dans un camp de concentration, sous un faux nom. Dans ce camp, elle a rencontré quelqu'un qu'elle connaissait, une cousine éloignée, Rosa Müller. Rosa et son mari, Kurt, travaillaient chez les Ridder comme extras quand il y avait une réception, elle comme femme de chambre, lui comme valet de pied et serveur.

« Les Müller ne savaient pas du tout pourquoi ils avaient été arrêtés, car l'affaire Ridder était inconnue du public à cette époque — elle l'est restée longtemps encore —, mais je suppose qu'on n'ignorait pas qu'ils travaillaient régulièrement pour Willi et sa femme. Le pauvre Kurt est mort pendant l'interrogatoire qu'il a subi à son arrivée en Angleterre ; il était, semble-t-il, cardiaque et sa santé était mauvaise depuis quelque temps. Greta Schumacher — on ignore sous quel nom elle se cachait à l'époque — et Rosa Müller sont restées ensemble à cause de leur parenté. On suppose que la première a fait jurer le secret à la seconde au sujet de son identité, et qu'elle a fabriqué une histoire vraisemblable pour se justifier.

« Elles aimaient évoquer de vieux souvenirs. Un jour, Rosa raconta que son mari, après une réception des Ridder, comme il redescendait à la cave des bouteilles de vin non débouchées, avait surpris Willi Ridder ouvrant un coffre-fort dissimulé derrière celui qui servait aux vins. Il avait déjà ouvert le fond du premier et tripotait les cadrans du second, lisant le code sur une petite clé de forme bizarre, attachée à une gourmette. Quand il avait entendu Kurt, il s'était placé de façon à cacher le second coffre-fort et l'avait réprimandé violemment, comme un voleur. Kurt avait eu le bon sens de faire l'idiot d'une façon si convaincante que l'affaire n'eut pas de suite, mais il avait été si effrayé par la rage de Willi que, pendant plus d'un an, il n'osa pas en parler à sa femme. Entre-temps, Hitler était entré en Pologne et l'incident semblait ne plus avoir la moindre importance.

« Il est certain que Greta n'avait aucun soupçon. Elle avait toujours su que Willi Ridder avait un coffre-fort à vins encastré dans le mur de sa cave ; s'il y en avait un second caché derrière le premier, elle supposait qu'il contenait les documents les plus secrets. Comme elle ne s'intéressait pas aux papiers officiels, elle n'y avait plus jamais pensé. C'est seulement quand le général Brindley a raconté son histoire sur les diamants, que vous avez parlé du porte-bonheur égyptien, que vous lui avez fait faire le tour de la table pour que chacun puisse bien le voir ! Alors seulement Mlle Beljame, alias Greta Schumacher, s'est souvenue de l'histoire racontée par sa cousine Rosa, a commencé à réfléchir et a trouvé la bonne réponse.

— Etait-ce vraiment une clé ? demanda Miranda, sautant du général au particulier à la manière des femmes. Et avez-vous trouvé les diamants ?

— C'était bien une clé, et nous avons trouvé les diamants, après avoir déblayé des montagnes de décombres. Le coffre-fort avait deux clés, et votre porte-bonheur les incorporait toutes les deux. La tige de la croix ansée pouvait s'insérer dans une petite fente, permettant d'ouvrir une épaisse plaque d'acier dans le fond du coffre-fort extérieur. Derrière, il y avait trois séries de serrures à combinaison que les hiéroglyphes gravés sur le porte-bonheur permettaient d'ouvrir. Très ingénieux. Chose plus importante, cela fonctionne toujours ; sinon, je crois que nous aurions dû faire sauter le coffre-fort, ce qui n'aurait pas été à l'avantage du contenu.

Miranda demanda :

— Comment avez-vous découvert tout cela ? Sur Rosa Müller et Mademoiselle... je veux dire Greta Schumacher ? Rosa vit-elle encore ?

— Non, elle est morte au camp environ un an plus tard. L'information est venue de Mademoiselle, qui a parlé à Mrs. Melville. Et Wally Wilkin, dans son rôle de détective, était caché sous le lit !

— *Quoi ?*

— *Quoi,* vraiment ! Ça m'agacera toujours de penser qu'à eux deux ces gosses savaient, depuis le début, à peu près tout l'important et l'ont gardé sous leur bonnet parce que Wally voulait jouer au loup solitaire et résoudre le problème sans l'aide des « grandes personnes ». Et j'ai été assez bête pour lui sonner les cloches si fort, à cause de son espionnage, qu'il s'est fermé comme une huître.

— Mais pourquoi diable Mademoiselle a-t-elle tout dit à Stella ? insista Miranda.

— C'est là qu'intervient Lottie. Elle a raconté à Mrs. Melville ce que Mademoiselle avait fait pendant la nuit. Mrs. Melville, horrifiée, a bondi dans votre chambre pour demander votre avis. Elle a surpris la gouvernante en train de fouiller vos valises et lui a dit qu'elle allait de suite prévenir la police.

— Mais pourquoi ne l'a-t-elle pas fait, Simon ?

— Parce que Mademoiselle, acculée, lui a raconté toute l'histoire et lui a offert la moitié d'une colossale fortune pour se taire.

Miranda se leva tout d'un coup et alla vers la fenêtre, tournant le dos à Simon et regardant sans le voir le jardin.

— *Stella* a fait ça ! *Pour de l'argent ?*

— Pour Robert, rectifia Simon.

Miranda se retourna.

— Que voulez-vous dire ?

— C'est une histoire assez compliquée, dit Simon d'une voix lente. Nous en avons appris une partie grâce à Mrs. Leslie.

Miranda rétorqua :

— Mrs. Leslie la haïssait ! Vous ne pouvez pas faire fond sur ce qu'elle a dit.

— Elle avait ses raisons, dit Simon avec douceur.

— Robert ?

— Non, Johnnie, le premier mari de Stella. Quand il est retourné en Inde après sa première permission, Stella a refusé de l'accompagner. Elle détestait l'Orient et tous les pays étrangers. Elle a essayé d'avoir à la fois le beurre et l'argent du beurre, mais ça n'a pas marché. Radley s'est fatigué d'une femme qui lui préférait ce qu'elle appelait la « civilisation ». Il était solitaire. Il est tombé amoureux d'une autre femme et a demandé à Stella le divorce, mais elle n'a pas voulu en entendre parler. Ne voyant aucun moyen d'en sortir, il s'est porté volontaire pour une mission particulièrement dangereuse et a été tué. La fille, qui était jeune, impressionnable et très amoureuse, s'est brûlé la cervelle quand elle l'a appris. C'était la sœur de Norah Leslie.

— Oh ! sursauta Miranda. Je vois. C'était pour cela que... Continuez.

— Stella a posé à la veuve inconsolable puis, après la guerre, a rencontré Robert. Mais il était très différent de Johnnie Radley. Elle est tombée réellement amoureuse de lui.

— Je sais, dit Miranda d'une voix presque inaudible. J'y réfléchissais encore le dernier... le dernier matin. Je pensais que Stella mourrait pour lui s'il le fallait.

— Elle est en effet morte pour lui, indirectement. Elle était prête à risquer la mort de la main du bourreau plutôt que de le perdre. Quand Robert a été envoyé à l'étranger, elle l'aurait volontiers accompagné, mais n'y a pas été autorisée. Elle a été prise d'une terreur panique à l'idée que l'histoire pourrait se répéter et qu'il pourrait la quitter pour une autre femme. Elle était plus âgée que lui, ce qui n'arrangeait rien. Puis, pendant le trajet jusqu'à Berlin, elle s'est aperçue que Robert connaissait trop bien Sally Page, ce qui la terrorisa plus encore. Elle finit par comprendre qu'elle devait vivre la vie de Robert ou le perdre car, financièrement, il ne pouvait pas se permettre de quitter l'armée et d'aller habiter Mallow avec elle... L'histoire de Mademoiselle et son offre sont arrivées juste au bon moment. L'aspect de Sally Page et la façon dont elle avait regardé Robert avaient effrayé Mrs. Melville. La nouvelle que le régiment devait être envoyé en Malaisie fut le coup de grâce. L'argent offrait le seul moyen d'en sortir. Beaucoup d'argent, ce qui lui permettrait de vivre à Mallow en gardant Robert.

Miranda eut un petit rire amer.

— Et j'ai cru que c'était Sally ! Saviez-vous cela ? J'avais tout expliqué.

— Vraiment ? Pourquoi ?

— Pour plusieurs raisons. Je me suis rappelé que, juste après le départ de Mademoiselle, Sally est allée téléphoner et que son absence a duré très, très longtemps, bien assez pour faire ce dont on accuse Stella. Et alors..., le matin suivant, on a trouvé le corps de Mademoiselle. Les Leslie avaient pris Andy et Sally avec eux, parce que leur voiture était en panne d'essence, et Andy en a fait toute une histoire. Il a affirmé avec insistance qu'il avait fait le plein quelques jours auparavant et que Sally devait avoir beaucoup utilisé la voiture depuis ; cela m'a intriguée. J'ai pensé qu'elle l'avait peut-être employée pour aller voir Robert, et que Mademoiselle...

Miranda esquissa d'une main un rapide geste d'impatience, comme si elle voulait chasser une mouche, et changea brusquement de sujet.

— J'ai aussi remarqué qu'elle avait renversé une partie de son sherry...

Elle resta silencieuse si longtemps que Simon finit par dire :

— Je ne connais pas cette histoire de sherry ; quel sherry, et qui l'a renversé ? Mademoiselle ?

— Non, Sally. C'était le lendemain du jour où on a découvert le cadavre de Mademoiselle ; le matin, la plupart des membres de votre équipe étaient venus prendre un verre.

— *Quoi ?* s'exclama Simon, déconcerté.

Le visage pâle de Miranda rosit subitement.

— Excusez-moi, j'ai dit ça comme ça, j'avais oublié que vous n'étiez pas au courant.

— Au courant de quoi, pour l'amour du ciel ?

— L' « équipe de Lang » — nous étions onze... suspects, expliqua Miranda.

Mais Simon paraissait encore intrigué.

— Ceux qui ont couché dans la voiture-lit de Helmstedt à Berlin. Les deux Melville, les deux Marson, les deux Leslie, les deux Page, Mademoiselle, Mrs. Wilkin et moi.

Simon rit et remarqua qu'il n'avait pas tenu compte de Mrs. Wilkin, mais qu'elle avait raison pour le reste. Il demanda des explications à propos de Sally et du sherry.

Miranda rougit encore plus et expliqua, en hâte :

— Cela semble tout à fait sans intérêt maintenant. Mais elle en a renversé un peu sur son fauteuil, l'a essuyé avec un mouchoir en papier sorti de son sac, qu'elle a ensuite jeté au feu ; mais elle avait mal visé et le papier est tombé derrière le chenet. Une fois tout le monde parti, tandis que je commençais à ramasser des pétales tombés, j'ai remarqué que le mouchoir en papier portait la marque d'Elizabeth Arden. Ce qui m'a donné un choc terrible, parce qu'il y avait un mouchoir semblable sur le plancher dans la chambre de Mademoiselle, le jour où...

Elle vit l'expression du visage de Simon, et dit rapidement :

— Vous saviez cela ?

— Oui, c'est Mrs. Melville qui l'avait mis là, elle en avait emprunté un à Sally.

— C'est Stella qui a fait cela ? Mais pourquoi ?

— Parce que Mrs. Page employait cette marque, et qu'elle voulait la faire suspecter. Elle a raisonné comme vous l'avez probablement fait : certaines personnes pouvaient penser que Sally Page avait un bon motif pour éliminer la femme de Robert ; ceux qui croyaient que Friedel avait été tuée à la place de Mrs. Melville. Mais c'est Mademoiselle qui a tué Friedel, la prenant pour vous.

— *Pour moi ?* Pourquoi cela ?

— Elle pensait que vous iriez chez les Leslie — rappelez-vous qu'elle n'était pas là quand vous avez annulé le rendez-vous. Je crois qu'elle voulait seulement vous assommer et voler le bracelet de façon à empêcher Mrs. Melville d'en faire autant. Mais elle a frappé Friedel plus fort qu'elle ne l'aurait voulu, et Mrs. Melville a été convaincue que sa gouvernante voulait l'assassiner.

« Stella a caché le jouet de Lottie, envoyé Mademoiselle le chercher et l'a suivie en voiture. Tout cela est très simple. C'était en fin de soirée et l'on n'arrête pas les voitures portant une plaque de la zone britannique, on ne relève même pas les numéros. Seulement, elle n'avait pas pensé à la peinture verte.

Miranda reprit :

— Est-ce que Stella en avait sur elle ?

— Elle ne pouvait guère l'éviter après avoir jeté à l'eau Mademoiselle et sa machine. Ses gants étaient pleins de peinture, et le plancher de la voiture en était taché. Elle ne s'en est aperçue qu'une fois rentrée et ne savait absolument pas d'où cela venait, mais Wally, lui, le savait. Il regardait par la fenêtre du garage quand Stella est arrivée et il l'a vue enlever ses gants, regarder les taches vertes, aller chercher la bouteille de térébenthine de Mademoiselle et enlever la peinture sur son poignet, puis brûler les gants.

— Robert a renversé la térébenthine, dit Miranda lentement.

— Vraiment ?

— Oui je... j'ai même pensé que cela pouvait avoir été arrangé avec Sally.

Simon eut un regard interrogateur.

Miranda expliqua :

— Je... j'ai pensé qu'elle, Mademoiselle, pourrait les avoir vus ensemble, ou trouvé une lettre d'amour ou quelque chose comme ça, et essayé de les faire chanter. J'ai passé un moment horrible avant de comprendre que Robert ne pouvait absolument pas être infidèle. Robert n'est pas un... il n'est pas...

— Assez violent ? proposa Simon.

— Oui, c'est quelqu'un qui ne s'en fait pas, et je crois que rien ne l'a atteint profondément avant ces jours-ci. Pauvre Robert ! Savez-vous qu'il va quitter l'armée et, grâce à son indemnité, transformer Mallow en un home pour enfants handicapés ? Les Leslie l'aideront dès que le colonel Leslie prendra sa retraite ; l'un de leurs fils est spastique, ce que je ne savais pas. L'établissement s'appellera « Stella Melville Memorial Home »...

Miranda frissonna et enfonça ses mains dans les poches de sa jupe pour en dissimuler le tremblement. Elle dit :

— Vous saviez que c'était Stella, n'est-ce pas ? Vous l'avez toujours su.

— Non, non pendant très longtemps, reconnut Simon.

— Quand l'avez-vous su ?

— Le tout dernier jour. Je savais que quelqu'un de la maison était dans le coup. Je l'ai su dès que j'ai entendu dire que la gouvernante était revenue pendant la nuit, avait laissé l'ours en porcelaine et emporté quelques-unes de ses affaires. J'étais sûr que ce n'était pas vrai, parce que la porte d'entrée était fermée et que les portes de ce genre ne peuvent se fermer de l'extérieur que si on les claque assez fort ; or personne n'avait rien entendu. Il me semblait plus probable que pour l'une ou l'autre raison quelqu'un avait organisé ce mensonge ; la porte de service et la porte-fenêtre ont été fermées le soir. Et aucune clé ne manquait, je l'ai vérifié.

— Quand avez-vous commencé à penser que c'était Stella ?

— Quand j'ai parlé de la peinture verte, répondit Simon d'une voix calme. J'ai vu son visage dans le miroir, alors j'en ai été certain. Il y a des expressions qui ne trompent pas.

— Non, dit Miranda à voix basse, en frissonnant.

Elle rejeta cette pensée et reprit rapidement :

— Vous m'avez dit tout ce que vous osiez me dire pour essayer de me mettre sur mes gardes, n'est-ce pas ?

Pour la première fois depuis qu'elle le connaissait, Simon parut déconcerté.

— Eh bien, pas exactement, avoua-t-il.

— Alors, pourquoi ? demanda Miranda surprise. Etait-ce parce que...

Elle s'arrêta net et rougit.

Simon se mit à rire.

— Non, ma chère, ce n'était pas pour vos beaux yeux. C'était parce que vous êtes l'une des nombreuses exceptions qui confirment la règle. Tant que vos sentiments sont en jeu, vous êtes une fichue actrice, et je voulais que vous en sachiez trop afin de m'assurer que vous auriez l'air coupable de ceux qui en savent trop !

Miranda rougit de colère et releva la tête d'un coup.

— Et pourquoi cela ?

— Parce que j'avais besoin de preuves. Je pensais que si l'on pouvait amener Mrs. Melville à croire que vous en saviez trop, cela l'inciterait à agir.

— Merci ! fit Miranda d'une voix qui ne pouvait s'empêcher de trembler.

— Je regrette, ma chérie. C'était un tour de vache que je vous jouais, mais j'avais besoin de preuves, et je n'avais que des théories et des hypothèses. Dans ce temps-là, je ne savais rien au sujet de Wally. Maintenant encore, je doute que les témoignages non confirmés d'un garçon de neuf ans et d'une fille de sept auraient été acceptés par un tribunal ; un bon avocat les aurait réduits en miettes. Je ne savais pas que Mrs. Melville vous soupçonnait déjà, mais je savais qu'elle vous craignait.

— *Moi ?* dit Miranda stupéfaite. Pourquoi aurait-elle eu peur de moi ? Je l'ai toujours beaucoup aimée.

Simon examina ses ongles avec une grande attention et répondit sans regarder Miranda :

— Robert.

Miranda rougit vivement :

— Mais c'est absurde !

— Vraiment ? Il y a eu un moment où moi-même je me suis demandé s'il n'y avait pas quelque chose là-dessous. Vous auriez pu vouloir de l'argent et Robert, les deux allant de pair.

Miranda sortit d'un coup ses mains de ses poches et serra ses jolis poings. Sa respiration semblait lui poser des problèmes.

— Vous allez me faire exploser. Vous avez réellement pu croire que je...

— Calmez-vous, chérie. Ce n'était qu'une théorie parmi beaucoup d'autres. Mais Robert avait l'habitude de vous étreindre affectueusement chaque fois que c'était possible et...

— Il *est* mon cousin, interrompit Miranda avec violence.

— Oui, d'accord. Malgré tout, cela avait attiré des soupçons sur vous au moment de l'assassinat de Friedel, et sa femme était bouleversée. Vous êtes trop jolie et trop jeune ; aussi Mrs. Melville a-t-elle commencé à craindre le contraste entre votre charme juvénile et son attrait de femme plus mûre. Elle était, comme disait une ex-cuisinière de ma mère, « dans tous ses états ». Elle avait pour son mari une passion sans limites et n'aimait pas les étrangers ni les pays étrangers, c'en était une phobie. Jalouse de Sally Page, elle vous soupçonnait aussi de désirer une idylle avec son Robert ; de plus, elle était persuadée que sa gouvernante avait essayé de l'assassiner : elle ne pouvait donc guère être bien dans sa peau. C'est le point de vue le plus favorable que l'on puisse avoir, de toute façon.

Miranda parla faiblement :

— Mais, même si vous avez raison, pourquoi aurait-elle voulu me tuer ? Il y aurait toujours eu Sally.

— Oh, ce n'est pas de cela qu'il s'agit. Je croyais que vous saviez. D'après ce que vous m'avez dit hier soir, elle vous l'avait expliqué elle-même.

— Elle m'a reproché de l'espionner et a parlé d'un compteur kilométrique ; et je n'ai pas compris.

Simon la regarda avec curiosité.

— Donc, vous n'avez rien remarqué de spécial à propos de la voiture, le soir de la disparition de Mademoiselle ?

— Non. Qu'est-ce qu'il y avait à remarquer ?

— Stella était convaincue que vous aviez observé certaines choses, et qu'il n'y avait qu'un seul moyen pour vous empêcher d'en parler. Il semble que, quand vous êtes allée au garage ce soir-là immédiatement après son retour de la piscine, il y a trois choses que vous auriez pu constater. Premièrement, le moteur était encore chaud alors que la voiture était censée être revenue depuis plus d'une demi-heure. Deuxièmement, la poignée de la portière du côté du conducteur était tachée de peinture verte. Stella l'a enlevée le lendemain avec de l'essence, ignorant toujours que cela avait un rapport quelconque avec Mademoiselle. Enfin le compteur kilométrique indiquait un chiffre plus élevé qu'il n'aurait dû.

Vous avez évidemment dit quelque chose pendant le dîner à propos de votre mémoire des chiffres. Se sentant coupable, elle en a conclu que vous l'aviez remarqué.

Miranda dit avec amertume :

— Alors elle avait tout planifié !

— Oh non, dit Simon avec douceur. Elle avait peur que vos paroles ne la trahissent. Et puis, quand son mari est parti ce soir-là, il vous a embrassée. C'est exact, n'est-ce pas ?

Simon la regarda d'un air interrogateur.

— Oui, mais ce n'était que...

— Ce n'était que la goutte d'eau faisant déborder le vase. Elle nous a dit que tout cela lui était venu à l'esprit subitement, sur place. Son mari était sorti, il n'y avait personne d'autre dans la maison. Mais, le lendemain, il y aurait une ordonnance logée. Si elle pouvait mettre la main sur les diamants et en même temps se débarrasser de vous, tout serait fini et elle serait en sécurité. Si vous disparaissiez, les soupçons se porteraient sur vous, et si on ne vous retrouvait pas, on pourrait supposer que vous aviez filé derrière le rideau de fer. Pour cela, il fallait vous amener à sortir de la maison et aller juste à l'endroit où elle voulait, sans problème. Alors elle se souvint que la sonnerie de la porte d'entrée ressemblait à celle du téléphone. Elle était affolée de peur et de jalousie, et la ruse due à cet état de semi-folie lui a suggéré tout cela en quelques minutes.

Miranda réagit avec violence.

— Et vous saviez qu'elle pourrait... Et vous m'avez laissée vivre toute cette horreur ! Vous n'êtes qu'un intrigant de sang-froid, un...

Elle chercha en vain un mot assez injurieux.

— Vous ne couriez aucun danger, répondit Simon avec douceur. A ce moment, j'avais confessé Wally et j'avais une assez bonne idée de l'affaire. Les policiers grouillaient dans la maison et vous avez été plus ou moins surveillée depuis l'instant où vous êtes sortie. Voyez-vous, nous n'étions pas sûrs de ce qu'elle voulait faire, mais nous pouvions l'imaginer, donc nous avons été obligés de vous filer. Une fois que vous êtes arrivée à la maison des Ridder, nos soupçons étaient confirmés et ensuite nous avons été pour ainsi dire sur vos talons. Heureusement pour nous, grâce à tous ces décombres, votre descente à la cave a fait tant de bruit que nous avons pu vous suivre sans difficulté. Après avoir écouté ce qu'elle vous disait, nous sommes arrivés au dernier moment, d'une jolie façon mélodramatique.

— Et je suppose, dit Miranda furieuse, qu'aucun de vous n'a pensé que Stella aurait pu appuyer sur la détente, une seconde avant que vous lui ayez enlevé son arme ?

— Cela n'aurait pas changé grand-chose, affirma Simon, placide.

Miranda le regarda d'un air incrédule, raidie par un sens soudain d'outrage qui, très illogiquement, n'avait rien à voir avec ses terreurs de la nuit précédente.

Simon observa sa réaction avec un demi-sourire. Ses yeux étaient pleins de chaleur humaine et montraient qu'il l'avait parfaitement comprise.

— Une des choses que j'aime chez vous, Miranda, dit-il gentiment, c'est que vous êtes si magnifiquement simple. Ne vous en faites pas, ma chérie, je pensais à votre sécurité personnelle : j'avais pris la précaution de décharger cette arme et d'enlever toutes les cartouches de la maison, précisément en prévision d'accidents.

— Oh ! explosa Miranda. Eh bien, si vous êtes vraiment sûr d'avoir dit tout ce que vous vouliez dire, je crois que vous feriez mieux de partir. J'ai beaucoup de choses à emballer et, d'ailleurs, je me demande pourquoi vous vous êtes permis d'entrer tranquillement dans ma chambre. Et puis je ne suis pas votre chérie...

— Vraiment ? dit Simon avec douceur. Eh bien, je ne discuterai pas sur ce sujet, mais vous perdez votre temps à emballer, vous serez obligée de tout déballer ensuite Quant au fait d'entrer dans votre chambre, je crains que vous ne deviez vous y habituer. Il paraît que c'est l'un des privilèges du mari !

— Oh ! dit encore Miranda, reprenant haleine. Vous... vous êtes très sûr de vous, n'est-ce pas ?

— Très sûr, répondit Simon toujours placide. En général, j'obtiens ce que je veux.

— Miranda, dit Mrs. Lawrence, entrant d'un pas rapide dans la pièce quelques instants plus tard, savez-vous si le capitaine Lang est déjà parti ou... Oh pardon !

Elle battit rapidement en retraite et ferma la porte.

— Eh bien ! dit Mrs. Lawrence s'adressant au palier vide, au paquet de linge, à trois gravures militaires encore plus hideuses que d'ordinaire et à son âme immortelle. On ne croirait pas qu'après trois meurtres et... Après tout, ils ont peut-être raison. La vie est plus importante que la mort.

Elle eut un mouvement d'épaule indulgent et descendit dire à la cuisinière, dans une langue qu'elle s'imaginait avec confiance être de l'allemand, que der Herr Polizisten Capitan Lang resterait déjeuner.

*La composition de ce livre*
*a été effectuée par Bussière à Saint-Amand,*
*l'impression et le brochage ont été effectués*
*sur presse CAMERON*
*dans les ateliers de la S.E.P.C. à Saint-Amand-Montrond (Cher)*
*pour les éditions Albin Michel*

AM

*Achevé d'imprimer en avril 1987.*
*N° d'édition : 9567. N° d'impression : 2770-1793.*
*Dépôt légal : mai 1987.*

*Imprimé en France*